L'ermite du Pic Saint-Loup

Du même auteur :

- *Une vallée en Cévennes*, Rouergue, 2014 (Prix Pierre-Jakez Hélias 2015)
- *Une journée de Gala,* Rouergue, 2015
- *L'Ermite du pic Saint-Loup*, Rouergue, 2016
- *Le Rodeur inconnu,* TDO Éditions, 2017

ISBN : 978-2-36652-233-4

Couverture réalisée par @ Charlotte Picouilla

Jean-Jacques Carrère

L'ermite du Pic Saint-Loup

Collection Poche

Présentation

La prison, Idéal Ferrer a déjà connu. Mais il ne se plaint pas. Il savait ce qu'il faisait, et il ne regrette rien. D'ailleurs, beaucoup de gens s'agitent en sa faveur. Ses amis de Montpellier, bien sûr. Mais aussi, plus discrètement, des gens qui ont plus de poids, comme le président de la région qui, pour une fois, ne fait pas de déclaration tonitruante mais intervient en sous-main, jusqu'au ministère de la Justice ! Est-ce en souvenir des jours anciens, lorsque tous deux étaient de bouillants militants, des maos rêvant de changer le monde ? Ou bien se sent-il un peu responsable de ce gâchis ? De son côté, l'évêque n'est pas indifférent à son sort et l'a fait savoir. Même l'imam s'est fendu d'une visite qui a donné à Idéal un grand prestige dans la prison. Jamais athée n'a été autant entouré par la religion, ou tout au moins par les religieux. Tandis que tout ce beau monde se démène pour obtenir sa libération, Idéal a tout le temps pour repasser le film des événements. Et, à y bien réfléchir, cette sombre histoire a commencé comme une légende. Celle de l'ermite du pic Saint-Loup. Un homme qui serait venu se réfugier là, pour expier un crime ancien, oublié de tous mais particulièrement horrible et dont le remords continuait à le hanter. Était-il prédit qu'un jour, quelqu'un retrouverait sa grotte et ranimerait son secret ? C'est bien ce qui s'est passé. La grotte a été retrouvée et la malédiction qu'elle contenait a balayé des vies sur son passage…

Avec ce roman policier qui compose sur une trame historique et un arrière-plan politique aux personnages hauts en couleur, Jean-Jacques Carrère met en scène le fanatisme religieux et les croisés d'aujourd'hui, ceux qui ne reculent devant aucune spirale meurtrière…

Note de l'auteur

Les citations du sont extraites de l'une de ses dernières éditions, « imprimée à Lyon à la maison de feu Barnabé Chaussard, en mars 1540 », et en respectent autant que possible le texte, la graphie et la ponctuation.

Source : Bibliothèque municipale de Lyon, FC 072
Mise en ligne par Gallica, Bibliothèque Nationale de France.

Maître, de quoy fit Dieu l'homme et la femme ? Mon enfant, il les fit du limon de la terre. Et sache, mon enfant, que le corps humain est fait des quatre éléments qui sont la terre, l'eau, l'air et le feu. Si que la chair répond à la terre, le sang à l'eau, le souffle à l'air, et la chaleur naturelle au feu. Et sache aussi, mon enfant, que l'homme est fait à la semblance du monde. Car comme le ciel a deux grands luminaires qui sont le soleil et la lune, ainsi l'homme a deux luminaires en la tête, qui sont les deux yeux. Et comme le ciel a sept planètes, ainsi l'homme a sept ouvertures en la tête. Et comme la mer reçoit en soy toutes choses, ainsi le ventre reçoit en soy toutes choses nécessaires à la vie de l'homme. Et à la dureté des pierres répondent les os et les ongles. Et aux arbres répondent les membres du corps. Et aux herbes les cheveux.

LUCIDAIRE duquel le Disciple demande au Maître choses obscures et merveilleuses touchant les faits de Dieu, et il luy en donne bonne réponse et utile.

Prologue

La prison… Tout le monde se trompe sur la prison ; tous ceux, en tout cas, qui ne sont jamais passés par cette case-là, au jeu de l'oie de la vie. Et ceux qui y sont passés savent bien qu'il ne faudrait pas dire « la » prison, mais « les » prisons. Par exemple, je ne devrais pas dire « il y a vingt-cinq ans, j'ai fait cinq ans de prison », mais « j'ai fait cinq ans de prisons », nuance. Nuance importante, parce que dans telle taule on peut regarder presque avec indifférence le temps passer, comme on regarde couler l'eau d'une rivière, alors que dans telle autre, on donnerait tout ce qu'on a pour s'offrir une corde pour se pendre. Ou même une ficelle, ou un lacet, voire une ceinture ; n'importe quoi, en fait : la taule, ça vous donne de l'imagination pour ce genre de trucs.

Les prisons, aucune n'est vraiment bonne, mais certaines sont plus mauvaises que d'autres ; et quand on a fait, comme moi, cinq ans de prison, ou de prisons, plutôt, on comprend vite dans quelle catégorie on est tombé. Et celle où je suis maintenant n'est pas la plus mauvaise, pas la plus mauvaise pour moi, en tout cas.

Bien sûr, dans l'ancienne prison de Montpellier, celle que j'ai connue il y a longtemps, collée au palais de justice, les détenus qui avaient de la chance, ou du piston, pouvaient avoir la vue sur les jardins du Peyrou, voir passer les filles, les couples qui s'embrassaient sur les bancs, la circulation sur le boulevard Henri IV, trente mètres en contrebas. C'était frustrant, mais c'était chouette, de voir la vie : « la vie est là, simple et tranquille », comme disait l'autre, qui en avait tâté aussi.

Dans la nouvelle prison, celle où je suis depuis quinze jours, à Villeneuve-lès-Maguelone, au milieu de rien, sur un plateau désert, on entend une rumeur, mais ça n'est pas celle de la ville, c'est celle de la quatre-voies, qu'on ne voit même pas, pour la bonne raison qu'on ne voit rien, sinon les murs et les miradors. Dans la cuvette que délimite cette enceinte de béton, le soleil de cet été torride écrase tout de sa lumière et de sa chaleur.

Pourtant je ne me plains pas : je savais ce que je faisais, et je ne regrette rien.

D'ailleurs il n'est pas dit que je reste bien longtemps ici, peut-être bien moins qu'il y a vingt-cinq ans, ce qui ne manquerait pas de sel, quand je repense à ce qu'on me reprochait la dernière fois !

Cette fois-ci, si je tombais, ce ne serait pas pour de simples intentions, mais il y a deux différences de taille : ils ne peuvent rien prouver, à supposer qu'ils en aient vraiment envie, et beaucoup de gens s'agitent en ma faveur.

Alain, bien sûr, présent comme toujours quand je me suis trouvé en difficulté ; il a même créé un comité de soutien, un drôle de comité, mélange bizarre de post-soixante-huitards un peu mangés aux mites, d'historiens médiévistes déconnectés du présent, et de jeunes exaltés qui me rappellent ceux que nous étions il y a bien longtemps ! Bref, un comité quoi, un truc bruyant, bavard, et plus ou moins inefficace, mais qui fait toujours plaisir quand vous attendez que la juge qui instruit votre affaire veuille bien vous convoquer.

Agathe aussi, Agathe et son site, qui clame mes mérites à tous les échos du cyberespace, et dénonce à tout-va mes « prétendues victimes ». Je mesure mal son influence, habitué que j'ai toujours été à des formes d'action plus classiques, ou alors carrément non conventionnelles !

Alain et son comité donc, Agathe et son site, mais d'autres aussi, qui ont peut-être plus de poids, même s'ils agissent plus discrètement.

Le président de région, en particulier, qui pour une fois ne fait pas de déclaration tonitruante, mais qui intervient en sous-main, jusqu'au ministère de la Justice ! Est-ce en souvenir des jours anciens, ou bien se sent-il un peu responsable de ce gâchis ?

L'évêque, lui-même, n'est pas indifférent à mon sort, et l'a fait savoir à qui de droit, m'a assuré son secrétaire, le petit curé qu'Alain m'avait fait connaître, et qui m'a rendu visite, bien sûr. L'imam de la prison, lui aussi, est venu me voir. Nous avons eu une longue conversation, qui m'a donné un grand prestige parmi une partie de la clientèle de la maison. Selon les matons, le bruit a même couru que j'allais me convertir à l'islam. Marrant, non, pour qui me connaît ! Je laisse courir, bien sûr, la première chose qu'apprend un taulard, c'est que moins il parle, mieux il se porte. Dans mon cas d'ailleurs, ça n'a peut-être pas été tout à fait vrai, et j'aurais sans doute gagné à être plus bavard par le passé, mais ce qui est fait est fait, et l'habitude est prise. Je me tais donc, et je laisse d'autant plus dire que cette réputation d'homme à la recherche de Dieu qu'on est en train de me faire m'amuse plutôt.

Bref, jamais athée n'a été aussi entouré par la religion, ou en tout cas par les religieux. Les religieux, et beaucoup d'autres ! Du coup, comme ici on n'ignore rien de ce qui se passe à l'extérieur, et du bruit qu'a fait mon affaire, je fais un peu figure de VIP : tous semblent aux petits soins pour moi.

En somme, je pourrais être plus mal, même si je risque vingt ans au bas mot, et que vingt ans, à mon âge…

Et puis l'amour-propre s'en mêle : refaire le même chemin, les mêmes bêtises, à vingt-cinq années d'intervalle, ça n'est pas la preuve d'une intelligence supérieure. J'ai toujours été nul en latin, mais cette phrase me revient sans cesse en mémoire, de cet auteur qui prétendait qu'on ne se lasse pas des bonnes choses : *bis repetita placent*, qu'il disait, ou à peu près, le vieil Horace. Eh bien, pour moi, de la prison, des prisons plutôt, j'en ai soupé, qu'elles soient très mauvaises, mauvaises, ou seulement passables.

Aussi, de toute cette aventure, ce que je retiens c'est que *bis repetita non placent* : ce qui se répète ne plaît pas ! Et cette phrase me trotte dans la tête, quand je repense à tout ça, maintenant que j'ai reconstitué les événements, que j'en ai compris les tenants et aboutissants, et que j'ai tout mon temps pour me la raconter, jour après jour, cette affaire de l'ermite du pic Saint-Loup.

Une drôle d'histoire, quand on y réfléchit, que tout rattache au passé, mais qui est bien ancrée dans le présent, qui semble se passer à la campagne, mais où c'est la ville qui décide, qui commence comme un conte, et qui finit... Qui finit comment, d'ailleurs ?

Livre 1

LA GROTTE DE L'ERMITE

Maître, quelle chose est Dieu ? Mon enfant, c'est une chose spirituelle en qui toute dignité et toute perfection est ; tout sachant et tout-puissant et toujours durant sans fin et sans commencement.

LUCIDAIRE duquel le Disciple demande au Maître choses obscures et merveilleuses touchant les faits de Dieu, et il luy en donne bonne réponse et utile.

La légende de l'ermite

C'était une légende que tout le monde connaissait ici, il n'y a encore pas si longtemps, mais ce n'était, croyait-on, qu'une légende : celle de l'ermite du pic Saint-Loup.

Le pic Saint-Loup, le sommet qui domine la plaine de Montpellier, visible de très loin, posé sur l'horizon des étangs et de la côte, comme une première ébauche avant les massifs cévenols qui servent de contrefort au mont Aigoual.

Un sommet pour rire, d'ailleurs, que ne fréquentent pas les alpinistes chevronnés, qui culmine, si l'on peut dire, à six cents mètres et des poussières.

Bref, juste une promenade de santé, lorsque l'on démarre à son pied, depuis le village de Cazevieille, pour un dénivelé en pente assez douce, de trois cents mètres à peine.

Mais lorsque l'on débouche au sommet, après un dernier raidillon, lorsque l'on a dépassé la petite chapelle qui occupe la seule plate-forme, le seul morceau à peu près plat à quelques mètres sous la barre rocheuse qui ferme l'horizon ; lorsque l'on arrive sur cette barre, qui a été taillée comme une sorte de balcon naturel ; lorsque l'on s'appuie sur le rebord et que l'on se penche sur la face nord, l'on est surpris de voir que le Pic, comme on l'appelle ici, sans autre précision, mérite son nom.

Sous le belvédère, en effet, la masse calcaire forme une impressionnante falaise, un à-pic de plus de cent mètres, avant de retrouver, après la zone d'éboulis qui marque le pied, la zone plus rassurante des bois de chênes verts accrochés à un flanc dont la pente s'est adoucie.

Et la légende, donc, affirmait qu'un ermite avait vécu là, accroché au flanc du Pic, du côté nord, le côté qui donne sur Saint-Martin-de-Londres, le versant le plus pentu, le plus venté, le plus froid, le plus hostile.

Et c'est là que l'ermite aurait passé plusieurs dizaines d'années, terré dans une grotte connue de lui seul, une caverne qui, prétendait-on, traversait la montagne de part en part, du flanc nord au flanc sud, et qui lui permettait d'échapper à toute rencontre non désirée, car il avait fait vœu de solitude pour expier un crime ancien, un crime oublié de tous mais particulièrement horrible, et dont le remords continuait à le hanter.

Et pourtant – toutes les légendes ont leurs paradoxes, leurs contradictions –, pourtant, affirmait-on, l'ermite parlait aux voyageurs qu'il choisissait, souvent des humbles, des gueux, et c'était un honneur d'être agréé par lui comme interlocuteur, un privilège qu'il avait refusé par deux fois au puissant évêque de Maguelone, pourtant comte et propriétaire des lieux.

Comment survivait-il ? que mangeait-il ? où allait-il boire, en été, quand tous les points d'eau se tarissent ? Cela la légende ne le disait pas.

Ou plutôt elle disait que nul ne le savait, ce qui est une autre manière de ne pas le dire…

En tout cas, disait-on, il avait vécu dans sa grotte, mystérieux, invisible pour presque tous, mais voyant tout, jusqu'au jour…

Eh oui, comme dans toute histoire, un beau jour, les choses avaient pris un autre chemin, les choses avaient changé : l'ermite, finalement, avait disparu, et nul depuis n'avait jamais retrouvé ni lui, ni sa grotte.

Pourtant, était-il prédit, un jour quelqu'un retrouverait sa grotte, au pied du Pic ; mais dans cette grotte, affirmait encore le vieux récit qui avait traversé les siècles, de veillée en veillée, de père en fils, de grand-mère en petite-fille (car déjà en ce temps-là les mères et les filles passaient leur temps à se disputer, et donc ne se racontaient pas d'histoires), ce jour-là, au lieu de ramener un trésor, ou un esprit protecteur ou quoi que ce soit de bénéfique, le jour où un imprudent aurait trouvé la grotte, il allait apporter la malédiction sur tout le Val de Montferrand, la fédération des villages qui vivaient autour du Pic.

Quelle malédiction ? La *vox populi* ne le disait pas, et chacun était libre de mettre derrière ce mot ses propres hantises personnelles, mais à coup sûr il s'agissait d'une malédiction particulièrement effrayante, car à ce moment-là celui qui racontait l'histoire, quel qu'il soit, père, grand-mère, même les mères, pour les rares qui ne se disputaient pas avec leurs filles, tous, absolument tous, levaient les yeux au ciel dans une espèce d'invocation à la protection divine, mains levées, et air terrifié à l'appui, ce qui ne manquait pas d'impressionner grandement les enfants des deux sexes qui écoutaient, bouche bée, la légende de l'ermite.

Bien sûr, peu à peu, les veillées avaient disparu, les histoires du coin du feu aussi. La vieille histoire n'avait plus intéressé que quelques spécialistes qui allaient, micro en main, recueillir pieusement les anciens contes que quelques vieillards un peu gâteux essayaient de retrouver dans les recoins enténébrés de leur mémoire.

Aussi, de nos jours, la légende de l'ermite est quasiment oubliée, et elle n'a même pas l'honneur de figurer sur les dépliants touristiques, pourtant grands amateurs de contes plus ou moins authentiques.

Il faut dire que le versant nord du Pic n'est pas fréquenté par les touristes et leurs dépliants : on y rencontre seulement des marcheurs aguerris, quelques chasseurs, et bien sûr, Barthélémy Roure et son troupeau.

Maître, peut-il y avoir plusieurs Dieux ? Mon enfant nenny, car s'il était plusieurs Dieux, chacun serait tout-puissant et adonc pourraient-ils faire choses contraires l'un et l'autre, ce qui est contre nature divine.

LUCIDAIRE duquel le Disciple demande au Maître choses obscures et merveilleuses touchant les faits de Dieu, et il luy en donne bonne réponse et utile.

Barthélémy Roure

À première vue Barthélémy n'attirait pas l'attention ; c'était un homme jeune – il avait à peine la trentaine –, assez mince, pas très grand ; assis, comme ce jour-là, sur un des sièges du bar-tabac du village, les yeux dans le vague, il pouvait même paraître fragile. Pourtant, quand il marchait en précédant son troupeau, il était infatigable, et il attaquait sans s'essouffler les pentes les plus abruptes. En général, il était assez silencieux, il ne participait guère aux discussions animées, sur la place, devant le bistrot.

Le bar-tabac ressemblait à tous les bars-tabac que vous avez connus, mais en plus vieux : les peintures s'écaillaient aux murs, et les plaques émaillées qui y étaient fixées vantaient les mérites d'apéritifs d'une autre époque, aux slogans surannés : on sentait que le cabaretier pensait plus à sa prochaine retraite qu'à investir dans l'avenir.

En plus vieux, le bar-tabac, et en plus petit : il

n'y avait que quatre tables à l'intérieur, et encore étaient-elles serrées. Aussi ne servaient-elles que rarement : les habitués ne s'y réfugiaient que s'il tombait une pluie battante, ou quand il faisait vraiment trop froid. Au plus cinq ou six semaines par an, étant donné le climat de la région. Dans ces occasions, les quatre ou cinq complices qui étaient la clientèle habituelle de Marcel Lhostecalde, le patron, préféraient rester sur les hauts tabourets du comptoir.

Mais, pour l'essentiel, c'est dehors, sur les fauteuils métalliques qui commençaient à rouiller, qu'on avait toutes chances de les rencontrer, à l'ombre des deux grands micocouliers de la petite place. Il y avait là, à l'heure de l'apéritif, Lucien Callelongue, le serrurier sculpteur, comme il s'intitulait lui-même, Maurice Salvat, aux activités multiples, mais indéterminées, et le berger, Barthélémy Roure.

Barthélémy semblait indifférent, toujours un peu ailleurs. Quand on l'interrogeait directement, en lui demandant son avis sur le sujet dont les participants débattaient avec véhémence, il mettait un moment à revenir à lui, comme s'il redescendait d'un nuage, ou d'un rêve.

Mais quand il était question du passé du village, des modes de vie anciens, de l'histoire compliquée et originale de ce Val de Montferrand dont parlent les vieilles chartes conservées des siècles durant, alors là, Barthélémy Roure était méconnaissable.

Le silencieux était devenu disert, le timide entreprenant, et il monopolisait l'attention des auditeurs.

C'est que peu de personnes dans la région étaient capables de lui tenir tête : sur tous ces sujets, il était simplement incollable. Et surtout, surtout, il ne supportait pas l'ignorance de ses interlocuteurs sur les sujets qui lui tenaient à cœur.

— Le Val de Montferrand, mais de quoi s'agit-il ? Je connais le château de Montferrand, bien sûr, sur la crête dans le prolongement du pic Saint-Loup, mais le Val ?

C'était l'un des nouveaux habitants du village, Idéal Ferrer, qui l'avait interpellé ainsi, ce jour-là, alors que Barthélémy Roure se lançait dans un des développements dont il avait le secret.

Le berger avait hoché la tête, l'air mi-peiné, mi-méprisant.

— 'videmment, c'est beaucoup moins connu, vu que le château, lui, il se voit bien, juste au-dessus de Saint Mathieu-de-Tréviers, mais que les habitants de ce secteur ne connaissent rien de leur histoire, ça me renverse, je trouve ça nul.

Son interlocuteur ne s'était pas démonté, malgré l'air narquois des habitués du petit bar-tabac :

— Je crois vaguement en avoir entendu parler dans mes lointaines études, mais j'ai bien oublié depuis ! Je ne demande qu'à réapprendre, mais notez que je n'habite ici que depuis peu, et puis je n'ai vu aucun panneau frontière dans le secteur ! J'ignorais que j'entrais dans un territoire aussi particulier.

Barthélémy Roure avait failli se fâcher devant cette pointe ironique, mais la physionomie ouverte de son interlocuteur lui avait plu : c'est vrai qu'il avait l'air de vouloir apprendre, et qu'il était prêt à écouter !

Alors Barthélémy avait parlé, parlé longtemps.

C'est ainsi qu'ils avaient fait connaissance, et ils étaient peu à peu devenus amis. Amis à leur manière, et malgré tout ce qui les différenciait.

Barthélémy Roure était le berger du village, l'un des derniers du secteur : il ne restait plus que deux troupeaux là où paissaient naguère des milliers de moutons. Mais ses trois cents bêtes avaient fière allure, au moment de la transhumance, quand, parées de leurs pompons colorés, elles empruntaient les vieilles drailhes, les chemins qui, depuis des temps immémoriaux, étaient utilisés par les bergers du littoral pour monter passer l'estive sur les flancs du mont Aigoual ou du mont Lozère. Il est vrai que si ses bêtes étaient soignées et tondues de près, lui paraissait parfois plus négligé, avec son costume de travail en tissu bleu élimé aux coudes et aux genoux, et sa cigarette à moitié consumée toujours à la bouche. Mais, pour la transhumance, en signe de fête, Barthélémy troquait son éternelle casquette contre un chapeau noir aux larges bords, du type de celui des gardians camarguais, qu'il trouvait plus seyant, et qui l'était en effet, faisant ressortir sa fine moustache blonde ; car Barthélémy était blond, chose originale dans le petit monde des bergers du secteur.

Son interlocuteur, Idéal Ferrer, faisait plutôt figure d'intellectuel, avec ses lunettes cerclées et son air perpétuellement interrogatif, mais on était frappé, à voir son visage, par le pli amer de sa bouche, que contredisaient des yeux vifs et attentifs ; la même opposition, d'ailleurs, semblait exister, entre son visage allongé, assez fin et régulier, et un corps massif, puissant et ramassé.

Depuis son installation dans le village, on le voyait souvent partir, avec son petit sac à dos, dans une longue promenade sur l'un ou l'autre des flancs du pic Saint-Loup. Des promenades au cours desquelles son maintien semblait un peu étrange, aux yeux de ceux qui le rencontraient. Il n'avait rien, en effet, de l'aspect détendu, de l'air ouvert des promeneurs habituels, s'arrêtant souvent pour admirer les vues que le massif leur offre, soit côté mer, soit côté montagne. Idéal allait, rapide, l'œil souvent rivé au sol, l'air absorbé, comme remâchant une idée fixe. Quand il estimait avoir assez marché – et il marchait longtemps – il sortait de son sac un livre, et, assis sur le rebord d'une barre calcaire, il lisait, perdant parfois la notion du temps. Plus d'une fois il s'était laissé surprendre par la pénombre, et n'était rentré chez lui qu'à la nuit tombée.

Quand il s'était installé dans ce petit village au

pied du Pic, il n'y connaissait personne, et personne ne le connaissait. Dans le bar-tabac, juste devant la fontaine, il s'était présenté comme un enseignant à la retraite et, peu à peu, il avait fait la connaissance des figures du lieu. Comme partout, durant toute sa vie, il avait d'abord dû justifier son prénom : Idéal, forcément, cela interrogeait.

« Eh oui, c'est un peu dur à porter, mais c'est comme ça ! Mon père était un vieil anarchiste espagnol, et c'est la seule chose que j'ai héritée de lui ! Il ne m'a même pas donné un second prénom que j'aurais pu substituer au premier ! » À part cette explication, qu'il fournissait sans se faire prier, il se confiait peu, et certains, qui se prétendaient bien informés, murmuraient qu'il n'avait pas tout dit sur son cursus. Qu'avait-il occulté, d'après ceux qui savaient, ou croyaient savoir ? Les avis divergeaient, mais il était toujours question de mots en « isme », semblait-il, comme gauchisme, trotskisme, maoïsme, et même, peut-être, terrorisme. Quoi qu'il en soit de son passé, Idéal n'en parlait jamais, comme s'il l'avait oublié, ou refoulé.

Il avait peu à peu organisé ses promenades de manière à retrouver le troupeau et son berger, quand il entendait de loin le bruit de ses trois cents sonnailles. Rencontrer le troupeau n'était d'ailleurs pas difficile, celui-ci suivant souvent le même circuit, qui se terminait quasiment toujours dans la vaste dépression séparant le pic Saint-Loup de l'Hortus, son sommet jumeau, qui dresse ses façades blanches juste en face des falaises vertigineuses du Pic.

Mais Idéal avait fait, dans ses visites régulières, un constat qui l'avait intrigué : tous les jours, à heure fixe, le berger abandonnait son troupeau ; sitôt arrivé dans cette large vallée, il laissait ses bêtes sous la garde de son unique chien, Bobby, et partait battre la montagne.

Certes le troupeau ne risquait rien : Bobby était un chien hors du commun ; il n'avait pas son pareil pour ramener un traînard dans le troupeau, en lui mordillant les pattes, mais sans le blesser. Il lui était donc facile de garder les moutons à l'arrêt, dans ce vaste espace fermé entre les deux falaises, et où l'herbe abondait, ce qui dissuadait les bêtes de trop s'éloigner.

Mais la question n'était pas là, et elle méritait d'être posée, ce que ne manqua pas de faire un jour Idéal :

— Je suis surpris de trouver souvent ton troupeau seul avec ton chien.

Barthélémy répondit de mauvaise grâce :

— Je repère les gîtes des sangliers, pour la chasse.

— Mais la saison est fermée.

— N'empêche, je repère.

Idéal n'avait pas insisté, mais la réticence de son ami ne lui avait pas échappé. Aussi reposa-t-il à plusieurs occasions la question, jusqu'à avoir enfin l'explication qu'il attendait.

Un jour, le berger lui répondit, en le regardant avec une expression quasiment anxieuse :

— Si je te dis que je cherche la grotte de l'ermite, tu me traiteras de fada, pas vrai ?

Idéal n'avait pas hésité pour répondre :

— Pas forcément ; je pense qu'il y a un point de départ concret dans beaucoup de légendes.

Le regard de Barthélémy devint presque implorant.

— Alors, tu y crois aussi ?

— Doucement, je n'ai pas dit ça ; je ne connais de ce récit que ce que tu m'en as dit. Des ermites, il y en a eu dans tous les lieux un peu isolés, et des lieux isolés, il n'en manquait pas dans les temps anciens.

— Donc, c'est possible !

— C'est possible qu'il y ait eu un ermite, et même plusieurs au fil du temps, mais cette histoire de grotte qui traverse la montagne, alors là...

Le vague geste de la main qui accompagna cette phrase eut pour effet de faire réagir le berger, piqué par cette incrédulité :

— Tu vois que tu me traites de fada ! Mais moi, j'y crois à la légende ! C'est mon grand-père qui me l'a racontée, et il la tenait de son père, qui la tenait de son grand-père, et dans ma famille, on n'est pas des menteurs !

Il avait peu à peu élevé la voix, et même gesticulé avec le fouet dont il ne se séparait jamais quand il menait son troupeau, le fouet dont le claquement rappelait à l'ordre les bêtes quand elles s'éloignaient.

— Calme-toi, tu fais peur à tes moutons, regarde, le troupeau s'agite.

— J'en ai rien à foutre des moutons, Bobby ira les chercher, mais toi tu me prends pour un fada, tu te crois fortiche parce que tu as fait des études et que je suis juste un berger, mais moi j'ai lu tout ce qui s'est écrit sur cette région et j'en sais plus long que toi là-dessus.

Idéal avait, comme tout un chacun, son lot de qualités, mais la patience n'en faisait pas partie, ni sans doute l'intuition. Il n'avait pas senti l'espèce de complexe qu'exprimait cette phrase ; il croyait avoir suffisamment montré qu'il ne jugeait pas les gens sur leurs diplômes, aussi son visage s'empourpra brusquement avant qu'il ne réplique d'un ton coupant.

— Tu dis des conneries et je préfère partir avant que tu m'en fasses dire à mon tour.

— C'est ça, va dire partout que je suis idiot, mais moi je sais que je trouverai cette fichue grotte, parce que moi, j'y crois. Et la preuve que tu connais rien à rien, c'est que tu sais même pas qu'on est sur la route de Vieille-Toulouse.

Idéal, toute colère évanouie d'un coup, regardait d'un air incrédule les herbes rases qui poussaient au milieu des buis, juste en dessous d'un bosquet de jeunes chênes.

— Tu rigoles, où vois-tu un chemin, à part le sentier que je viens de prendre pour venir te rejoindre ?

— Mais ce chemin, qui est maintenant le GR 60, est sur le tracé d'une route d'avant les Romains, et les Romains après, ils l'ont refaite pour s'en servir, eux !

— Tu plaisantes, une voie romaine dans cette zone déserte ?

La surprise d'Idéal fit hausser les épaules de son interlocuteur, mais c'est avec un sourire amical que celui-ci poursuivit :

— Et tu as été professeur d'histoire ? C'est vrai que tu ne connaissais même pas le Val de Montferrand, quand j'y pense ! Tu connais au moins Vieille-Toulouse ?

— Ça oui, c'est l'oppidum qui a donné naissance à la ville actuelle.

— Eh bien, cette ville antique était reliée à Nîmes par une route très ancienne, et assez large pour laisser passer les charrettes. Et elle passait là, juste là, entre le Pic et l'Hortus. Tu te rends compte, enchaîna le berger, les yeux dans le vide, comme pris d'une transe, tu te rends compte, il y a deux mille ans, des charrettes pleines d'amphores, des soldats, des envoyés de l'empereur de Rome, tout ça dans ce passage où y a plus que nous et mon troupeau ?

Idéal, s'il s'inquiétait de l'exaltation de son ami, ne pouvait s'empêcher cependant d'être gagné lui aussi par un sentiment étrange, comme si cette évocation le mettait en lien direct avec cette époque reculée. Et lui aussi s'imaginait voir défiler sur cette route disparue, qu'il recréait dans son esprit, tous ces voyageurs d'antan, d'époques successives.

Mais Barthélémy ne perdait pas son obsession de vue.

— Et c'est pour ça que l'ermite était installé là, parfaitement, monsieur je-sais-tout qui sait rien du tout, il était là, quelque part sur ce flanc du Saint-Loup, et il voyait passer tous ces voyageurs.

— Parce que tu crois que la route était encore là au Moyen Âge ?

— Mais bien sûr, mon vieux, et c'était même une des voies du pèlerinage de Saint-Jacques-de-Compostelle, celle qui venait d'Italie en passant par Arles et Nîmes !

Idéal réfléchissait à voix haute :

— Bien sûr, sur la route de Saint-Jacques, un ermite, ça se tient ; en même temps quelle drôle d'idée de choisir un lieu de passage, et non un endroit isolé !

— Tu y entends rien, il voulait être loin des hommes, mais en même temps garder un contact, avoir des nouvelles, peut-être rapport à son crime, ou pour sa pénitence !

— Bon, arrête un peu mon vieux, ça te monte à la tête, il ne vient pas te parler la nuit des fois, ton ermite ? Laisse-le tomber, et va plutôt à la recherche d'une copine.

Idéal croyait faire de l'humour, mais il avait dû toucher un point sensible, car le berger, lui tournant le dos, lui cria de s'occuper de ses affaires, avant de rejoindre son troupeau et de le lancer sur le chemin du retour, sur cette fameuse route de Vieille-Toulouse, maintenant réduite à des herbages et à de maigres arbustes.

Ce fut leur première dispute ; ce ne devait pas être leur dernière, car Barthélémy passait de plus en plus de temps à ses recherches, et son ami, s'il se gardait bien désormais de lui parler d'une copine qui devenait de plus en plus hypothétique, s'inquiétait de voir se développer cette idée fixe.

Dans le bar-tabac du village aussi, l'on s'étonnait de voir le berger s'obstiner toujours plus, et arriver le soir, fourbu et égratigné par les ronces et les genêts scorpions.

Parfois il rentrait son troupeau si tard qu'il ne venait même pas prendre l'apéritif ; ces soirs-là, les commentaires allaient bon train :

— Il déraille, tonnait Lucien Callelongue, en dépliant ses longues jambes ; c'est bien d'avoir une passion, mais enfin, il faut rester raisonnable ! Tenez, moi, si je m'écoutais, je ne m'occuperais que de mes sculptures, c'est ça que je préfère, mais bon, il faut vivre aussi, et tous les jours je vais au boulot, placer des serrures ou des ferronneries, et je reviens à mes sculptures le soir.

Ce que Lucien appelait ses sculptures, c'étaient des assemblages assez hétéroclites qu'il produisait au chalumeau et à l'ensemble à souder, à partir d'objets métalliques récupérés dans toutes les casses du secteur. Les avis de ses amis étaient assez partagés sur les résultats obtenus, mais ils gardaient prudemment leur opinion par-devers eux. Si le grand totem, haut de huit mètres et exclusivement fait en roues de motos avait obtenu un certain succès de curiosité, d'autres productions étaient regardées avec scepticisme, telle cette Vierge à l'enfant dont les aspérités en heurtaient plus d'un. Il faut dire que les guidons de vélos soudés sur des carcasses de radiateurs n'évoquaient qu'imparfaitement la douceur d'une madone de la Renaissance, mais chacun se sentait tenu de s'exclamer sur les « deux tonnes de matériel, parfaitement, deux tonnes ! » qui constituaient l'ensemble.

— Remarque que si ça l'amuse, son histoire de grotte ! Chacun vit sa vie, soufflait de sa voix tranquille Maurice Salvat, mais c'est vrai qu'il a tort de trop s'exciter, il faut faire les choses tranquillement, ou sinon il va s'y ruiner la santé.

Maurice Salvat se présentait volontiers comme « Employé de la première entreprise de France »; aux curieux ou naïfs qui lui demandaient de quelle entreprise il s'agissait, c'est avec un grand sourire débonnaire qu'il précisait « Polemploi, bien sûr ! »

C'était un homme d'une trentaine d'années,

petit, mais assez athlétique, et qui parlait d'une voix douce, comme s'il économisait ses forces. Il avait souvent des velléités de se lancer dans de grandes entreprises, qui paraissaient un peu saugrenues à ses amis ; pas toujours idiotes, mais étranges, un peu à l'ouest, comme disait philosophiquement, d'un ton résigné, Marcel, le bistrotier.

Par exemple ? Mais je ne sais pas, moi. Ou, oui, tiens, par exemple, une idée marketing, une fois ; notez qu'il n'a jamais fait de marketing, qu'il n'y connaît rien. Eh bien, il a fait le tour des fabricants d'appareils auditifs en essayant de leur vendre l'idée qui lui était venue : il avait eu une inspiration, presque une illumination, c'était de baptiser une gamme d'appareils du nom de Beethoven, parce que c'était le sourd le plus célèbre…

Après l'échec de ce genre d'entreprise, il retombait dans de longues périodes d'atonie, avant de repartir sur une nouvelle idée.

Marcel Lhostecalde, lui, n'avait pas d'avis tranché sur le comportement du berger : dans sa longue carrière de tenancier, il avait vu toutes sortes de piliers de bar, et entendu bien des histoires, vraies ou fausses. Était-ce par fatigue, car il aspirait maintenant à la retraite, ou parce qu'il avait atteint la sagesse suprême, mais il ne s'étonnait plus de rien. Il ne critiquait pas, non plus, ou alors de manière feutrée : le client avait sans doute ses raisons, et le bar, à l'instar de l'église pour un prêtre, était pour lui un lieu de refuge où tous les péchés doivent être pardonnés.

D'ailleurs il ne condamnait qu'une chose, par principe, c'était de voir Barthélémy rater l'heure sacrée de l'apéritif, tel un curé s'inquiétant de la défection d'un paroissien, à l'heure de la messe.

Pourtant l'aspect de Marcel n'avait rien de sacerdotal : à partir du printemps et jusque bien après les premiers froids, il portait un vieux short défraîchi, dont on pouvait déduire à quelques indices qu'il avait été vert clair, avec quatre bandes vert foncé sur les coutures. Son ventre devenu proéminent avec l'âge débordait amplement par-dessus la ceinture qui s'efforçait de retenir son short, tendant à rompre le tee-shirt vert bouteille qui complétait son accoutrement.

Si le servant ne paye pas de mine, c'est pourtant une sorte de culte qui se déroule, tous les soirs, sous les deux micocouliers de la place : celui de l'apéritif. Deux verres, pas plus, c'est la limite que se sont fixée les compères qui viennent tous les soirs sur les vingt heures tenir compagnie à Marcel, avant qu'il ne ferme son bistrot, à vingt heures trente tapantes.

Deux verres, « sauf événement exceptionnel ». Bien sûr, des événements exceptionnels, il y en a : une victoire d'un local dans le Tour de France, un anniversaire, une nouvelle œuvre de Lucien, un entretien d'embauche décroché par Maurice. Ces soirs-là, on peut aller jusqu'à une tournée chacun ;

mais il ne faut pas croire que la liste peut s'allonger sans fin : par exemple la proposition de Lucien de classer comme événement exceptionnel le jour où Marcel ne portait pas son short à quatre rayures – il était au lavage –, fut impitoyablement rejetée.

Idéal, qui était peu à peu devenu lui aussi l'un des habitués, ne disait rien quant à l'idée fixe de son ami, car pour lui les paroles ne prouvent rien, mais il n'en pensait pas moins. Il fit même, un jour, une ultime tentative pour raisonner le berger :

— Mais enfin, tu ne vas pas chercher ta grotte chaque jour, tu perds ton temps et ton énergie, alors que tu as du travail qui t'attend ; c'est toi-même qui m'as dit que ta bergerie prenait l'eau, que tu devais réparer le toit.

— T'inquiète pour mon travail, il finira par se faire, mais maintenant que les jours s'allongent, je veux en profiter : bientôt c'est l'estive, j'espère avoir trouvé d'ici là, avant de partir avec le troupeau sur le Lozère.

— Tu es bien pressé : pourquoi devrais-tu trouver la grotte juste cette année ? Cela fait bien longtemps que tu la cherches, non ?

Barthélémy s'énervait à nouveau :

— C'est cette année que je la trouverai, j'en suis sûr ; et j'ai même des informations nouvelles !

— Des informations nouvelles ? Sur une histoire vieille de plusieurs siècles ?

— Parfaitement, monsieur, c'est un des nouveaux qui m'a parlé, au groupe des Matelles, à « l'assos », c'est pas n'importe qui, il est assistant à la fac, une pointure, quoi !

— À la fac, j'y ai donné des cours aussi, et il n'y a pas que des pointures ; c'est qui ton gars ?

— Maraval, il s'appelle, tu le connais ? C'est un bon ?

Idéal s'était rembruni ; visiblement l'assistant en question n'était pas de ses amis.

— Pour moi, c'est un arriviste, mais il est compétent, c'est vrai, et il dit quoi, le Maraval ?

Barthélémy, qui n'avait retenu de cette réponse que le positif, se voyait conforté dans ses espoirs, et c'est les yeux brillants d'excitation qu'il s'exprima :

— Il connaît la légende, et lui, il m'a dit qu'il a lu sur des livres que la grotte était « à moins de cinq cents pas des tours de péage » ; sur des livres, tu te rends compte ?

— Les tours de péage ? Tu veux dire les tours Tourière, celles qui sont au-dessus du mas Tourière ?

— Bien sûr, quoi d'autre sinon ?

Idéal haussa les épaules ; lui aussi commençait à s'énerver devant l'assurance – qui lui semblait plutôt de l'exaltation – de son ami.

— Mais pourquoi ton fichu livre ne les appelle pas par leur nom ?

— Mais parce que ce nom, c'est celui du propriétaire du mas et du terrain au XVIIe siècle, c'est pas le nom d'origine de ces fortifications, tu vois bien que tu y connais rien, intellectuel de mes deux !

Dompté, « l'intellectuel » se tut.

Il devait bien admettre que l'explication était plausible : des tours de péage, pourquoi pas ? Les deux tours quadrangulaires, l'une intacte, l'autre à demi écroulée, étaient datées du XIIe siècle, et se voyaient parfaitement, depuis le village de Cazevieille, distant d'à peine trois cents mètres. L'une placée sur la crête, l'autre un peu en contrebas, elles gardaient le petit col qui donnait l'accès au versant nord, vers la voie de passage, la route de Vieille-Toulouse qui courait à son pied.

Un péage qu'auraient institué les seigneurs du lieu, les comtes-évêques de l'évêché de Maguelone, lorsque l'on quittait les terres du Val de Montferrand.

Ce Val de Montferrand sur lequel il était maintenant incollable, grâce aux leçons débitées avec feu par Barthélémy Roure. Comme il n'avait qu'à moitié confiance dans l'ardeur et le lyrisme de son ami dès lors qu'il était question de ces lieux et de cette époque, il avait discrètement contrôlé ses dires à la médiathèque de Montpellier, dans la vaste salle de lecture toujours pleine et pourtant silencieuse.

Grosso modo, et à quelques exagérations près, Roure n'avait pas tort : à partir du XIIIe siècle, les comtes-évêques avaient accordé à un groupe de villages nichés au pied du pic Saint-Loup une série de franchises qui leur laissaient une assez large autonomie. Les délégués des différentes paroisses ou hameaux se réunissaient dans l'église la plus grande, celle des Matelles, pour décider des affaires les concernant, dans des débats dont on a la trace depuis l'origine, débats assez démocratiques pour que certains auteurs aient pu qualifier ce groupement de « République du Val de Montferrand ».

Ce mot avait bien sûr fait de l'effet sur l'imagination de Barthélémy :

— Tu te rends compte, pérorait le berger, dans ces leçons improvisées, dans tel ou tel lieu de pacage, au milieu du thym, des asphodèles, et de l'herbe rase, tu te rends compte, cinq cents ans avant la Révolution, une république, avec toutes les familles représentées, on trouve même des femmes dans les délégués, et c'est chez nous, dans notre territoire !

Idéal tentait de modérer ses ardeurs :

— Ne prends pas ce mot de république au pied de la lettre, bien des villes avaient des exemptions, des franchises… il n'y a qu'à voir combien de villes en France portent le nom de Villefranche !

— N'empêche, des délégués par commune…

— Par paroisse, les communes sont instituées depuis la République, la vraie ! précisait l'ancien enseignant, laïque et républicain, comme il se doit.

— Par paroisse, OK, mais n'empêche…

Et sur ce « n'empêche » qui pouvait tout signifier, le berger abandonnait son ami qui haussait les épaules avec résignation, et il repartait dans ses recherches, revenant le soir vers son troupeau, fourbu, et son éternel habit de travail bleu souvent en piteux état.

C'est que le terrain qu'il explorait avec plus d'excitation que de méthode était loin d'être facile. Il avait, donnant toute sa confiance à ce recueil de légendes plus ou moins fiable, tracé un cercle de cinq cents de ses pas autour des tours Tourière. Les tours sont sur la crête, il avait éliminé le demi-cercle du côté sud, du côté du village, puisque la légende était claire : l'ermite était côté nord. Et donc il battait ce côté avec de plus en plus d'inquiétude, de plus en plus de fébrilité. Mais si cette partie du Pic n'est pas la plus haute, le col étant même un passage facile, la crête monte ensuite assez fortement, en direction du sommet, un kilomètre plus à l'est, en donnant des falaises de quelques mètres à quelques dizaines de mètres, qui se prolongent par des éboulis. Et au-dessous de ces éboulis, une végétation assez basse mais très touffue de chênes verts entremêlés de ronces, qui déchirent peau et habits. Bref, malgré toute sa foi, le pauvre chercheur commençait à douter, le soir, quand il raccommodait tant bien que mal ses habits malmenés.

Un jour, par extraordinaire, Idéal ne trouva pas le troupeau dans la combe habituelle. Il en fut soulagé : « enfin il est devenu raisonnable, il a changé de coin de pâture ». Il est vrai que la zone était en passe de devenir un vrai désert : les moutons sont capables de manger l'herbe la plus rase, mais encore faut-il qu'il y ait de l'herbe ! Or à force de passer tous les jours plusieurs heures dans le même secteur, le troupeau ne piétinait plus que de la terre, et Bobby, malgré tout son talent, avait fort à faire pour empêcher les bêtes de s'éloigner à la recherche d'herbe fraîche.

Mais Idéal ne trouva pas non plus son ami dans les autres pâtures du village. « Il a dû aller se changer les idées du côté de Viols-le-Fort », pensa-t-il, et il se plongea dans son livre du moment.

Le surlendemain, ni le berger ni le troupeau ne parurent, et Barthélémy ne répondait pas sur son portable, l'une de ses rares concessions à la modernité, mais le moyen de se passer de cette sécurité quand on est seul en pleine garrigue, avec cent bêtes à surveiller ?

Idéal laissa un message, plus intrigué qu'inquiet.

Le troisième jour, l'on était le premier mai, et c'est ce jour-là que l'histoire a vraiment commencé.

Le troupeau était de retour dans la combe. Le berger était assis dans une attitude familière, son fouet entre les jambes, fumant son habituelle moitié de cigarette.

Quand son ami s'approcha, il fut effrayé en voyant son air épuisé.

— Qu'est-ce qui t'arrive ?

— Je dors plus depuis trois jours.

— Et pourquoi donc ?

— Je l'ai trouvée.

Maître, pourquoi est Dieu appelé père ? Mon enfant, car l'engendrement appartient principalement au père plus que à la mère, par quoy l'on doit attribuer à Dieu la plus principale partie.

LUCIDAIRE duquel le Disciple demande au Maître choses obscures et merveilleuses touchant les faits de Dieu, et il luy en donne bonne réponse et utile.

La grotte de l'ermite

— Je l'ai trouvée, j'avais bien raison, elle est pas comme je croyais, mais c'est bien elle ! Et je suis tellement excité depuis que j'arrive plus à dormir de la nuit.

— Tu as trouvé une grotte, d'accord, mais comment peux-tu être sûr que c'est celle-là ?

— Viens voir, je t'attendais pour ça.

Le berger fila avec entrain sur le chemin qui serpentait sur le flanc nord du Pic, en remontant vers le col et le village de Cazevieille. Idéal, malgré son entraînement, avait du mal à le suivre ; il essayait de ne pas se laisser distancer, afin de calmer les ardeurs de son ami, quand celui-ci, quittant brusquement le chemin, bifurqua pour attaquer une pente abrupte, boisée, où les chênes verts retenaient de leur mieux les cailloux entassés. Quand, à la suite de Barthélémy, il eut traversé nombre de fourrés et gravi difficilement un dernier éboulis particulièrement raide, il vit que le berger s'était enfin arrêté : ils étaient arrivés au pied de la falaise, très près de la crête, car il n'y avait plus que cinq ou six mètres de roche en à-pic au-dessus d'eux.

Il ne lui fallut qu'un coup d'œil pour se rendre à l'évidence : ce ne pouvait être que la grotte, et il ne pouvait en vouloir à son ami d'afficher un air de ravissement qu'il aurait trouvé ridicule en toute autre circonstance.

C'était une anfractuosité plus petite que ce qu'il attendait, creusée par l'érosion au pied de la falaise, qui s'avançait à cet endroit en léger surplomb, masquant la vue de ce refuge depuis la crête. Et devant le trou, la roche dégageait une sorte de large terrasse, ce qui expliquait que la grotte, située en retrait, était invisible depuis le bas. On comprenait donc comment elle avait pu échapper aux recherches, protégée qu'elle était, de plus, par un éboulis difficile à franchir, et des fourrés épais.

Sur le rebord rocheux, qui se terminait en à-pic, la vue portait loin, sur Saint-Martin-de-Londres et son église romane, et au-delà, sur les premiers contreforts des Cévennes, barrés par le massif de l'Aigoual.

Mais surtout, ce qui permettait de comprendre le point le plus étrange de la légende, ils voyaient depuis cette terrasse le passage qui permettait à l'ermite d'éviter les contacts qu'il ne souhaitait pas.

Contrairement à ce qu'ils attendaient – et que promettait la légende – la grotte ne traversait pas le massif de part en part ; c'était une ouverture proche de la caverne qui créait une arche naturelle, traversant une arête qui séparait deux vallées de la même face nord.

D'un seul coup, Idéal fut aussi excité que son ami :

— Voilà, voilà l'astuce ! L'ermite ne passait pas de la face nord à la face sud, ce qui est impossible vu l'épaisseur du massif, mais il pouvait descendre une de ces petites vallées, s'il ne voulait pas voir celui qui montait par l'autre.

— Et le gars qui montait faisait chou blanc, comme il est dit dans la légende ! Alors, j'avais pas raison, alors que tout le monde me traitait de fada ?

— Je ne t'ai jamais traité de fada !

— Oui, mais tu l'as pensé, *e maï d'un cop*, plus d'une fois, encore.

Idéal se garda de s'aventurer sur ce terrain.

— Et la grotte alors, tu l'as visitée ?

— Non, j'ai pas osé, je pouvais pas y entrer seul.

Idéal comprenait ce sentiment ; lui aussi, juché sur le rebord devant la grotte, son ami à ses côtés, ressentait, en même temps que l'émotion de la découverte, comme la crainte d'une profanation.

Ils se décidèrent finalement.

L'entrée était assez haute : il était à peine nécessaire de baisser la tête. Une sorte de murette en pierres sèches, grossièrement posées, réduisait le passage, et avait sans doute pour but de protéger l'ermite de la pluie et du vent.

Leur déception fut grande de constater que la grotte n'avait que quatre ou cinq mètres de profondeur, mais surtout qu'elle était totalement nue : aucune trace ne subsistait de la présence d'un occupant.

— Que veux-tu, essaya de se consoler Idéal, si même quelqu'un a vécu là, c'est il y a plusieurs centaines d'années, il est logique que le temps ait fait son œuvre.

Barthélémy, lui, refusait de s'incliner devant l'évidence, et continuait à chercher dans le moindre recoin, essayant même de gratter dans l'argile déposée au fond de la cavité.

Il ne renonça qu'après un long moment, et de mauvaise grâce :

— Je reviendrai, avec de l'équipement, et je creuserai cette argile.

— Tu ne trouveras rien, il y a trop d'humidité dans cet aven, on voit l'eau qui suinte par endroits ; viens plutôt voir le passage ; ce n'est plus de l'histoire, c'est de la géographie, mais c'est tout aussi intéressant. Regarde ça ! Il y avait peut-être une fissure, ou même un petit aven au départ, et puis le vent s'est engouffré là-dedans, et a élargi... On voit nettement les traces d'érosion éolienne !

L'ancien professeur retrouvait ses vieilles manies de pédagogue, et faisait la leçon à l'unique élève qu'il avait à sa disposition. Il est vrai que ce qu'ils baptisèrent « le passage », pour le distinguer de la grotte, était spectaculaire.

Le trou était imposant, il faisait plus de trois mètres de hauteur et autant de large, et pour traverser l'éperon rocheux dans lequel il était creusé, il lui fallait bien une dizaine de mètres. Curieusement, il dessinait une sorte de S. Le sol était en très légère pente, et sans une trace d'argile ou de terre : seul le calcaire avait droit de cité ici, ce qui n'échappa pas à l'ancien professeur :

— Tu vois, il n'y a aucun dépôt, parce que l'eau ne coule pas dans ce passage : il est toujours ventilé et donc il reste sec ; tu sens le courant d'air ?

— Tu parles que je le sens, et pourtant il n'y a pas de vent ; qu'est-ce que ça doit être quand le mistral souffle !

À l'extrémité du passage, la perspective s'ouvrait à la fois sur le pic Saint-Loup, à main droite, et sur le sommet de l'Hortus, de l'autre côté du vallon.

— Très étrange : ce trou est parallèle à la ligne de crête, et non perpendiculaire, comme il aurait dû être pour traverser tout le massif, comme le prétendait la légende ; mais il y a quand même un point de départ exact : on communique bien entre les deux faces de l'éperon.

Idéal ne commentait plus que pour lui-même, car depuis un moment son ami ne l'écoutait plus, regardant fixement une sorte de rebord qui courait sur la partie haute du passage.

— Tu regardes là-haut, intéressant, hein ? L'érosion éolienne a surcreusé en hauteur, là où le vent appuyait sur la roche, dans cette espèce de S. Et, en même temps, il y a des zones qui ont résisté, là où la pierre était plus dure, comme là, tu vois, là où l'on distingue une croix…

Idéal avait interrompu sa phrase, comme surpris lui-même par ce qu'il venait de dire ; les deux hommes se regardèrent, et se précipitèrent sur la trace.

La croix était creusée assez profondément dans la roche dure, sur une hauteur de plus de cinquante centimètres, et était entourée par une ligne qui dessinait une sorte de blason à l'envers, une forme qui faisait songer à une petite pierre tombale.

— Tu crois que c'est lui qui a fait ça ?

— Et qui d'autre ?

— Ça n'a pas dû être facile, c'est l'endroit où la roche est la plus dure !

— C'est justement pour cela qu'il l'a tracée à cet endroit, pour que ça reste, sur cette veine qui se prolonge jusqu'au plafond.

Les deux amis levaient la tête en même temps, pour suivre la trace plus claire, et c'est ensemble qu'ils virent la deuxième croix, plus petite, à la limite même du rebord.

— Mais, regarde, ajouta Barthélémy, il y a quelque chose, sur le rebord.

— Je ne vois rien.

— Si, si, une sorte de tas de pierres, mais c'est sombre, et en retrait.

Le berger était déjà en train d'escalader le rebord, d'ailleurs assez facile d'accès ; sa voix changea, et il coassa, plus qu'il ne parla, quand il reprit :

— Viens voir, c'était lui, c'est sûr !

— Merde alors !

Idéal jurait rarement, mais il ne put retenir son exclamation quand il eut rejoint Barthélémy.

Sur le rebord creusé par le vent, à plus de deux mètres du sol du passage, des pierres s'élevaient, juste posées, en forme de pyramide, surmontées d'une croix grossièrement taillée dans la pierre.

En matière de religion, ni l'un ni l'autre n'étaient des croyants affirmés : Idéal était un sceptique convaincu, Barthélémy ajoutait foi aux vieilles croyances des campagnes, cet antique fonds païen que l'Église n'avait pu complètement éradiquer.

Pourtant, quand l'un et l'autre s'approchèrent du petit calvaire, rendu plus émouvant encore par son aspect maladroit, primitif, ils éprouvèrent une sorte de respect, presque de crainte.

— Tu te rends compte, tu te rends compte… ne cessait de murmurer Barthélémy Roure, tu te rends compte, c'est lui qui a fait ça, c'est comme s'il était là, comme s'il nous parlait.

Idéal ne disait rien, il regardait fixement la base de l'édifice, une sorte de pierre plate sur laquelle étaient posés les cailloux de la pyramide. Mais ce qui l'intriguait, c'était de voir ressortir entre deux pierres l'angle d'une sorte de petite construction. Quand Barthélémy l'eut aperçue à son tour, il s'agenouilla pour dégager fiévreusement la croix sculptée, puis les pierres dans lesquelles elle était fichée, faisant apparaître ce que l'édifice cachait : des pierres plates, parfaitement ajustées, formaient une sorte de boîte.

Il se releva, pâle et silencieux ; Idéal lui aussi était saisi par l'émotion.

Combien de temps restèrent-ils ainsi ? Une minute peut-être, mais cette minute leur sembla la plus longue de leur vie.

Enfin Barthélémy n'y tint plus : il souleva la pierre du dessus, et, malgré la demi-obscurité du passage dans lequel ils se trouvaient, ils virent enfin ce que, sans vraiment se l'avouer, ils recherchaient depuis leur arrivée, ils virent ce qu'ils n'osaient espérer.

Sans doute, ce jour-là, il eût été préférable pour tous deux qu'ils ne trouvent pas ce message improbable ; il aurait même été préférable pour Barthélémy qu'il ne trouvât pas la grotte, quitte à passer à cette recherche le reste de sa vie, mais quand, comme lui, on veut tellement trouver, on finit par trouver, même si l'on trouve autre chose que ce que l'on cherche.

***

Ce jour-là, en effet, dans la grotte, quand Barthélémy avait soulevé les pierres de la pyramide, puis celle qui formait le couvercle, un livre était apparu, un vieux livre, fermé par un fermoir en métal, d'un format important, et à l'épaisse couverture de cuir. Il était écorné, la couverture était usée et couturée d'éraflures, et les deux découvreurs, impressionnés, avaient hésité sur la conduite à tenir :

— Tu crois qu'on peut ? avait d'abord demandé le berger, une main sur le fermoir.

— Je ne sais pas, je crains que tout tombe en poussière ; le papier est ancien, il sera sûrement moisi.

— Mais tu l'as dit toi-même, dans ce passage, le vent dessèche tout ! Tant pis, je l'ouvre !

Idéal avait esquissé un geste pour retenir son ami, mais le fermoir s'était déjà désagrégé sous les doigts de Roure, et celui-ci, d'un geste décidé, avait ouvert le livre à la première page.

Leurs deux têtes s'étaient rapprochées, pour contempler une enluminure, la première lettre du livre, qui représentait un E très reconnaissable, malgré l'entrelacs de lignes jaunes et bleues qui l'entourait.

— Merde, ce n'est pas du papier, c'est un parchemin, avait soufflé Idéal.

— Qu'est-ce que ça change ?

L'ancien enseignant avait haussé les épaules :

— Peut-être rien, peut-être deux ou trois siècles.

Comme le berger ne réagissait pas, Idéal expliqua :

— En principe, on a cessé d'utiliser le parchemin à partir de l'invention de l'imprimerie ; donc on est peut-être avant le XVe siècle, c'est inouï, tu comprends, pour un livre abandonné en plein air !

— En plein air, tu exagères, il était à l'abri, quand même ! Et puis le parchemin, c'est sans doute plus résistant que le papier ; c'est fait en quoi ? En peau de mouton, non ?

— Oui, certainement, mais malgré tout un tel état de conservation paraît parfaitement impossible !

Mais Barthélémy était trop euphorique pour se laisser toucher par le doute.

— Je croyais qu'il y avait des tas de dessins sur les livres anciens, les trucs peints par les moines, tu sais, comme on nous a montré à l'école.

— Les enluminures ? Il y en avait beaucoup sur les livres les plus précieux, les commandes des princes ou des plus riches abbayes, mais dans les monastères spécialisés, on faisait aussi du travail à la chaîne, pour des livres qu'on recopiait à de nombreux exemplaires.

— Et celui-là en fait partie, tu crois ?

— Sans doute : sa couverture n'est pas très travaillée, et les enluminures sont assez sommaires, mais il y a quelque chose de curieux…

Idéal feuilletait rapidement le document, comme s'il recherchait un passage particulier.

— Tu connais le latin, toi ? demanda Barthélémy, comme intimidé.

— Pas du tout ; ou plutôt, je l'ai étudié, mais franchement, j'étais nul, et ça me paraissait idiot, donc il ne m'en reste pas grand-chose.

Pourtant, il continuait à étudier attentivement les pages qu'il tournait l'une après l'autre.

— Mais alors tu cherches quoi, si tu n'y comprends rien ?

— Regarde ! Et il montra à son ami le bas de la page qu'il essayait de déchiffrer : ce sont les marges du bas qui m'intéressent, c'est là qu'il y a un message original, le reste est très classique, même si c'est déjà impressionnant.

Barthélémy n'avait pas osé en demander plus, mais son air absent parlait pour lui, aussi Idéal compléta-t-il :

— On a récupéré un parchemin copié de manière ordinaire, et on a écrit dessus, mais en conservant le texte d'origine. Et il soulignait, du doigt, les différences d'écriture :

— Tu vois, au bas de la page, l'écriture est fine, mais irrégulière, les lignes ne sont pas très droites, il y a des ratures, l'encre est plus ou moins claire… Le texte d'origine, en revanche, est régulier, bien lisible, écrit par un copiste expérimenté.

— Et ça veut dire quoi ?

— Les parchemins étaient précieux, et souvent récupérés : on les grattait, et on écrivait par-dessus, continuait Idéal en tournant les pages, c'était assez fréquent, soit pour censurer un texte, soit simplement pour récupérer le parchemin.

— Et là, on est dans quel cas ?

— Dans un cas bizarre, justement : on a voulu garder le texte d'origine, comme si on y tenait beaucoup, et c'est ce qui apporte de l'eau à ton moulin.

Ce genre d'image, qu'affectionnait Idéal, provoquait immanquablement l'incompréhension de son ami :

— Quel moulin, de quoi tu me parles ?

— De l'ermite, de ton fameux ermite, parce que le contenu de ce manuscrit avait tout pour lui plaire, et cela pourrait expliquer qu'il l'ait conservé : c'est ce bon vieil *Elucidarium* !

Pour le coup, le berger ne cherchait pas à cacher son admiration :

— Tu veux dire que tu connais ce texte ?

— Pas par cœur, mais presque ! Qu'est-ce qu'on s'est embêtés là-dessus !

Le sourire d'Idéal s'effaça brusquement, comme si une pensée désagréable était venue le troubler.

— Enfin, tout ça ne nous rajeunit pas, et certains qui ont bûché ça avec moi ont mal tourné – moi y compris –, ajouta-t-il un ton plus bas.

Barthélémy, tout à l'examen du document, n'avait

pas relevé cette phrase énigmatique.

Idéal était revenu, lui aussi, sur le texte :

— Sûr, sans aucun doute, c'est l'*Elucidarium* d'Honorius Augustodunensis, ou Honoré d'Autun, si tu préfères, un clerc qui a écrit ce texte au XIIe siècle, en Angleterre sans doute.

— Mais tu m'as dit que tu étais nul en latin, et c'est du latin, ça, je ne me trompe pas ?

— En effet, cette version est en latin, mais nous, à la fac, nous avons travaillé sur un texte français, une des dernières moutures de cette bonne vieille bête !

Barthélémy avait du mal à comprendre l'espèce de jubilation qu'il voyait luire dans les yeux de son ami, mais, là encore, il n'eut pas besoin de questionner pour en savoir plus :

— Notre version de travail, c'était le *Lucidaire*, une traduction française imprimée au XVIe siècle, parce que, tu vois, l'*Elucidarium*, c'est une sorte de catéchisme, mais pas pour les enfants, pour les adultes, et pas n'importe lesquels, ceux qui savaient lire, bien sûr ! Donc les clercs, les prêtres ou ceux qui se destinaient à la prêtrise, les moines, au moins ceux qui avaient un minimum d'instruction...

L'ancien enseignant semblait parti pour une longue leçon, mais le berger n'était pas disposé à trop s'éloigner de leur texte à eux.

— Mais le nôtre, alors, celui de l'ermite, il date de quand ?

Idéal sembla se concentrer sur le document :

— À coup sûr, c'est une copie plus ancienne que celle sur laquelle j'ai travaillé dans le temps. Les premiers parchemins de l'*Elucidarium* sont apparus fin XIIe, début XIIIe siècle ; puis il y a eu des traductions dans plusieurs langues européennes, encore manuscrites au XIVe, XVe siècle. Enfin les versions suivantes ont été imprimées, jusqu'au XVIe ; bien sûr, ajouta Idéal, après la Renaissance, ce texte était complètement dépassé !

— Bien sûr, opina Barthélémy de confiance, mais donc, reprit-il avec une sorte d'avidité dans le regard, il est peut-être du XIIe siècle ?

— Forcément entre le XIIe, et, mettons… Le XIVe, peut-être ! Avant l'invention de l'imprimerie, en tout cas, puisque ce type de copie ne se justifiait plus après.

Le berger semblait plongé dans un ravissement proche de l'extase.

— C'est formidable, non ?

— C'est certain, c'est vraiment impressionnant, seulement…

— Seulement ?

— Un spécialiste peut sans doute préciser quand le manuscrit a été copié, mais ça ne dit pas vraiment à quelle date l'ermite, si c'est lui, y a écrit par-dessus !

Barthélémy eut un sursaut indigné :

— Si c'est lui ! Tu rigoles, non ? Qui d'autre sinon ?

Le geste d'apaisement de son interlocuteur ne calma pas le berger, qui conserva son air scandalisé, même quand Idéal tenta de se justifier :

— Doucement ! Nous avançons des hypothèses, il faut adopter une démarche scientifique, ne pas s'emballer...

— Scientifique, scientifique... Tu coupes les cheveux en quatre, oui ! Il y a un ermite, il écrit sur un livre, le livre est de la même époque que l'ermite, ou l'ermite est de la même époque que le livre, comme tu veux, et ne me raconte pas d'histoires...

— On se calme, il faut d'abord étudier ce qui est écrit, et on y verra peut-être plus clair, tu ne crois pas ?

Le berger pencha la tête d'un côté, puis de l'autre, comme s'il suivait des yeux l'aiguille d'une invisible balance, puis il opina avec un sourire :

— C'est vrai, ça se tient, mais tu as une idée pour traduire ça ?

Idéal lisait le texte du livre qu'il tenait dans ses mains, il avait l'air d'un élève qui ânonne son texte :

— *Admonestam... persm...* Zut, c'est tordu, quand même ! Entre l'écriture gothique, le texte qui zigzague un peu, ça n'est pas simple...

— Mais pourquoi tu t'obstines, si tu es nul en latin, tu n'as aucune chance !

Idéal se redressa avec un faux air de dignité offensée :

— Je ne m'obstine pas, je contrôle... Et, conclut-il en riant, je confirme que je suis toujours aussi nul en latin, en effet ! Mais oui, j'ai une idée, elle s'appelle Alain.

— Alain ?

— Oui, c'est un vieux copain de fac ; enfin, copains, on l'était sans l'être, à cette époque, on s'empaillait même pas mal, c'était juste après soixante-huit tu comprends… et un voile passa fugitivement sur le regard d'Idéal, qui se reprit :

— Enfin bref, mais maintenant…

— Maintenant vous êtes copains, c'est ça ? abrégea Barthélémy, que l'allusion à l'après-soixante-huit avait laissé de marbre.

— Oui, c'est ça, et depuis nos engueulades, il est devenu un spécialiste d'histoire médiévale ; autant dire qu'il peut traduire le texte de notre ermite sans problème ; laisse-moi le livre, j'appellerai mon ami cet après-midi, il ne me refusera pas ça, et en plus, je pense que ça le passionnera.

Barthélémy hésitait, partagé entre la crainte de vexer son ami et celle d'abandonner sa découverte :

— Le livre, je te le laisse si tu le donnes à ton collègue, mais tu me le rends s'il n'en veut pas, hein ? Il est à moi, j'y tiens ! Et Barthélémy, comme pour donner plus de force à ses paroles, serra le précieux manuscrit contre sa poitrine.

— Mais oui, ne t'inquiète pas, le rassura son ami, je te le rendrai, mais tu verras, on peut faire confiance à Alain, c'est un type extraordinaire.

***

Oui, c'est vrai qu'il était extraordinaire, Alain Painvil. Il avait fait sa carrière malgré les chausse-trapes des « collègues » qui n'appréciaient pas ses engagements, et il était devenu une pointure dans sa spécialité ; il était toujours occupé, entre un jury de thèse et un colloque où ses interventions faisaient autorité. Toujours affairé, mais toujours disponible, toujours actif, toujours en soutien à une action de ses étudiants, traversant la ville en tous sens sur son scooter. Car il roulait toujours en scooter, sur lequel il ne passait pas inaperçu, sa longue silhouette, et son type d'élégance un peu british détonant quelque peu par rapport aux utilisateurs habituels des deux-roues.

Et quand Idéal avait eu besoin d'un coup de main, quand il avait cherché à reprendre pied, après ses errances, c'est Alain qui s'était manifesté, sans qu'il ait eu à le solliciter, et qui lui avait remis le pied à l'étrier, en le prenant comme assistant.

Ils avaient pourtant eu bien des algarades, à la fac, quand ils étudiaient sur les mêmes bancs, quand ils étudiaient le *Lucidaire,* entre autres !

Ça n'est pas sur ce texte poussif qu'ils s'accrochaient, non, mais sur les mouvements politiques qui agitaient la faculté, chauffée à blanc par les suites du mouvement de mai 68. Ils étaient tous deux engagés, mais dans des groupes rivaux : Alain était trotskiste, et si, quarante ans après, il ne faisait plus partie d'aucun groupe politique, il était resté, de cœur, fidèle à ses premières amours. Idéal, à cette époque, était maoïste, et il avait payé assez cher depuis le droit de ne plus l'être.

C'est à toute cette vieille histoire qu'avait brièvement pensé Idéal, quand il avait avancé le nom de son ami, mais il n'avait pas jugé bon d'en parler à Barthélémy : ces péripéties anciennes n'auraient pas intéressé le berger, pensait-il, et de toute façon elles faisaient partie de son histoire à lui, de son jardin secret, dont il n'avait parlé à personne, dans sa nouvelle vie de retraité au pied du pic Saint-Loup.

Le soir même de la découverte, il avait donc téléphoné à Alain, depuis son téléphone fixe, une reproduction à l'identique des vieux téléphones qu'on trouvait jadis dans les cabines ou les cafés.

Ça n'était pas pour rien qu'il avait choisi ce modèle, qui lui rappelait un lointain passé. Ce sont des choses que des plus jeunes que lui ne pouvaient pas comprendre, il le savait, des pensées qui le classeraient immédiatement, s'il les révélait, dans la catégorie des *has been,* des ringards, de ces choses qui font que l'on sent, presque physiquement, l'épaisseur des années passées, alors que, pourtant, elles ont filé si vite !

Un truc tout simple, pourtant, en apparence : le téléphone.

Ou plutôt, son rapport au téléphone : quand, pour la première fois, il s'était servi d'un téléphone, il avait dix-sept ans, c'était pour ses premiers examens, le bac, puis le concours à l'École normale de Perpignan. C'était, disons, dans les années soixante et quelque, soixante-cinq peut-être, et bien sûr, il n'y avait pas de téléphone à la maison ; pour téléphoner, il allait dans la cabine d'un bistrot. C'était à Céret, où vivaient ses parents, épaves jetées là par la Retirada, le grand exode des républicains espagnols fuyant les troupes franquistes. Ils s'étaient arrêtés dans cette petite ville, à deux pas de la frontière, dans l'espoir toujours renaissant et toujours déçu de voir s'effondrer le dictateur haï ; ils y étaient tous deux morts avant lui.

Idéal avait gardé de cette époque une révolte, presque une rage, devant l'injustice, devant l'étalage de la richesse, au souvenir des humiliations, des frustrations de sa jeunesse de fils de réfugié.

Pour téléphoner, il allait donc dans la cabine du bar, et il cherchait à obtenir la communication, sur des lignes encombrées, avec un correspondant surchargé d'appels, qui allait donner le résultat attendu, dont la voix allait signifier peut-être qu'il allait avoir une autre vie que celle de ses parents, attachés, liés, au lopin de terre qu'ils avaient, à force de travail, pu acheter.

Son apprentissage du téléphone, ç'avait été le tête-à-tête, dans la cabine exiguë, avec cet appareil noir et hostile, ces lignes qu'on n'obtenait pas, ces résultats qu'on attendait, la peur au ventre.

Il lui avait fallu longtemps pour que cesse cette appréhension, pour que le téléphone devienne un simple instrument, puis, peu à peu, un prolongement de lui-même tourné vers les autres.

Mais jamais, il le savait, cet outil ne pourrait devenir pour lui ce qu'il était pour les jeunes étudiants qu'il avait eus en faculté, qui le voyaient comme une partie d'eux-mêmes : ils étaient quasiment nés avec un portable, ils avaient du mal à comprendre qu'un autre monde ait pu exister, avant.

Pour lui, derrière l'appareil le plus perfectionné, il resterait toujours, quelque part au fond de sa tête, un vague reflet du téléphone noir, dans la petite cabine du bar de Céret.

C'est pourquoi, par une sorte d'autodérision, il avait craqué, quand il avait vu ce modèle exposé, une réplique à s'y tromper du vieux téléphone mural de ces années-là ; il l'avait installé chez lui, dans une sorte de pied de nez à lui-même et à ses anciens blocages.

Mais si, au fil des ans, il avait enfin dompté le téléphone, en était-il de même pour sa vieille rage ?

Donc, sur sa réplique d'ancien modèle, il avait téléphoné à Alain le soir même, mais il n'avait eu que son répondeur. Il en avait été de même le lendemain, et le surlendemain encore. Quand son ami l'avait finalement rappelé, ça avait été pour lui dire qu'il participait à un colloque sur les troubadours en pays d'oc, à l'université de Warwick, et qu'il ne rentrerait qu'à la fin de la semaine suivante ; Idéal avait pesté contre ces fichus Anglais qui n'oubliaient jamais rien de ce qui leur avait appartenu : six cents ans après les avoir perdus, ils gardaient encore la nostalgie de leurs domaines occitans, et de leurs belles bastides au soleil !

Son ami avait tenté de modérer son impatience :

— Dix jours à attendre, mais ensuite, je te promets que je m'y attaque tout de suite. Ça m'intéresse, ton histoire, même si ça me paraît trop beau !

— Tu veux dire que tu doutes que le parchemin soit aussi vieux ?

À l'autre bout du fil, la voix devenait précise, professionnelle :

— D'une part, en effet, cinq ou six siècles à l'air libre, c'est beaucoup, c'est même beaucoup trop ! Quand je vois l'état de certains parchemins que j'étudie, à moitié mangés par l'humidité, alors qu'ils étaient conservés dans des bibliothèques !

Idéal avait eu le temps, durant ces quelques jours, de laisser retomber la fièvre de la découverte, et il s'était préparé à l'éventualité de nouvelles décevantes ; il avait connu pire dans son existence, et c'est donc d'un ton égal qu'il demanda :

— Et d'autre part ?

Un temps de silence lui répondit ; son interlocuteur cherchait ses mots :

— Tu n'as pas envisagé l'hypothèse d'une plaisanterie ?

— Je t'ai connu plus direct ; tu veux dire qu'on nous a peut-être pris pour des imbéciles ?

Alain avait retrouvé le ton moqueur qui lui était habituel pour répondre :

— Peut-être, oui ! Tu sais j'en ai vu des gars qui leurraient des chercheurs de légendes !

— Non, je ne crois pas ; tu en jugeras, mais à mon avis le codex est authentique, et un manuscrit comme cela, ça ne court pas les rues !

— D'accord, n'en parlons plus, je te considère comme un confrère compétent, même si ton cursus est atypique, il faut en convenir…

Ça, c'était du Alain tout craché, la pointe de moquerie masquant l'affection, l'attention aux autres.

— C'est cela, fiche-toi de moi !

— Pas du tout, pas du tout ! Et la voix du professeur était redevenue sérieuse, je sais que tu connais ton affaire, et je te crois sur parole ; cette histoire est donc d'autant plus étonnante. En revanche, un dernier conseil, par prudence, même si je sais que la prudence et toi…

— Oui ? Ton conseil ? le coupa Idéal.

— Ne parlez à personne de cette découverte, tant que je n'ai pas étudié le document ; il y a tant de faux qui circulent, faux récents, ou faux anciens… Il vaut mieux ne pas prendre le risque du ridicule.

Le lendemain même, au pied de la face nord du Pic, au milieu du troupeau qui divaguait à son gré, Idéal avait rapporté cette conversation à Barthélémy.

Le berger, qui bouillait d'impatience dans l'attente des nouvelles de la traduction, avait paru catastrophé par les dix jours de délai, et avait insisté pour récupérer le manuscrit ; Idéal, qui s'attendait à cette réaction, lui avait rendu le document en haussant les épaules :

— Dix jours, qu'est-ce que c'est ? Tiens, c'est juste le temps qui nous sépare de ta fameuse fête médiévale des Matelles ! Tu ne peux pas attendre jusque-là ? Tu ne sais pas ce que c'est que d'attendre, attendre vraiment, des journées entières, coincé entre quatre murs.

Mais, tout à la joie de tenir entre ses mains le précieux livre, Barthélémy n'avait prêté aucune attention à ces paroles.

Quand, quelques jours plus tard, les deux amis s'étaient retrouvés, Idéal avait été surpris par l'attitude bizarre du berger : alors qu'il commentait à nouveau le coup de fil d'Alain, et ses recommandations, celui-ci l'avait écouté en silence, d'un air profondément absorbé, en contemplant l'arête de l'Hortus, face à eux, et le château de Vivourès qui la couronne, comme s'il découvrait brusquement, surgi du néant, ce château médiéval, bâti par les rois de France sur leur frontière, face au château de Montferrand, propriété du comte-évêque de Mauguio.

— Tu m'écoutes, ou tu rêves ? avait fini par s'impatienter Idéal.

— Je t'écoute, je t'écoute, mais justement… À propos de ton copain, qui dit de ne pas en parler…

Le berger avait un air malheureux, un air de chien battu, qui inquiéta aussitôt son ami.

— Tu veux dire que c'est déjà fait, c'est ça, hein ? Tu n'as pas été capable de tenir ta langue trois jours !

— Ne t'énerve pas, ça n'est pas bien grave, je suis pas fou, j'en ai pas parlé au bistrot, comme tu me l'avais dit…

— Je ne l'avais pas dit tout seul, nous étions bien d'accord : nous ne voulions pas voir tout le village défiler et effacer peut-être d'autres indices, et puis il fallait d'abord avoir un avis autorisé.

— Mais non, chez Marcel je n'en ai pas parlé, dans le village non plus, mais…

Idéal commençait à sentir la colère bouillonner en lui, en voyant la gêne de Barthélémy. Il se connaissait, il se savait capable d'exploser brusquement, et ses paroles alors dépassaient sa pensée, et parfois de beaucoup.

— Je ne te demande pas à qui tu n'en as pas parlé, mais à qui tu en as parlé, couillon !

— Ça ne va peut-être pas te faire plaisir, lâcha enfin le malheureux Barthélémy, qui semblait de plus en plus mal à l'aise, mais tu comprends, tu n'arrivais pas à joindre ton ami, et puis ça s'est fait par hasard…

— À qui ? répéta simplement Idéal, excédé.

— Au templier, là, tu sais, frère Hugues…

— Ce crétin de Danoire, tu veux dire ? coupa brusquement son ami, d'un ton pourtant rien moins qu'amical.

Car Idéal Ferrer avait fait de Hyacinthe Danoire, alias frère Hugues, sa bête noire. Ses bêtes noires, plutôt, si l'on incluait son petit groupe de fidèles, qu'Idéal qualifiait aimablement de « pauvres toqués », ou de « sales fachos », selon son humeur du moment.

Ce personnage étrange habitait lui aussi, en effet, le village de Cazevieille, où ses faits et gestes étaient fort commentés dans le petit bistrot, sur la place du bourg, à l'ombre des micocouliers.

C'était, disaient les ragots, un ancien curé qui s'était défroqué, il y avait déjà de nombreuses années. Pourquoi ? Là commençait le mystère : pour certains, qui croyaient savoir, c'était tout bonnement une affaire de mœurs qui lui avait valu d'être radié par l'évêché. Lui affirmait à qui voulait l'entendre que c'étaient des désaccords de doctrine qui l'avaient amené à quitter l'Église, passée, disait-il « aux mains des tièdes et des mous ».

Il avait réuni autour de lui un « groupe de

prière », qui avait toutes les apparences d'une secte à sa dévotion, et dont les membres, avec des airs de conspirateurs, venaient régulièrement le rejoindre dans son vieux mas à l'écart du village.

Pas assez à l'écart cependant : comme de bien entendu, ces allées et venues ne passaient pas inaperçues dans un village aussi isolé que Cazevieille, et alimentaient, là encore, les discussions du café local. La plupart des habitués considéraient comme des lubies sans conséquences les discours plus ou moins prophétiques de cet étrange habitant.

Idéal Ferrer, lui, ne partageait pas cet avis. Quand il s'était installé au village, il avait été approché par frère Hugues, qui avait sans doute pensé trouver en sa personne une nouvelle recrue. Outre que l'ancien enseignant était un athée convaincu, il avait été effaré par les opinions professées par le curé défroqué :

— Nos dignitaires s'endorment sous les dorures, quand il nous faudrait des chefs de combat ! Ils sont amollis par la déchéance morale, ils tolèrent jusque dans leurs rangs les infâmes sodomites ! Notre pays, qui était la fille aînée de l'Église, se laisse envahir par les religions étrangères. Allons-nous attendre qu'ils abattent nos églises pour comprendre ? Où est-il, le pape qui aura le courage d'Urbain II ?

Ferrer n'avait pas réalisé tout de suite :

— Urbain II ? Je crains que ce soit un peu ancien pour moi ! Et qu'a-t-il fait Urbain II ?

L'autre l'avait toisé de toute sa haute taille :

— Mais c'est le souverain pontife qui a appelé à la première croisade, au concile de Clermont, en 1095 !

Ferrer avait d'abord tenté d'argumenter poliment :

— Le temps des croisades est derrière nous, ne croyez-vous pas ? Personne n'est prêt à de nouvelles guerres de Religion !

— N'en croyez rien, les croisades sont de plus en plus nécessaires ; et d'ailleurs Sa Sainteté Jean-Paul II a bien réussi sa croisade contre le communisme athée ! Mais la croisade à venir sera plus difficile, car elle se mènera sur nos propres terres, contre ceux qui se sont infiltrés jusque dans nos rangs ! Elle se mènera au sein même des familles, pour lutter contre la dissolution des mœurs ! Contre la pornographie publicitaire, affichée sur tous les murs ! Contre les pratiques contre nature des sodomites ! Et, bien sûr, et tout d'abord contre l'invasion des religions étrangères qui piétinent nos traditions ! Nous devons constituer une force d'élite, comme l'étaient les chevaliers du Temple au temps des croisades ! J'y travaille, j'y prépare les âmes bien nées, tous ceux qui ont le courage de faire face.

Idéal n'avait pas insisté et avait coupé court assez sèchement, déclinant ainsi l'honneur d'être considéré comme une « âme bien née », ce que l'autoproclamé frère Hugues avait mal pris.

Depuis, donc, ils s'évitaient, chacun ayant jugé et compris l'autre. S'ils se croisaient, ils se saluaient froidement, et poursuivaient leur chemin sans autre cérémonie.

Dans le bistrot de Cazevieille, Idéal avait même mis en garde les autres habitués du village, à l'heure de l'apéritif :

— Attention, ce n'est pas ce que vous croyez, on est loin du simple original ; j'ai bûché un peu la question des sectes, j'y ai même un peu goûté, à titre personnel, dans un autre genre…

— Toi, dans une secte, j'ai du mal à imaginer ça, s'étonnait Marcel, le limonadier, surpris pour une fois par la confidence d'un client.

— Je t'ai dit que c'était dans un autre genre, lâcha avec réticence Idéal, qui regrettait visiblement son aveu ; en tout cas, enchaîna-t-il, à mon avis, on est en plein dedans : ce gars a tout du gourou qui manipule une bande d'illuminés.

— Et alors, tempérait Lucien, le serrurier, en sirotant son pastis, si ça les amuse de croire qu'ils sont en croisade ! Au fait, ajoutait-il avec un gros rire, tu sais qu'ils m'ont fait placer des grillages énormes aux fenêtres, et blinder les portes, même des portes intérieures ; on n'est pas près de rentrer chez eux, je te le dis !

— Ça ne fait pas forcément rire, insistait Ferrer ; cette manie de s'enfermer, de se protéger de l'extérieur, ça aussi ça fait partie du conditionnement des membres : il faut les convaincre que la seule protection est dans le cocon de la secte, que le dehors est le domaine du démon ; c'est comme cela que le gourou prend toute son emprise sur ses adeptes.

Marcel, essuyant d'un geste machinal son comptoir, n'était pas convaincu :

— Tout de même, ils sortent, de temps en temps, ils ne restent pas dans le mas.

— Ils sortent, mais il faut reconnaître qu'elles sont un peu spéciales, leurs balades, convenait Lucien ; je les vois passer, moi, depuis mon chantier des tours Tourière.

Et chacun de hocher la tête, car ceux qui les avaient vus partir à l'aube à l'assaut du pic Saint-Loup, en treillis, avec des sacs à dos lourdement chargés, n'avaient pu s'empêcher de trouver étranges ces sorties, plutôt proches d'un entraînement de type paramilitaire.

Il n'était donc pas surprenant que Barthélémy s'attende à une réaction violente de la part de son ami, à l'idée que leur trésor commun était aux mains de ce personnage sulfureux ; il tenta maladroitement une ultime justification :

— Oui, Danoire, quoi, mais c'est normal, ça l'intéresse forcément ces histoires d'ermite, de religion, tout ça quoi…

Le berger s'empêtrait, sous le regard furibond de Ferrer. Finalement, dans sa crainte d'une possible explosion, il s'énerva d'un coup, s'exprimant sur un ton véhément :

— Et puis je n'ai pas eu le choix, enfin ! Ils passaient, tout le groupe, et ils se sont arrêtés pour me dire bonjour, parce que quoi, je sais que tu les aimes pas, mais tu peux pas le leur enlever, ils ont toujours été polis avec moi. Et frère…, enfin Danoire, quoi, il m'a demandé où j'en étais avec ma quête de la grotte. Parfaitement, c'est comme ça qu'il a toujours dit, lui, « ma quête de la grotte », alors que d'autres se fichaient de moi…

Idéal ne relevait pas la pointe, restant obstinément silencieux, ce qui ne manquait pas de démonter encore plus Barthélémy, d'autant que son visage parlait pour lui. Le berger poursuivait, en guise de justification :

— Et tu peux faire les gros yeux, il m'a toujours bien considéré, Danoire, chaque fois qu'il me voit il me dit que Notre Seigneur aussi était un berger.

— C'est une image, ne put s'empêcher de répondre le vieil athée ; en fait il était sans profession, Votre Seigneur, chômeur, quoi, et ses parents étaient SDF en plus, et même un peu squatters, puisqu'il est né dans une étable !

— Tu déconnes, quand même, hein ! Moi je m'en fiche un peu, mais tu devrais pas dire des choses comme ça, ça porte malheur, enchaîna le berger, sincèrement scandalisé, même s'il était heureux au fond de lui de cette diversion.

— Je déconne, mais revenons quand même à nos moutons, berger !

Barthélémy, prenant ces paroles au pied de la lettre, ne put s'empêcher de regarder son troupeau, craignant que des bêtes ne se soient trop éloignées, puis il haussa les épaules quand il comprit que son ami parlait au figuré.

— Bon, bref, Danoire m'a parlé de la grotte, alors je lui ai tout raconté, qu'est-ce que tu voulais que je fasse ? Et même qu'ils m'écoutaient tous, tout son groupe, et qu'ils étaient drôlement intéressés. Et Danoire il connaissait aussi le *Lucidaire*, même qu'il m'a dit que c'est tout ce qu'un bon chrétien doit savoir, et il m'a dit qu'il est très fort en latin, qu'il traduit souvent des textes anciens, et donc, ce matin, en passant devant chez lui, je lui ai donné le livre que tu m'avais rapporté et il nous traduira tout ça très rapidement, il me l'a assuré.

Depuis un petit moment, Barthélémy, dans son malaise, ne regardait plus son ami, et essayait de le noyer sous un flot de paroles, bien inhabituel pour lui. Ferrer ne disait rien, pourtant, et ce silence rendait d'autant plus visible la colère froide qui pâlissait son visage.

— Mais tu sais, ne t'inquiète pas, je lui ai pas dit que nous étions ensemble, vu que je sais que tu l'aimes pas, il croit que je l'ai trouvé tout seul… D'ailleurs, lui aussi, il m'a bien dit de n'en parler à personne, tu vois, vous êtes d'accord ! Et on aura la traduction complète bien plus vite que si on attendait le retour de ton copain.

Quand le berger eut fini de parler, Ferrer, toujours sans un mot, le visage fermé, lui tourna d'un coup le dos et remonta au plus vite qu'il pouvait le chemin, vers le petit col de Tourière et les tours qui le gardent.

Barthélémy, navré, et se sentant vaguement coupable, regarda un moment la silhouette trapue qui s'éloignait, puis haussa les épaules avec fatalisme, et siffla son Bobby pour rassembler son troupeau. Il s'attendait à la colère de son ami, et, d'une certaine manière, il se sentait soulagé : « Il se calmera », se dit-il.

Voilà, voilà ce qu'il se disait, Barthélémy, je m'en doutais, dès ce moment, quand je remontais sur le vieux sentier planté de calades, aux contreforts de grosses pierres, roulées là depuis des siècles. Et ça me mettait d'autant plus en rogne : il faisait le gros dos, en attendant que ma rage passe.

Mais il se trompait, Barthélémy ; d'abord parce que, quand je suis en colère, je ne me calme pas facilement, et ensuite parce que je savais qu'il venait de faire une bêtise, une grosse bêtise.

Mais ça n'était pas la bêtise que je croyais : c'était bien pire.

Seul, entre les quatre murs de ma cellule – oui, j'ai une cellule individuelle, c'est dire si je suis bien vu – je repense souvent à cet instant, à ce petit quart d'heure qu'il m'a fallu pour remonter le sentier. Ce quart d'heure qui aurait pu tout changer.

Au lieu de m'énerver j'aurais dû, j'aurais dû revenir, j'aurais dû convaincre le berger de reprendre ce foutu bouquin, et tout aurait pu tourner autrement. Oui, j'aurais dû… Mais il aurait fallu savoir, et, lui comme moi, nous ne savions pas.

C'est ça le problème, dans une prison, même la moins mauvaise : on a trop le temps de penser, de repenser plutôt, de se rappeler, de refaire l'histoire ; mais l'histoire, elle est terminée, elle est écrite, il est trop tard.

Livre 2

LA FÊTE

Maître, où estoit Dieu devant qu'il fit le monde ? Mon enfant, il n'estoit en nul lieu corporel : car nulle chose estoit fors luy tant seulement ; mais estoit en soi-même père et fils et Sainct Esprit en une même essence.

LUCIDAIRE duquel le Disciple demande au Maître choses obscures et merveilleuses touchant les faits de Dieu, et il luy en donne bonne réponse et utile.

La fête des gueux

La fête battait son plein depuis le matin, et les organisateurs se réjouissaient : le beau temps était de la partie, et il y avait foule. Le retentissement de la journée promettait de dépasser tout ce que l'on avait connu ; la télévision était même présente, avec une équipe de tournage de la chaîne régionale « Montpellier-Sud de France », qui arpentait les allées à la recherche des images les plus typiques. Les plus optimistes se demandaient même si la fête n'allait pas décrocher quelques secondes dans un journal télévisé national. Aucun d'entre eux ne pouvait imaginer la moindre anicroche : le programme était rodé. Il y avait en effet près de dix ans que ce groupe de passionnés avait décidé de redonner vie aux métiers et aux gens du temps passé, en utilisant le cadre de la petite cité moyenâgeuse des Matelles. Le village avait miraculeusement conservé son caractère et ses vieilles rues, sur sa butte qui s'élevait au bord d'une petite résurgence, souvent à sec en été, mais qui, quand elle coulait, comme ce jour-là, au pied des fortifications, venait rajouter au site un élément esthétique rare dans cette région, et le bruit agréable de son clapotis. Ce jour-là, bien sûr, il n'était pas question d'entendre la petite rivière, dans le brouhaha de la foule qui se pressait. Les petites familles circulaient, ravies, dans le village enserré par ses remparts. Beaucoup de participants étaient déguisés, avec des oripeaux dont le mérite premier n'était pas l'exactitude historique, et où tous les siècles passés se mélangeaient allègrement. Mais là n'était pas l'essentiel, et la foule bon enfant s'amassait sur l'esplanade, hors les remparts, autour de l'école, qui avait été réquisitionnée pour les besoins de la cause. Des spécialistes s'y livraient à des démonstrations de combats dans lesquels les armes étaient fictives, mais où ils ne marchandaient pas leur dépense physique. Les enfants étaient même invités à les défier dans des duels desquels les plus petits sortaient invariablement vainqueurs, sans en être autrement surpris.

Plus haut, près de l'église fortifiée, les membres de l'association organisatrice faisaient, dans des stands montés en ressemblance à des échoppes, des démonstrations diverses de teinture, filage, forge.

Et sur l'estrade, au bas de l'esplanade, une animation tonitruante – comme toute animation qui se respecte – rassemblait le gros des badauds en présentant des spectacles divers : concours de déguisements, chants de groupes approximativement moyenâgeux, et surtout, ce que tout le monde attendait, le mariage du roi des gueux.

Il faut dire que des gueux, il n'y en avait guère, spontanément, parmi les amateurs qui se déguisaient de leur propre initiative : l'on ne manquait pas de chevaliers et de gentes dames, de croisés, de templiers, voire de moines, mais de manants, de mendiants, de gueux divers, pourtant normalement majoritaires dans la population de ces siècles difficiles, il ne s'en trouvait point.

Les organisateurs, renseignés par l'expérience, y avaient pourvu, en fournissant ces personnages, qui étaient, au fil des ans, devenus l'une des attractions de la fête.

Les gueux, c'étaient cinq joyeux gaillards de l'association, et autant de gaillardes, dûment déguisés avec des chausses abîmées, de pourpoints troués, des robes déchirées ; certains traînaient des fers et des chaînes aux pieds ou portaient au cou des colliers de cuir. Tous uniformément sales, barbouillés de poussière et le visage teinté de noir, ils erraient dans la foule en suscitant étonnement, voire crainte.

L'un d'entre eux en particulier, qui avait été baptisé du titre envié de « roi des gueux », faisait forte impression. Il était de taille moyenne, mais il paraissait tout petit, car il avançait courbé, se donnant l'air contrefait, pour accentuer l'effet de la bosse impressionnante qui déformait son épaule gauche. D'une voix caverneuse il interpellait les passants, exigeant des écus sonnants et trébuchants, à la rigueur des sols disait-il, ou à défaut un baiser des gentes demoiselles ; la plupart, gentes ou pas, s'écartaient sur son passage, non sans un regard parfois amusé, mais le plus souvent inquiet.

Ses fausses dents, le cirage noir dont il était barbouillé, ses habits, sa démarche, tout cela rendait le berger Barthélémy Roure pratiquement méconnaissable.

Sous son déguisement, Barthélémy était ravi ; lui, d'habitude plutôt réservé, voire intimidé en public, pouvait se libérer sous cette apparence pourtant peu flatteuse. L'idée de ne pas être reconnu, de jouer un rôle, et un rôle en rapport avec l'histoire de ce pays, qu'il connaissait et qu'il chérissait, lui donnait une liberté et un plaisir toujours renouvelés. Cela faisait maintenant cinq ans qu'il représentait le roi des gueux, et il ne s'en lassait pas. Bien sûr il savait bien que la plupart des promeneurs n'avaient de l'histoire locale qu'une idée des plus floues. La plupart n'avaient sûrement jamais entendu parler de la République du Val de Montferrand, et ils auraient été surpris d'apprendre que le village dans lequel ils déambulaient, les Matelles, était justement la « capitale de cette république », dans l'église de laquelle se réunissaient chaque année les délégués des paroisses du Val.

Mais de cela, exceptionnellement, le berger

n'avait cure : c'était jour de fête, l'essentiel était que chacun s'amuse.

Barthélémy avait un peu bu aussi, il faut bien le dire ; avec ses copains de l'association, les gueux et les gueuses, ils avaient déjà fait plusieurs haltes au bistrot qui – par un hasard heureux – était juste au bout de l'esplanade, en plein sur les secteurs qu'ils écumaient.

Aussi Barthélémy se sentait-il léger, léger et libre, et décidé à profiter pleinement de la journée.

Agathe Maffre, elle aussi, était bien décidée à profiter pleinement de sa journée, mais elle ne se sentait ni légère ni libre. Elle était même plutôt, comme elle le disait elle-même « en pétard ».

C'était une petite bonne femme qui allait sur ses trente-cinq ans, bien en chair mais sportive, toujours en mouvement, et le verbe assez haut. Ses cheveux blonds, coupés court mais qui bouclaient naturellement, et ses yeux bleus qui vous regardaient bien en face, faisaient d'elle une femme dans le sillage de laquelle les hommes se retournaient. C'était encore le cas, ce jour-là, alors qu'Agathe, dans son blue-jean short coupé très court, fendait avec autorité la foule débonnaire de la journée médiévale. Mais Agathe n'était pas ce jour-là d'humeur à apprécier, ni même à remarquer ces hommages plus ou moins discrets. Elle en avait après son mari, Patrice Maffre, maire d'une commune voisine, mais surtout président de la communauté de communes coorganisatrice de la journée médiévale. Leur querelle était directement liée à cette journée, et pour la comprendre, il faut un peu remonter dans le temps, mais aussi changer de lieu, car c'est de la ville, de Montpellier, que le point de départ en avait été donné.

***

— Il me fatigue, confiait-elle la veille à Iris, son amie d'enfance, dans le salon de thé où elles se rencontraient chaque semaine, dans une des petites rues du centre de Montpellier. Il pontifie, il croit toujours qu'il fait un discours devant ses administrés, il emploie des mots qu'il a entendus dans la bouche d'un diplômé quelconque, et il les ressort sans les comprendre.

Elles étaient attablées à la plus centrale des minuscules tables de la petite pièce, leurs genoux se touchaient, mais ce contact ne les gênait pas : elles étaient amies depuis l'internat du collège, et elles n'avaient pas de secret l'une pour l'autre. Pourtant elles pouvaient paraître assez dissemblables à l'observateur extérieur, Iris assez bon chic bon genre, avec son sac Vuitton et ses lunettes Dior, Agathe plus vive, avec des vêtements plus décontractés.

— Et toujours avec des projets de ceci, des études de cela, des dossiers en cours. Et il a grossi, avec tous ses repas avec des « décideurs » comme il dit ; il a pris vingt kilos en dix ans, il est rouge comme une pivoine, j'ai toujours peur qu'il me fasse une attaque quand il me fait l'amour. Ou plutôt quand moi, je le lui fais, parce que pour la chose, il n'y a plus personne, je dois faire le travail pour deux.

Iris pouffait, elle connaissait son Agathe, c'est comme cela qu'elle l'aimait, nature, comme toujours.

— Mais tu en profites aussi, quand même ; non, idiote, ne lève pas les yeux au ciel, je ne parle pas de sexe, je veux dire que tu vois des gens importants, et sans effort encore ! Moi, à Montpellier-Sud de France, je dois ramer des semaines pour décrocher une interview intéressante ; tu sais, moi aussi j'aimerais pouvoir rencontrer des « décideurs », peut-être même un qui déciderait de m'épouser ! Mais quand même, voir le président en personne, ce n'est pas rien ! Je te signale qu'il y a trois mois que je cherche à faire un sujet sur lui pour le passer au journal du soir.

Le président, pour tout le monde ici, ce n'est pas le président de la République, c'est quelqu'un d'autrement plus important : le président de Région, celui qui domine depuis plus de trente ans la vie politique dans la ville et la région, celui dont les initiés parlent avec respect, ou avec crainte.

Agathe, elle, ne semble pas autrement impressionnée :

— Ah bon, tu veux te remarier à présent ? Moi, si j'étais à ta place ! Et puis le président, le président, mais vous n'avez tous que ce mot à la bouche ! J'ai l'impression d'entendre parler mon mari. Le président, tu parles, la seule fois où l'on a mangé avec lui, tu les aurais vus s'empiffrer tous les deux, je ne savais pas où me mettre, j'en avais honte pour eux, devant ces serveurs tirés à quatre épingles.

Iris d'Aussange secoue la tête, faussement scandalisée :

— Mais enfin, ils parlaient de l'avenir, de la politique de la région... Ça m'intéresse drôlement, moi, et mon rédacteur en chef aussi, si j'avais des sources particulières, comme ma petite copine Agathe, par exemple.

— Ne compte pas trop sur moi, et laisse-moi rire, si c'est ça leur politique, je la leur laisse ! Pendant tout le repas, ça a été qui avait fait alliance avec qui, qui aurait le poste de ceci et la mairie de cela, et pourquoi on allait « sucrer » la subvention d'un tel parce qu'il avait fait campagne pour machin au lieu de truc. Heureusement, avec sa femme, j'ai pu discuter de choses plus intéressantes, elle m'a parlé de l'Amérique, de la Chine, je la trouve sympa, directe, tu vois.

Iris jette un coup d'œil sur les tables voisines, avant de questionner son amie. La petite salle à la décoration un peu vieillotte est presque vide ; seul un vieux couple est présent, ils semblent tous deux être issus d'un dessin de Dubout, la femme deux fois plus grosse que l'homme. Ils étaient là avant même que les deux amies arrivent, attablés devant leur café noisette, à la table du coin. Iris s'assure qu'ils sont hors de portée de leurs confidences avant d'enchaîner, sur un ton mystérieux :

— Mais alors, ton mari, le président le prend sur sa liste pour être conseiller régional, oui ou non ?

— Il le prend, c'est sûr, mais la question, c'est à quel rang, pour savoir s'il est sûr d'être élu, et là, c'est pas gagné, tu aurais vu le vieil hippopotame faire celui qui ne comprend pas, qui dit que ce n'est pas important, qu'on n'est pas à un rang près…, et mon Patrice qui défendait son beefsteak comme un beau diable !

Agathe s'interrompt une minute en se remémorant la scène ; elle secoue ses boucles blondes d'un air impatient, avant de reprendre :

— Bref, c'était purement sordide. Enfin ils ont rendez-vous dans deux jours, parce que la liste doit être bouclée d'ici la fin de la semaine, si j'ai bien compris, et c'est là que tout se décidera ; ou plutôt c'est là que l'hippopotame dira qui il a choisi, et ils feront comme il a dit.

— Tu exagères, comme toujours !

Iris rit, mais elle connaît trop son amie, elle sent bien que son exaspération n'est pas feinte.

Agathe, tout en regardant d'un œil critique les trois femmes d'un certain âge qui viennent d'entrer, décorées comme des sapins de Noël, avec des couleurs trop vives, des bijoux trop gros et qui discutent à voix haute pour savoir à quelle table elles vont s'installer, secoue une nouvelle fois la tête :

— Tu n'imagines pas comme je suis en deçà de la réalité, c'est tout ça que j'ai du mal à supporter. Ils sont tous morts de peur devant lui. Ils sont tellement lâches !

Mais Iris a du mal à accepter de perdre une possible source d'information :

— Bon, toi, mon chou, tu as le blues de la trentaine, c'est classique, je l'ai encore lu la semaine dernière sur un magazine, chez mon coiffeur : ton mari gravit les échelons, et toi tu as du mal à t'adapter, c'est courant ; tiens, reprends plutôt un de ces mini mille-feuilles, ils sont fameux. Ne t'inquiète pas, ils appellent ça quelque chose comme : « le vertige des échelons ».

— Échelons, mon cul !

Agathe a presque crié, les trois femmes qui viennent de s'asseoir, après avoir beaucoup hésité, à la table voisine, se sont retournées d'un bloc, en faisant tinter leurs bracelets.

Agathe supporte sans ciller leurs mimiques outrées, mais c'est un ton plus bas qu'elle reprend, en se penchant vers son amie :

— Échelons, mon cul : il rampe devant l'un, il plastronne devant les autres, ça me débecte. Et la dernière, demain, je me marie avec le roi des gueux.

De surprise, Iris a interrompu son mouvement en direction de son gâteau ; la cuillère en l'air, elle scrute son amie, comme si elle la découvrait d'un coup :

— Mais qu'est-ce que tu me racontes ? Dis, tu n'aurais pas fumé la moquette, toi, cet après-midi ? Qu'est-ce que c'est encore que cette histoire ?

— Une des brillantes idées de mon mari, ou d'un quelconque conseiller du président peut-être, va savoir ! Tu connais la fête médiévale des Matelles ?

— Bien sûr, tu m'y as même entraînée l'an dernier, mais moi, tout ce monde, habillé n'importe comment, très peu pour moi ; sans compter que j'ai horreur de la fumée des merguez, on ne peut plus s'en défaire, sur les habits… Note que mon rédac'chef parlait de m'envoyer couvrir la fête cette année… Oui, je connais, conclut Iris avec une petite moue. Et alors ?

— Et alors, c'est moi le clou du spectacle ; je suis priée de me laisser tripoter et couvrir de boue par les gueux, pour l'amusement du bon peuple, pour prouver que nous sommes un couple moderne et sympa. C'est, figure-toi, ouvrez les guillemets, un axe essentiel dans la stratégie de communication de Patrice, parce qu'il a une stratégie de communication, ce grand benêt, tiens-toi bien !

Agathe a de nouveau élevé la voix peu à peu ; ses trois voisines échangent des regards scandalisés, mais écoutent de toutes leurs oreilles ; l'une d'entre elles, peut-être un peu sourde, se penche même peu à peu, à son insu sans doute, vers la table des deux amies.

Iris ouvre des yeux ronds pour marquer sa surprise, mais sa cuillère reprend vite le chemin du mille-feuille ; après avoir avalé la bouchée qu'elle a portée à sa bouche d'un air gourmand, elle prend encore un temps avant de répondre :

— Personne ne peut t'y obliger ! Te connaissant comme je te connais, je m'étonne même que tu aies accepté.

— Il m'a tellement tannée que j'ai cédé, mais j'ai juré qu'il le regretterait ; tu vas voir ce que je vais en faire, moi, de sa stratégie de communication ! Je vais lui donner une leçon dont il se souviendra, et je te garantis qu'il n'est pas près de me redemander de m'afficher dans ses pitreries !

C'est cette conversation que la jeune femme a encore en tête, quand, d'un pas décidé, elle fend la foule des seigneurs et des moines qui envahit pacifiquement, pour ce week-end, la petite cité médiévale. Comme son rôle l'exige, elle est censée jouer l'innocente victime, la spectatrice quelconque dont les gueux vont se saisir dans la foule, pour l'amener sur l'estrade, et la marier de force au roi des gueux, après l'avoir abondamment couverte de boue et de cirage, sous les cris de joie du bon peuple amassé sur l'esplanade. Ce qu'Agathe ne sait pas, ce qu'elle a pressenti, pourtant, c'est que cette brillante idée ne vient pas d'un quelconque conseiller du président, mais de son plus proche collaborateur, le directeur de son cabinet, Philippe Durfort.

Maître, en quelle manière fit Dieu les anges ? Mon enfant, il les fit beaux et reluisants, sans corps et pleins de merveilleuses bontés et sagesses, pour estre ses principaux ministres.

LUCIDAIRE duquel le Disciple demande au Maître choses obscures et merveilleuses touchant les faits de Dieu, et il luy en donne bonne réponse et utile.

Les politiques

Dans son bureau, au plus haut de l'hôtel de Région, le président est assis sur son fauteuil, un fauteuil spécial, fait sur mesure, qu'il écrase pourtant de son volume impressionnant. Il a toujours été massif, il est maintenant devenu énorme. Le président arbore son masque habituel : une lippe dédaigneuse, un air bougon, renfrogné, que son quadruple menton souligne. Avec l'âge, son visage plein s'est affaissé ; il n'est pas sans rappeler la célèbre caricature de Daumier représentant le roi Louis-Philippe en poire ; mais ce qui frappe l'observateur, c'est le regard, le regard pénétrant qui sort par intermittence de cette masse de graisse, de ces yeux globuleux, qui ont toujours l'air de regarder ailleurs, comme s'il rêvait.

Mais le président ne rêve pas : il ne s'éloigne jamais du présent, de la parole de son interlocuteur, quelle que soit l'attitude qu'il affecte. Derrière son masque impassible, oriental, non seulement il écoute, mais encore il jauge, il sonde les cœurs et les reins ; il analyse l'information qu'on lui apporte, mais aussi pourquoi on la lui apporte, quelle est la stratégie de l'autre, et comment elle peut servir sa stratégie à lui. Cela, ceux qui le connaissent le savent, et son directeur de cabinet, qui lui parle et qui le connaît mieux que beaucoup, ne se laisse pas démonter par l'apparente inattention de son patron.

— Parfaitement, président, si on veut, on peut en faire un truc énorme, du niveau du Puy du Fou, il suffit d'y mettre les moyens, et les moyens, on les a !

Le président ne répond pas, c'est son truc à lui, sa méthode pour obliger les autres à se découvrir, à aller au fond de leur pensée ; c'est sa manière aussi de déstabiliser les plus faibles, de les faire s'embrouiller, s'enfoncer dans leurs contradictions, pour pouvoir, au final, trancher d'un seul mot.

— Le Puy du Fou, parfaitement, un truc de réputation nationale, en mobilisant toute la population locale, et basé sur une histoire authentique, vérifiable, président, une histoire qu'on peut utiliser politiquement.

Philippe Durfort, le chef de cabinet, lui, ne se laisse pas si facilement déstabiliser, sinon, il aurait rendu son tablier depuis longtemps ; il sait se taire quand il faut, mais il peut être prolixe, et là, il a compris que le président est intéressé, il a vu son œil d'aigle le fixer une seconde, là où il l'attendait, bien sûr, quand il a parlé de l'utilisation politique. Évidemment, l'autre fait déjà semblant de regarder ailleurs, à travers la vaste baie de ce dernier étage de l'hôtel de Région, vers ce quartier d'Antigone qu'il a fait surgir du néant, au bord des rives du Lez.

— Oui, utiliser politiquement : « La République du Val de Montferrand », c'est ça le thème, depuis le XIIIe siècle, une république, surgie au pied du pic Saint-Loup, s'émancipant du pouvoir central, menant sa propre vie, ayant même des femmes comme déléguées, des femmes, vous me voyez venir, Président ? Une république en avance sur son époque, contre tous les pouvoirs venant d'ailleurs, contre l'évêque, contre le roi de France, c'est pas beau ça ? Ça peut pas fonctionner politiquement, ça, président ?

— Je te rappelle que j'ai pas mal bûché l'histoire, et en particulier l'histoire de la région, et ça ne marchait pas exactement comme ça, la République de Montferrand, qui d'ailleurs n'a jamais été une république, soit dit en passant.

Durfort laisse dire, il a compris que la partie est gagnée, sinon le président aurait dit non, tout simplement ; s'il argumente, c'est qu'il pèse les moyens à mettre en œuvre, mais qu'il a déjà tranché positivement.

— On s'en fout, président, d'accord, c'était pas ça, mais on parle pas histoire, là, on parle politique ; non, c'était pas vraiment comme ça ; mais ce qui compte, c'est qu'on le fasse croire, qu'on le vende comme ça, et pas autrement.

— Et à qui tu veux le vendre ? Le regard est revenu se poser, brièvement, forçant le passage des lourdes paupières, et trahissant l'intérêt apporté à son interlocuteur.

— À tout le monde, président, à tout le monde : aux militants d'abord, et puis aux médias, et aux électeurs ensuite, qu'on montre bien qu'on n'attend pas Paris, qu'on a toujours été autonomes par rapport au pouvoir, il y a huit cents ans tout autant que vous l'êtes maintenant, et que vous dites merde à tout le monde.

— Pour ça, c'est sûr, que je dis merde à tout le monde ! L'homme a tourné son fauteuil et fixe son dir'cab ; il se rengorge, un large sourire éclaire son visage. Oui, je les emmerde !

Il n'a pas tort, le président : c'est vrai qu'il les emmerde, les dirigeants de son propre parti, qui sont sans cesse interpellés dans les médias, et doivent à tout bout de champ se justifier sur ses saillies et autres sorties intempestives. Oui, il les emmerde quand il se répand devant tous les micros et enchaîne à plaisir bons mots et provocations. Le problème, c'est qu'il est intouchable dans sa région, qu'il y contrôle tout, et qu'il n'est pas si simple que cela de l'éliminer !

— Bien sûr que je les emmerde ! reprend le président avec satisfaction ; et c'est pour dire merde que je dois faire monter cette andouille de Maffre sur ma liste ? Il n'a pas inventé la poudre, pourtant !

Quand le président est de bonne humeur, il accepte volontiers la moquerie, c'est pourquoi son chef de cabinet se permet une pique envers les élus :

— Franchement, président, il ne sera pas le premier con à siéger dans cette assemblée, non ?

— Pour ça non, mais d'habitude, mes cons, je me les choisis moi-même !

Les deux hommes rient ensemble, mais Philippe Durfort n'est pas pour rien le collaborateur qui a tenu le plus longtemps sous la férule de celui que ses ennemis – et ils sont nombreux ! – appellent « l'Imperator » : il connaît son homme comme sa poche ; il sait que derrière la complicité affichée, l'animal politique lui envoie un message, et qu'il en a tué plus d'un, élu ou administratif, qu'il soupçonnait de prendre trop de place, trop d'importance ; il faut amadouer le fauve, avant qu'il ne morde :

— Président, c'est vous qui voyez ; moi, pour sa place sur la liste, je vous laisse juge, c'est pas mon problème ; mais en revanche, ce sur quoi j'insiste, c'est sur l'utilisation de la République de Montferrand ; si vous en êtes d'accord, je vais faire plancher nos communicants là-dessus, il nous faut un slogan qui pète, et il nous faut creuser le sujet, trouver des déclinaisons à cette campagne. J'ai des idées, des tas d'idées, des trucs déments si on arrive à les mener à bien, mais je ne veux pas trop en dire pour le moment, ça n'est pas mûr.

Le président a tourné son fauteuil, il regarde attentivement son collaborateur, de son œil le plus impérieux, comme s'il soupesait le risque d'une trahison ; le dir'cab n'a pas cillé sous l'examen, il attend la suite, calme, presque décontracté. Il sait que sa proposition ne peut que convenir à son patron, que celui-ci cherche à marquer sa différence, qu'il veut conquérir une place nationale, que son hégémonie sur la région ne lui suffit plus. Les cadres nationaux de son parti le boudent, supportent de moins en moins ses formules à l'emporte-pièce, sa violence verbale ; ils craignent la mainmise qui est la sienne sur l'appareil régional du parti, et son énorme influence électorale. Ils cherchent à l'ostraciser, à faire monter des successeurs. Lui, en vieil animal politique, a décidé que la meilleure défense c'était l'attaque, qu'il avait un créneau à prendre, celui de l'élu de terrain parlant vrai et s'opposant aux énarques. Il n'attendait que l'occasion, que l'idée intéressante.

— D'accord, travaille là-dessus, avance tes pions, et on fait le point dans la quinzaine. Pour la liste, on a le temps encore, je déciderai à ce moment-là.

Le président est resté seul, il regarde sans les voir, bien rangées sur son bureau, les statuettes qui symbolisent sa mythologie personnelle, où, entre provocation et nostalgie de ses engagements passés, se côtoient pêle-mêle Gandhi et Mao, de Gaulle et Lénine.

— Pas con, le petit Philippe, murmure-t-il entre ses dents ; c'est une bonne idée, s'il sait s'y accrocher.

Car c'est cela qu'il craint, avec Durfort : trop brillant, le garçon, trop d'idées ; il faut le recadrer parfois, le remettre sur les rails pour qu'il aille jusqu'au bout ; c'est cela qu'il testait, tout à l'heure, en le regardant : c'était sa motivation qu'il jaugeait, non pas sa fidélité, son directeur de cabinet n'est pas en état de le trahir, pas encore !

Lui a toujours su, souvent avant le principal intéressé, qui allait lui manquer, et pourquoi ; mais Durfort, non, il n'en a pas les moyens, il n'a pas de fief à lui, pas de position de repli, il ne peut que servir fidèlement !

Une moue un peu lasse anime son visage d'habitude impassible, pendant qu'il sonne la secrétaire, lui demande les parapheurs en attente.

Il signe ensuite, page après page, les lettres qu'on lui a préparées, rien d'important, des notifications de subventions pour tel ou tel projet, telle ou telle association. Il signe vite, ne regardant que le nom du destinataire et la somme qui lui est allouée ; de temps à autre, il rajoute, avant sa signature, un mot, une phrase, pour bien marquer qu'il s'adresse à un ami, un obligé.

Tout en expédiant ce pensum, il songe à nouveau à la « République du Val de Montferrand ». Une idée intéressante décidément, et qui a un avantage, que le dir'cab n'a pas noté, mais qui lui a sauté aux yeux d'emblée. C'est ce qu'il se raconte, tout en n'oubliant pas de rajouter, de temps à autre, à son paraphe, un « Amicalement à toi » ou un « À te voir bientôt ».

« Ici, sur mon territoire, les seules fois où j'ai connu un échec, c'est quand j'ai représenté la ville contre la campagne, Montpellier contre le département, ou contre le reste de la région. J'ai même été battu aux législatives par le vieux Ramoual, un petit maire d'un bled de rien du tout, mais qui a su, en vieux politicien madré qu'il était, mobiliser sur le thème de l'hégémonie de la ville, de la défense de la ruralité. J'ai retenu la leçon, et le Val de Montferrand c'est tout juste ce qu'il me faut : c'est de la campagne, c'est de quelques bleds pouilleux que vient cette pseudo « république », on peut présenter cela comme la révolte des petits contre les grands. Et c'est justement cela, le créneau que je veux occuper, désormais ; les hiérarques de mon parti m'ont barré, depuis toujours, l'accès à un rôle national ; trop grande gueule, trop indépendant, trop imprévisible ! Ils ont toujours préféré prendre un minable comme ministre, plutôt que de m'appeler, surtout si le poste m'allait comme un gant ! Eh bien, ce rôle national, je vais le jouer désormais, sans eux, et même contre eux. Je serai le porte-parole du peuple des régions contre les élites de la capitale. Pas simplement l'autonomie, comme le voit le petit Durfort. L'autonomie, j'en ai rien à secouer, je l'ai déjà, de fait. Et puis dire merde à tout le monde, je sais faire, je n'ai besoin de personne pour ça ; non, c'est le support à un combat national, cette affaire ! C'est pour cela qu'elle me plaît, cette idée, la république des petits, contre les diktats des seigneurs qui nous gouvernent, les médias vont adorer, et moi, pour une fois, je ferai partie des petits, C.Q.F.D. ! »

Et sur un dernier « Amitiés bien sincères », le

président part d'un éclat de rire homérique, qui secoue longuement son ventre proéminent.

***

— Oui, monsieur Maffre, je vous le répète, le président est prêt à miser gros sur vos journées du Moyen Âge, à les soutenir avec tous les moyens de la Région, pour vous aider à grandir, vous et cette fête.

Cette pièce aussi mériterait de grandir, se dit Philippe Durfort en jaugeant le bureau de la petite mairie ; rien à voir, bien sûr, avec l'hôtel de Région, et sa vue sur la ville. Ici, même si le mobilier est neuf et confortable, la fenêtre donne sur un tilleul souffreteux, à l'étroit dans la petite cour intérieure.

Mais ce n'est pas cela qui pose problème au directeur de cabinet ; sa difficulté, c'est la réserve qu'il ressent chez son interlocuteur, la crainte de s'engager :

— À grandir, à grandir comment ?

Bien sûr, Durfort se garde de répondre trop directement : pas question de dévoiler ses batteries trop vite, il faut un peu tester le bonhomme, voir ce qu'il a dans le ventre :

— Cela, c'est d'abord à vous de nous le dire, de nous proposer des idées, et nous vous fournirons les moyens de les réaliser.

— Mais des idées, je ne sais pas, moi, vous savez l'association fait ça depuis dix ans, il y a un bon succès, le public augmente d'année en année, je ne vois pas ce qu'on peut faire de plus, mettre d'autres attractions, des montreurs d'ours, peut-être, des choses comme ça ?

En fait, ce n'est pas de la réserve, se dit le dir'cab, il est con, c'est tout, il ne voit pas plus loin que le bout de son nez !

— Vous ne me comprenez pas, monsieur Maffre, ce que le président attend de vous, c'est un changement de braquet.

— De braquet ?

L'autre roule des yeux ronds dans sa face rubiconde, Durfort en serait presque attendri : il n'est pas vieux, pourtant, ce gars, pense-t-il, on a pratiquement le même âge, et il sent déjà le notable confit dans sa graisse et sa médiocrité : trop de repas, pas assez d'exercice ; trop de paroles, pas assez d'idées.

— Oui, de braquet, poursuit-il avec un sourire rassurant, et les retombées seront pour vous, votre carrière ; vous savez, le président vous observe, il a confiance dans votre potentiel, mais vous devez faire vos preuves, et puis vous mouiller personnellement, vous impliquer davantage ; il faut que l'on vous voie, qu'on puisse vous identifier à ce projet, que ce soit votre chose.

Patrice Maffre est un peu lent à la détente, mais il commence à comprendre, et un demi-sourire éclaire son visage ; il s'inquiète pourtant :

— Mais l'association ? Ce sont eux qui ont créé tout ça, ce sont des passionnés, nous, nous les aidons, à l'intercommunalité, nous leur donnons les quelques moyens que nous avons, mais ils ne me laisseront pas me mettre en avant et leur souffler tout leur travail !

Durfort balaie l'argument d'un revers de main, il a visiblement déjà réfléchi à ce problème.

— Ça, nous en faisons notre affaire ; vous êtes président d'honneur, à vous de devenir président effectif, et une association, ça se noyaute, je ne vous apprends rien ; nous avons d'ailleurs déjà quelques pions à l'intérieur, comme Maraval, l'assistant. Si nous jugeons que c'est stratégique, nous enverrons d'autres militants s'infiltrer là-dedans, et au moment voulu, ils prendront le contrôle du truc.

— Mais ça fera du bruit ; je vais y perdre des voix, et qu'est-ce que j'y gagnerai ?

— Des voix, il faut savoir en perdre dix, si c'est pour en gagner cent ; je vous parle là de stratégie régionale, voire nationale, c'est un autre enjeu que de serrer quelques mains.

Patrice Maffre réfléchit à l'argument. Il a bien compris que si le directeur de cabinet du président a demandé à le rencontrer en urgence, c'est que la Région était concernée, mais lui pensait surtout à sa place sur la liste ; la tournure prise par la discussion le dépasse quelque peu.

— Stratégie régionale ? Mais qu'est-ce que je viens faire là-dedans ?

— Nous avons déjà un slogan ; vous voyez le journal édité par la Région, vous savez qu'il est diffusé dans chaque foyer, hein ? Alors, fermez les yeux, et imaginez une double page, rien que pour vous, et pour la fête médiévale !

— Rien que pour moi ?

Oui, il imagine assez bien, et un bon sourire éclaire son visage ; pas seulement la simple vanité de savoir sa photo imprimée à deux cent mille exemplaires, non, il est tout de même plus fin que cela ! Mais si la Région le met ainsi en avant, c'est l'assurance d'une place éligible sur la liste ; cela mérite de prendre des risques.

— Et la fête, imaginez-la sur une autre échelle, avec le soutien de la Région ; d'abord elle changera de nom : ce sera la fête de la République du Val, avec notre nouveau slogan : « Une république avant la République ! » Pas mal, non ? Ils ont bien travaillé, non, nos communicants ?

— Euh, je ne dis pas non, un peu prétentieux, quand même, peut-être ?

— C'est cela, un slogan, il doit anticiper la réalité. « Montpellier la surdouée », ça n'était pas prétentieux, peut-être ? Nous n'avions rien à l'époque à notre bilan qui puisse justifier une telle affirmation. C'est cela un slogan ! Le dir'cab s'énerve un peu, il gesticule, engoncé dans le fauteuil trop mou dans lequel on l'a fait asseoir. C'est à cela que ça sert, à fabriquer une image ! Et l'image crée la réalité ! Je vous garantis, c'est très bon, ça, « Une république avant la République », on peut faire une campagne d'enfer là-dessus !

Son interlocuteur voudrait bien l'aider, il comprend qu'il doit dire quelque chose, faire des propositions, mais il sèche, désemparé :

— Mais une campagne pour quoi faire ? Je ne vois pas où ça nous mène, on fait déjà le plein à la fête, on n'a pas besoin de monde en plus, on ne saurait pas où les mettre !

— Mais sortez de votre fête, ça n'est pas ça le sujet !

Patrice Maffre est plein de bonne volonté, mais il n'aime pas ne pas comprendre, et là, décidément, il ne comprend rien. Son teint naturellement coloré vire au rouge brusquement :

— Mais de quoi on parle alors, à la fin ? Arrêtez de tourner autour du pot !

« Le type est mûr, se dit le dir'cab, il est temps de le mettre dans le coup », puis, doucement, comme s'il dévoilait un secret, il se penche vers l'élu :

— On parle d'une campagne de longue haleine, touchant toute la région, avec des retombées nationales, une campagne pour montrer que nous sommes depuis des siècles en avance sur Paris, que nous avons inventé la république !

— Vous déconnez, avec tout le respect que je vous dois ! Et pour quoi faire à la fin, qu'est-ce que ça rapporte à nos communes, et qu'est-ce que ça m'apporte à moi ?

— À vous, mais ça vous ouvre toutes les portes, vous ne comprenez pas ? Pour tout ça, le président a besoin de vous, il compte sur vous, vous savez il me le disait encore ce matin, il a confiance dans votre influence ! Et ça, pour vous, c'est un gage pour l'avenir, vous comprenez ?

L'homme du président a un petit moment de découragement, il regarde par la fenêtre le tilleul étique, en se demandant s'il n'aurait pas dû choisir un autre cheval. Pourtant il le voit bien, quand il ramène son regard dans la pièce, l'autre réfléchit, le pauvre gars !

Oui, il réfléchit, le président de l'intercommunalité, et il se dit qu'il doit trancher ; il est un peu lent, mais contrairement à ce que croit Durfort, il n'est pas totalement idiot, il possède même une assez bonne intuition des sentiments de ses interlocuteurs ; c'est sa force, sa seule force, celle qui lui a permis d'être au poste où il est. Il ressent presque physiquement le désarroi du directeur de cabinet, et il en déduit que sa place sur la liste des régionales est en train de reculer à grande vitesse. Il doit réagir, et vite :

— Un gage pour l'avenir, je comprends ; moi, je suis à l'entière disposition du président, je suis un bon petit soldat. Dites-moi ce que je dois faire, et je le ferai !

C'est sa tactique, quand il ne comprend pas : ne pas vouloir se faire plus malin qu'il n'est, et suivre le plus intelligent, ou le plus fort.

Durfort respire enfin, il reprend son ton le plus entraînant pour motiver sa nouvelle recrue :

— Vous devez vous mouiller, montrer que la République du Val, c'est vous, que c'est vous le découvreur, que vous avez cherché dans les archives, que vous avez retrouvé des documents. J'ai des idées là-dessus, nous devons voir grand, être audacieux.

Malgré sa bonne volonté, Maffre se trémousse sur son fauteuil, avec une mimique de dénégation, que son interlocuteur balaie d'un geste impérieux ; le dir'cab poursuit, en fixant le maire pour faire rentrer en lui toute la conviction qu'il ressent pour ce projet :

— Vous devez faciliter l'assimilation entre la République du Val et vous, le futur collaborateur du président, pour que les retombées politiques soient pour la Région, et pour lui ! Alors voilà, on va réfléchir ensemble, on va faire le tour de tous les éléments de la question, et on va voir ce que vous pourrez faire pour aller dans le sens que le président souhaite ; c'est le mandat qu'il m'a fixé, avec pratiquement carte blanche, et nous pouvons frapper très fort avec votre aide.

Un peu dépassé, mais vaincu, le président de l'intercommunalité se tasse dans son fauteuil en s'essuyant le front de son mouchoir.

Et voilà pourquoi, ce jour-là, sa jeune femme, d'un pas décidé, mais « en pétard », fend la foule des chevaliers et des gentes dames, pour rejoindre, au pied de l'estrade, la place qui lui a été assignée pour devenir la proie des gueux et de leur roi, et l'un des rouages de la future campagne de communication décidée par le président et ses conseillers.

Maître, pourquoy fit Dieu l'homme et la femme ? Mon enfant, pour le connaître et aimer, et pour remplir Paradis. Et aussi pour les mettre es lieu des mauvais anges en paradis, lequel ils ont perdu par leur maudit orgueil et méconnaissance.

LUCIDAIRE duquel le Disciple demande au Maître choses obscures et merveilleuses touchant les faits de Dieu, et il luy en donne bonne réponse et utile.

Le mariage du roi des gueux

Agathe Maffre est « en pétard », et c'est sans ménagement qu'elle bouscule les passants dans les ruelles étroites et encombrées de la petite cité médiévale ; mais c'est pourtant elle qui doit s'arrêter pour laisser passer un groupe étrange, dominé par un personnage impressionnant, un templier, comme il y en a bien d'autres dans le public de cette fête, mais un templier qu'on est obligé de remarquer.

Le templier de base, dans la foule bigarrée de ce dimanche, c'est un brave père de famille, peu ou prou ventripotent, qui a passé sur ses habits ordinaires une tunique blanche marquée d'une croix, qu'il serre à la taille avec la ceinture de son pantalon. Certains portent, comble de la fidélité historique, une épée, mais une épée qui n'a souvent rien à voir avec l'époque, épée courte de soldat romain, épée d'apparat, voire parfois rapière de mousquetaire !

L'homme qui, entouré de ses fidèles, barrait

presque la rue principale, était lui d'une fidélité totale à l'époque et à l'équipement des chevaliers de l'ordre du Temple, les moines soldats qui, à partir du XIIe siècle, étaient les fers de lance des croisades.

Certes, ni lui ni son groupe n'avaient de cheval, ce qui était une bonne chose, car ils perturbaient déjà suffisamment la circulation de la foule ! Mais à ce détail près – un gros détail, il faut le reconnaître, car l'ordre fournissait, au temps de sa splendeur, trois chevaux à chacun de ses chevaliers –, à cette différence, donc, son évocation était parfaitement crédible. Son vaste manteau blanc était orné d'une mince croix rouge sur son flanc gauche ; la tunique blanche, sans manches, qu'il portait en dessous, serrée par une large ceinture de cuir, était frappée de la même croix rouge, qui barrait sa poitrine. Et, comble de la reconstitution historique, il portait sous sa tunique une cotte de mailles qui couvrait ses bras et ses jambes, et lui donnait une allure impressionnante. Cette cotte de mailles protégeait également son cou et sa tête ; son visage seul en émergeait, un visage émacié, auquel ses yeux d'un bleu très clair, et d'une fixité étrange donnaient un aspect inquiétant, un air un peu halluciné.

Et ce qui rajoutait à la forte impression laissée par cette apparition, c'était son âge – il avait bien passé les soixante-dix ans –, sa haute taille, et sa maigreur. Mais il était loin de paraître fragile : on sentait une sorte d'énergie, de feu intérieur, qui donnait une impression de force presque inquiétante, au regard de son armement. Car l'homme était armé, d'une épée qui avait l'air pesante et bien forgée, qu'il tenait à deux mains, avec une étonnante facilité.

Et ce personnage étrange était entouré par un groupe d'une bonne douzaine de personnes dont l'attitude à son égard semblait proche de la vénération. Les hommes qui composaient la petite troupe, la plupart d'allure athlétique, et les cheveux coupés très court, s'étaient eux aussi déguisés en templiers ; comme leur chef ils portaient à leur côté une épée de belle taille, mais leur habillement était plus modeste, et ils n'arboraient pas de cottes de mailles. Trois d'entre eux portaient une robe noire, barrée elle aussi par une croix grecque, la croix aux quatre branches égales. L'un des templiers, affublé, lui, d'une robe brune, tranchait un peu sur les autres : son allure était moins martiale, il avait peut-être quelques kilos en trop, ou une certaine mollesse dans le maintien qui en donnait l'impression. Il ne portait pas d'épée, mais il tenait avec un air un peu indécis un drapeau noir et blanc, frappé lui aussi de la même croix rouge. Tous étaient tournés vers leur capitaine, qu'ils contemplaient avec un air extatique ; lui, qui semblait trouver naturel cet hommage, regardait dans le vague, droit devant lui, par-dessus les têtes des promeneurs.

De temps en temps il criait d'une voix forte, en mettant la main à l'épée, comme s'il allait dégainer :

« La croisade va bientôt commencer, la croisade pour défendre la Vraie Croix, la vraie religion, les vrais commandements de Dieu ! Ralliez-vous à nous ! »

À chacune de ces injonctions, les exclamations d'approbation fusaient de son groupe, tandis que les promeneurs se retournaient, intrigués, se demandant visiblement si l'homme était sérieux ou s'il plaisantait.

Question que ne semblait pas se poser un passant, pas très grand, mais dont le corps massif dégageait une impression de force, bloqué comme Agathe dans la petite rue, et qu'elle entendit s'écrier à mi-voix, comme pour lui seul : « Vieux crétin de facho ! »

Si, jusque-là, Idéal Ferrer avait pris plaisir à circuler dans la foule bariolée, malgré les anachronismes qu'il relevait à chaque pas, cette rencontre l'avait mis d'une particulière mauvaise humeur, et il trépignait ferme dans l'embouteillage créé par ceux qu'il considérait comme de dangereux illuminés.

En ce jour de fête médiévale, frère Hugues et ses affidés représentait le type même de personnes qu'il ne souhaitait pas rencontrer ; il s'engouffra donc dans une étroite venelle et, au prix d'un détour dans la petite cité, il put enfin rejoindre l'esplanade où se pressait la foule qui allait assister au mariage du roi des gueux.

Barthélémy Roure, ou plutôt le roi des gueux, se reposait.

Il était confortablement installé sous une vaste tente qui avait été dressée juste à côté de la tribune où gesticulaient les énergumènes qui jouaient le rôle de ses sujets, lesquels mimaient des embrassades et des caresses censées amuser la foule et faire monter la pression dans l'attente du « mariage » qu'annonçaient régulièrement les haut-parleurs de l'animation.

Sous la tente, un grand fauteuil était dévolu au roi, celui-là même qu'occupait Barthélemy, placé de travers dans l'assise, gêné qu'il était par sa fausse bosse. À côté du grand fauteuil, un autre, plus petit, était destiné à la reine ; enfin une couche de belle dimension, recouverte de peaux de chèvres, devait accueillir les amours du couple royal.

Avec son maquillage, ses fausses dents, sa bosse, et l'air agressif qu'il arborait, le berger tenait à distance les curieux qui passaient devant l'ouverture de la tente, et qui reculaient vivement, après avoir jeté un coup d'œil rapide à l'intérieur. Mais dès qu'il vit Ferrer, qui, à son tour, apparaissait dans l'embrasure, il lui fit signe de venir s'asseoir près de lui, et lui tendit une feuille, où une écriture anguleuse s'étalait.

— C'est pour ça que je t'ai demandé de passer : c'est le début de la traduction : frère Hugues vient de me l'apporter.

Idéal secoua la tête avec colère :

— N'appelle pas ce crétin comme cela, tu lui fais trop plaisir, je te rappelle qu'il s'appelle Hyacinthe Danoire, et qu'il n'est le frère de personne.

Barthélémy continuait à jouer son rôle avec application, et grimaçait en direction des passants trop entreprenants, qui faisaient mine d'entrer sous la tente ; tout en fixant l'extérieur, le roi des gueux répondit à son ami :

— Tout ce que tu veux, en tout cas, il a commencé, il me dit que c'est difficile, que ce n'est pas du bon latin, que l'ermite n'était sûrement pas un clerc, mais quelqu'un de peu instruit, il y a des expressions en occitan mélangées au texte, et il a du mal à les traduire ; il dit que ça prendra peut-être un peu de temps…

— Tu m'étonnes ! Je t'avais dit de ne rien donner à cet illuminé, vivement que mon ami Alain, le spécialiste en histoire du Moyen Âge, rentre de son séminaire ! Tu iras reprendre le parchemin à ce crétin, et basta !

Le berger, oubliant son rôle, regardait Idéal, l'air ennuyé :

— Ne recommence pas, je t'ai déjà expliqué que je n'avais pas le choix, mais tu verras, c'est sérieux son travail ; je n'ai pas tout compris, il faut qu'on en parle, mais c'est intéressant ; frère… Barthélémy s'interrompit en regardant son ami d'un air inquiet, puis conclut :

— Danoire lui, il dit que c'est sûrement authentique.

— Son opinion, je m'en tamponne : tu as vu comme il s'est déguisé, avec sa bande d'hallucinés ?

— Ne dis pas ça, ils sont très bien, et pour la fête, c'est une animation drôlement réussie, c'est drôlement fidèle !

— Pour ça oui, s'exaspérait Ferrer, mais le problème, c'est qu'eux, ils y croient. Tu sais que ces imbéciles ont même des gars qui portent la croix grecque pattée des templiers, mais sur des habits bruns, et pas blancs !

— J'ai vu, ça m'a étonné, mais enfin, ils se sont peut-être trompés, ce n'est pas grave, tu as tort de t'énerver pour ça.

— Je ne m'énerve pas, répondait Idéal dont le visage virait pourtant au rouge, mais ils ne se sont pas trompés : les templiers pouvaient accepter des gens mariés, qui ne prononçaient pas des vœux définitifs ; dans ce cas, ils n'avaient pas le droit d'être habillés en blanc.

— Eh bien alors, tu vois bien ! Ça prouve qu'ils s'y connaissent en Moyen Âge ! Pourquoi tu en fais un plat de cette histoire ?

Ferrer semblait subitement désolé de se voir incompris par son ami :

— Tant pis si ça ne te saute pas aux yeux ! Ça prouve qu'ils s'y voient vraiment, qu'ils ont une hiérarchie calquée sur celle des vrais Templiers ; ils se considèrent vraiment comme des moines soldats.

Depuis quelques instants, Barthélémy regardait à l'extérieur avec nervosité :

— Si ça les amuse ! Écoute, excuse-moi, mais ça va être à moi d'entrer en scène, je te laisse la traduction, si on n'a pas le temps d'en parler après le spectacle, viens demain pour qu'on en discute quand je garderai mon troupeau. J'y vais, ils vont m'amener ma reine, et toi, sors de la tente, on va en avoir besoin pour le mariage.

En effet, si depuis un petit moment, ils n'avaient plus été importunés par des curieux, c'est que l'attention de la foule était attirée par la scène qui se déroulait sur l'esplanade : les gueux, hommes et femmes, s'étaient rassemblés sur l'estrade et avaient annoncé qu'ils allaient choisir celle qui allait devenir leur reine, celle qui allait avoir l'honneur de se marier avec le roi des gueux.

— Laquelle d'entre vous, gentes dames, est volontaire pour cet honneur ? hurlait dans son micro un grand escogriffe décharné, au visage totalement enduit de cirage ; personne ? Il faut pourtant que notre maître ait sa reine !!

— Laquelle va être choisie par nous, alors ? reprenait un autre, dont le collier en cuir, bardé de clous, attirait l'œil ; toi, la mignonne, là-bas, toi, la jeunette à ma gauche, toi, qui te caches.

— Non, reprenait le premier, la jolie petite dame,

avec son short coquin, là, son short en jean ; ce sera elle, la reine des gueux, vite, attrapons-la pour l'amener à notre maître, le roi des gueux !

Et tous de sauter de l'estrade pour se lancer à la poursuite d'Agathe Maffre, qui faisait mine de se cacher derrière des spectateurs.

Pendant que Barthélémy montait sur la scène où l'appelait son rôle, Idéal s'éloigna de l'esplanade, où une foule surexcitée se bousculait : si l'ambiance bon enfant de la fête médiévale lui convenait, il considérait que les pitreries de ce pseudo-mariage, identiques année après année, manquaient d'intérêt ; il avait en revanche hâte, quelles que soient ses préventions contre frère Hugues, de connaître la traduction que celui-ci avait établie du document que Barthélémy et lui-même avaient découvert dans la grotte.

Il s'écarta donc de la foule pour pouvoir lire le papier que Barthélémy Roure lui avait communiqué ; en remontant le long des remparts de la petite cité, il était arrivé sur un espace dégagé, à l'écart du bourg, où avaient été installées les échoppes où des passionnés, durant toute la journée, avaient montré comment l'on battait le fer, ou comment l'on tissait la laine au Moyen Âge. Les stands étaient actuellement inoccupés, et Idéal put s'installer à son aise sur un siège, dans la boutique aux teintures.

Sur son papier, de la grande écriture anguleuse de frère Hugues, était écrit le texte suivant :

Notre Seigneur Dieu veuille conserver ce saint livre, celui que j'ai lu tous les jours pour fortifier ma foi, jusqu'à le savoir par cœur.

Veuille Notre Seigneur Dieu en conserver le parchemin, afin que reste la trace du crime horrible que j'ai commis, en croyant obéir à Ses ordres, alors que j'étais rendu aveugle par Satan, son lieutenant déchu, Son vassal révolté.

J'ai été la cause et l'instrument du malheur, et toute une vie de prières et de mortification ne suffira pas à laver la souillure que portent mes mains.

Les fous ! Ils m'appellent saint et sage, et ils rient quand je leur dis que je suis le plus criminel des hommes, celui dont la faute a engendré tant d'autres fautes, le crime, tant d'autres crimes.

Et quand ils me demandent quel acte si odieux j'ai pu commettre, ils rient, les fous, devant mon silence, et ils imputent mes paroles à de l'humilité, et ils se prosternent devant moi, alors que je suis le pire d'entre eux, malheureux qui ne puis leur dévoiler mon secret sans faillir à la foi que j'ai jurée.

C'est cela le châtiment que Dieu m'a réservé dans ce monde, en attendant ceux, qui ne sauraient tarder, que j'aurai à endurer dans l'autre.

Car je ne peux en douter, c'est dans l'Enfer que je serai précipité, où je serai livré aux supplices que m'infligera Satan, l'Ange Déchu.

Cela, je l'accepterai sans faillir, car je l'ai mérité par mon acte, mais j'en appelle à l'intercession de notre Seigneur Jésus, de sa sainte mère Marie, pour qu'ils permettent au moins que la vérité soit connue après ma mort, pour que mon indignité apparaisse aux yeux de tous, comme elle paraît aux yeux de Celui à qui je ne peux ni ne veux rien celer.

Ainsi mon nom sera à juste titre maudit par tous ceux qui m'ont connu, au lieu qu'en ce jour ils me vénèrent, moi, qui suis pourtant le pire des pêcheurs.

C'est ma prière en ce moment où mes forces commencent à me manquer, et c'est pourquoi je commence l'écriture de mes fautes, sur ce Saint Livre, mon seul compagnon depuis que j'ai fait vœu de solitude.

Ce livre, je l'ai tant lu que j'en connais chaque question et chaque réponse ; je peux maintenant y écrire mon histoire, sans rompre mon vœu de silence, ce vœu qu'on a arraché à ma jeunesse et à ma terreur, mais que je n'ai jamais trahi, même quand j'ai vu combien j'avais été abusé.

La lutte entre les anges de Dieu et les anges du Mal est une lutte de tous les instants ; les suppôts de Satan, ces hommes exécrables inspirés par le Malin, vont tout tenter pour faire disparaître cette preuve de leur œuvre maléfique.

Aussi j'en confie la préservation à la Sainte garde de Notre Seigneur Jésus, de sa Sainte Mère Marie, et de tous les Saints. Si ces Seigneuries ont été touchées par ma vie de prières et de mortifications, par mes invocations quotidiennes à Elles destinées, qu'Elles daignent exaucer ce vœu, le seul que je leur aie jamais adressé, moi, indigne, pendant les quarante années qu'a duré ma retraite.

Dès la première lecture, Idéal Ferrer avait été frappé par le ton si personnel de cette supplique ; il eut d'emblée la sensation d'une sorte de trait d'union entre les époques, entre les hommes, par l'intermédiaire de ce message. Un message qui avait été lancé, lui semblait-il, comme une bouteille à la mer, et qui avait aussi peu de chance qu'elle de parvenir à son destinataire. Et pourtant le texte avait franchi les siècles, comme une bouteille qui aurait traversé des océans, et il l'avait entre les mains !

Au-delà même de l'incroyable hasard qui l'avait mis en présence de cette confession, il était frappé par une forme de similitude avec sa propre histoire, toutes proportions gardées. Lui aussi, depuis ses années de jeunesse, s'interrogeait sur le sens qu'il avait donné à sa vie. Lui aussi était la proie, sinon de remords, d'au moins de regrets, parfois poignants, qu'il essayait de calmer dans ses marches forcées. Mais il avait une formation d'historien, et il s'efforça de dépasser cette première émotion, pour une étude plus critique, plus approfondie ; il relut à plusieurs reprises le texte, s'arrêtant ou reprenant certains passages. Il réfléchit quelques instants sur le paragraphe « en croyant obéir à ses ordres », puis, plus longuement sur la phrase : « les suppôts de Satan, ces hommes exécrables… »

En redescendant vers l'esplanade, il murmurait encore : « ces hommes vont tenter de faire disparaître cette preuve… cette preuve. »

Quand il arriva devant la tribune où officiaient les gueux, il fut surpris de voir qu'elle était vide, et que la foule se dispersait. Il ne s'était écoulé pourtant qu'une demi-heure depuis sa discussion avec Barthélémy ; celui-ci avait disparu, tout comme ses amis.

Ruminant les passages du texte qu'il commençait à connaître par cœur, Idéal suivit la foule qui reprenait le chemin des parkings ; tout à ses pensées, il ne nota rien de particulier dans l'attitude des spectateurs. Tout témoin à l'esprit plus libre n'aurait pourtant pas manqué de remarquer combien ses voisins parlaient fort, et comment les conversations commencées dans l'excitation et à voix haute se terminaient subitement en murmures si des enfants se montraient trop curieux.

En reprenant sa voiture, Idéal n'avait encore à l'esprit que ce moment singulier où il avait eu l'impression que l'ermite s'adressait à lui, que leur histoire était liée.

Il ne sut que plus tard qu'en s'abstenant de voir le mariage du roi des gueux, il avait raté – ou peut-être évité – un spectacle qui fit un tel scandale qu'on devait en parler longtemps, et dont il devait entendre plus tard bien des versions.

Maître, pourquoi fut faite la femme de la côte d'Adam plutôt que de toute autre partie ? Mon enfant, si la femme fût faite de la plus haute partie de l'homme elle en eût été trop fière et eût méprisé l'homme, si elle fût faite de la plus basse partie, l'homme l'eût déprisée. Par quoi elle fut formée du milieu afin que l'homme la tînt pour compagne.

LUCIDAIRE duquel le Disciple demande au Maître choses obscures et merveilleuses touchant les faits de Dieu, et il luy en donne bonne réponse et utile.

— À lier, tu es folle à lier, je crois, ma pauvre Agathe ! Pourtant, tu me connais, je ne suis pas bégueule, mais là, non, ma vieille, je ne te comprends pas ! C'est ça que tu m'annonçais la semaine dernière, quand tu disais que ce pauvre Patrice allait le regretter ? Ah ça, c'est sûr, qu'il doit le regretter, mais toi aussi, tu vas t'en mordre les doigts.

Iris d'Aussange, ce jour-là, était toujours aussi élégante, dans un ensemble léger, couleur corail, mais elle ne regardait pas son amie avec son air habituel de complicité amusée. Le petit salon de thé semblait toujours aussi chaleureux, dans son style bonbonnière, avec ses tons orange, et elles avaient cette semaine encore choisi la petite table centrale où elles pouvaient parler en toute complicité, mais à cette heure, elles étaient loin de leur entente habituelle. Par leur attitude, d'abord : elles semblaient toutes deux éviter tout contact, se tenir aussi loin que le permettait l'exiguïté de la pièce et la proximité des tables voisines. Par le ton qu'elles employaient ensuite : même si l'on ne pouvait parler de dispute, c'est sans aménité qu'elles discutaient. Iris semblait la plus âpre, morigénant son amie sur le ton du proviseur s'adressant à un élève fautif :

— Ne me dis pas le contraire, j'ai eu plusieurs témoins qui m'ont expliqué la scène en long, en large et en travers, et ils étaient morts de rire.

— Il n'y a pas de quoi.

Agathe Maffre n'a pas l'air d'apprécier la leçon; elle a son visage buté des mauvais jours, et s'agite nerveusement sur sa chaise.

— En effet, il n'y a pas de quoi, je ne te le fais pas dire ! T'afficher sur l'estrade avec ces pseudo-gueux, passe encore, ridiculiser ton mari et te ridiculiser toi-même en public, c'est autre chose !

— Je ne me sens pas ridicule, c'est la faute de cet imbécile de Patrice quand…

— Ça, c'est la meilleure, tu joues les vamps sur scène, tu provoques le pseudo-roi des gueux, un type répugnant, soit dit en passant, affreux, bossu, sale, barbouillé de cirage, tu me l'as montré l'an dernier…

— Mais il n'est pas bossu, c'est Barthélémy, tu sais bien, je t'en ai parlé cent fois de Barthélémy, il n'est pas bossu, c'est un déguisement, tente de plaider Agathe.

— Mais il n'est pas bossu ! ironise Iris; ah, mais

voilà qui explique tout ! S'il n'est pas bossu, ton Barthélémy, je comprends que tu aies eu envie de te jeter sur lui, sur l'estrade, de le couvrir de caresses, bref, de faire un scandale public, et en plus, cerise sur le gâteau, quand ses crétins d'amis tout aussi sales que lui ont ouvert la tente où il t'avait entraînée, il a fallu qu'on vous trouve en train de vous embrasser à bouche que veux-tu ! Bien sûr, c'est logique, puisqu'il n'est pas bossu...

— Bon, ça suffit Iris, d'abord ce ton de donneuse de leçons, ensuite l'ironie lourdingue, ça va comme ça. Dois-je te rappeler que tu n'en es pas à ta première aventure ; sur ce plan-là, tu as même plusieurs longueurs d'avance sur moi !

— Dis, traite-moi de salope, tant que tu y es !

— C'est bien ce que tu viens de faire, non ?

Iris ne répond pas : elle s'en veut un peu de s'être laissé emporter. Elles sont amies depuis trop longtemps pour se fâcher vraiment. Ce n'est d'ailleurs pas leur première dispute, et elles se sont toujours réconciliées. Pourtant, aujourd'hui, elle ne reconnaît pas son Agathe, et elle a du mal à la comprendre.

— Mais non, ma poulette, je m'inquiète de te voir faire des bêtises, c'est tout !

— Et peut-on savoir ce que tu appelles des bêtises ?

— Fais ce que tu veux en privé, mais embrasser ton Barthélémy en public...

— Ça, ça n'était pas prévu, mais aussi, pourquoi

ces imbéciles ont-ils ouvert la tente si tôt ? On était censés avoir un quart d'heure devant nous…

Exagérant un air effaré, Iris d'Aussange lève les bras au ciel.

— Mais vous pensiez faire quoi, pendant ce quart d'heure ? Quand même pas vous envoyer en l'air, non ? Sous une tente avec des centaines de personnes autour ?

— Je t'ai déjà expliqué, pour Barthélémy…

— Mais enfin, tout le monde ne parle que de ça ! Et tu peux t'estimer heureuse de ne pas avoir eu les honneurs de la télé, on couvrait un autre secteur de la fête à ce moment-là, des fondus complets déguisés en templiers, un sujet d'enfer que je vais négocier avec mon gras du bide de rédac'chef. Je te jure, elle n'est pas triste ta fête ! Cette année, elle valait le déplacement !

Agathe Maffre semble indifférente à la moquerie, mais la journaliste n'a pas fini de vider son sac à reproches :

— Et pour revenir à toi, ma chérie, et à ton Barthélémy, le « pas bossu » je ne te dis pas combien de coups de fil j'ai reçus depuis deux jours ! Toutes nos anciennes copines de l'internat ! Enfin, les copines, et les pas copines, tu vois ce que je veux dire, et même cette punaise de Bénédicte !

Agathe, jusque-là impassible, retrouve d'un coup toute sa vivacité :

— La salope, elle a osé ? On ne lui parle plus

depuis dix ans au moins !

— Oh oui, elle a osé, et tu ne peux pas savoir le souci qu'elle se fait pour toi ! Mais elle n'est pas trop étonnée, quand même, elle pense que tu as toujours été un peu instable…

— Bon, ça va, passe, j'ai compris, toutes nos connaissances, quoi ! Eh bien, dans quelques mois, tu pourras peut-être leur annoncer une grande nouvelle, à toutes nos connaissances : je crois que je vais quitter Patrice ! Il m'a supplié de ne rien officialiser avant les régionales, mais on va sûrement se séparer !

— Ne me dis pas que tu vas vivre avec ton berger ! réplique Iris, apparemment suffoquée, je te préviens, si tu sens la chèvre, je refuse de te rencontrer ! Non, sans rire, tu es folle, au moment où ton mari va accéder à la cour des grands, tu penses le quitter ! C'est bien ce que je te disais l'autre jour, c'est le vertige des échelons !

Cette fois, Agathe ne se contient plus :

— Encore avec cette bêtise d'échelons ! Et « la cour des grands » pour ce pauvre Patrice ! Non, mais, tu n'es pas capable de parler autrement que par clichés, de temps en temps ?

— Que veux-tu, nous sommes comme cela, nous autres journalistes, riposte Iris d'un ton acide. Il n'empêche que n'importe qui, même une journaliste, est capable de voir que ton berger est un pauvre loser.

Agathe se hérisse, rouge de colère :

— Comment peux-tu dire cela ? Parce que toi, tu es sortie de la cuisse de Jupiter, peut-être ?

— Il n'a pas été fichu de se bagarrer pour t'épouser il y a dix ans, c'est un loser, je te dis ; tu es sortie d'une ferme, tu veux finir dans une bergerie, c'est toute ton ambition ?

— Moi, je veux seulement être heureuse ! Et toi, ton ambition, à part tes carrés Hermès, c'est quoi ?

Elles se taisent d'un coup, avant d'aller trop loin, surprises toutes deux : jamais elles ne se sont parlé sur ce ton, jamais elles ne se sont envoyé de tels coups de griffe.

C'est la journaliste qui se reprend la première ; en récupérant ses lunettes noires qu'elle avait posées sur la table, elle conclut l'algarade.

— Bon, ma cocotte, il est temps d'arrêter, ou on va se quitter fâchées ; en tout cas, pense à ce que je t'ai dit, réfléchis. Avec Patrice, tu n'as peut-être pas tiré le gros lot, mais enfin, il fera encore du chemin ; l'autre…

— Tu as raison, la coupe Agathe, qui se lève et embrasse son amie plus froidement qu'à l'habitude, restons-en là. Je te rassure quand même, je ne vais pas vivre avec Barthélémy, je ne crois pas, je veux seulement retrouver ma liberté.

— Liberté, liberté chériiie, combats avec tes défenseurs… chantonne Iris, avec un air de dérision ; tu verras, tu en reviendras…

***

Dans la voiture officielle, même le chauffeur avait du mal à contenir ses rires. Le président était à ses côtés, comme toujours. Depuis bien des années il ne supportait plus d'être assis à l'arrière d'un véhicule : il n'y trouvait pas sa place, ses jambes y comprimaient son ventre devenu énorme avec l'âge. À destination, il n'arrivait plus à s'extraire de la voiture, ce qui donnait à ses arrivées une allure peu protocolaire.

Il avait donc pris l'habitude de s'asseoir à l'avant, et y avait peu à peu organisé son confort, y branchant les deux téléphones qui lui permettaient de garder le contact avec les services de son administration, et surtout avec les élus et les appareils du parti qu'il contrôlait sur toute la région.

Pour son directeur de cabinet, ce choix de la place avant avait des avantages et des inconvénients : il bénéficiait du confort de l'arrière, où il appréciait de pouvoir piquer un somme réparateur lors des trajets les plus longs, dans les déplacements harassants des campagnes électorales. En revanche, il n'entendait que les réponses du président aux multiples coups de téléphone passés et reçus dans la voiture, et il s'interrogeait souvent sur les propos échangés, quand le président ne répondait que par des phrases sibyllines ou des onomatopées, ce qui était souvent le cas. Et surtout, il lui était souvent difficile de s'adresser à lui de manière discrète, dans des occasions un peu délicates, comme celle-ci par exemple.

Mais, pour le président, l'occasion n'avait rien de délicat, et il tenait à ce que chacun profite de son hilarité :

— Et alors, en pleine fête, on ouvre la tente et… bingo ! Ah, celle-là, c'est la meilleure ! Ça fait des années que je n'en ai pas entendu une aussi bonne ! Je n'aurais jamais cru ça de la petite Agathe ! Je ne l'ai vue qu'une fois, quand vous nous aviez organisé ce repas avec son mari, le cocu, mais ma femme l'avait trouvée très bien ! En d'autres temps, j'aurais eu plaisir à mieux la connaître ! Tu sais que j'étais une sacrée épée, à l'époque ! Surtout qu'on baisait à couilles rabattues, on ne connaissait pas le sida, à ce moment-là !

Le directeur de cabinet n'a pas le même vocabulaire que le président, et il n'aime pas la vulgarité ; c'est même le seul aspect de la personnalité de son patron qui lui pose problème. Son cynisme, il le partage ; sa capacité à s'adapter à l'auditoire, à inventer la petite anecdote ou le gros mensonge que la foule attend, c'est pour lui une source toujours renouvelée d'admiration ; mais sa vulgarité le blesse. Il sait cependant qu'il est impossible d'empêcher le président de se répandre en propos graveleux, dès lors qu'il a trouvé un auditoire complaisant, et dans ce lieu clos, les rires du chauffeur sont pour lui un puissant dopant.

— Et toi, tu étais là, aux premières loges, avec le cocu ! s'esclaffe à nouveau le président.

— Mais, c'est que tout s'est enchaîné, président ! s'insurge Durfort. Elle en avait tellement rajouté sur la scène, en se donnant en spectacle, que le public s'était excité, les gens criaient des encouragements obscènes autour de la tente fermée, alors on a voulu abréger, parce que ça tournait au scandale. C'est là qu'on a fait ouvrir la tente bien plus tôt que prévu !

— Et eux, ils s'embrassaient tant et plus !

— Ils étaient dans leur bulle, ils ont mis un bon moment à réagir ! Tout le monde s'est tu, Maffre était décomposé, moi, je ne savais plus que faire, un vrai désastre ! Et c'est pas tout, président…

Le dir'cab baisse la voix, comme s'il faisait un aveu délicat, comme s'il se justifiait, en reprenant :

— C'est pas tout, il y avait le photographe aussi, ça faisait partie de la mise en scène.

— Ça faisait partie de la mise en scène, bien sûr, hoquette le président, avec un clin d'œil complice vers son chauffeur.

— Oui, on devait publier ça dans la double page consacrée à la fête ! Le photographe a mitraillé à tout va, je ne sais pas si c'était un réflexe professionnel, ou s'il ne comprenait pas ce qui se passait… Heureusement le gars était sous contrat avec nous, les photos nous appartiennent. Et ça aurait pu être pire, président : une équipe de Montpellier-Sud de France couvrait la fête ; par chance ils étaient ailleurs à ce moment-là, sinon il aurait fallu intervenir là aussi.

Le président essuie les larmes qui coulent de son visage ; il rit tellement qu'il ne peut pas répondre.

— En tout cas, reprend Durfort, c'est une catastrophe, il faut tout annuler ; j'ai déjà dit à Maffre que pour les élections, bien sûr, ça posait problème...

— Mais, pas du tout ! tranche d'un ton impérieux le président qui a repris tout d'un coup son sérieux.

— Vous le gardez sur la liste ? Mais vous savez que cette histoire a déjà fait le tour de la région.

— Et alors ? Des cocus, il en faut, mon vieux, et moi, dans ma jeunesse, j'en ai fait plus d'un, alors...

Durfort jette un coup d'œil excédé au chauffeur, qui semble le narguer en le fixant dans le rétroviseur, avec un large sourire.

— Mais, président, quel effet, en termes d'image...

— Vous n'y comprenez rien, Durfort, et c'est pour ça que vous ne serez jamais un politique : les cocus, les gens les aiment, il en faut toujours sur une liste, ça fait représentatif. D'ailleurs, poursuit le président dans un gros rire qui secoue son ventre, d'ailleurs il y en a sur toutes les listes, mais ça ne se sait pas toujours. Là, on a une chance unique : un cocu bien identifié, un cocu authentique, certifié ! Mais c'est pain bénit, ça, mon vieux ! Je vais le faire monter en dixième position, juste après les élus les plus importants.

Le directeur de cabinet se rencogne sur sa banquette, silencieux ; la place de Maffre, il s'en fiche un peu, mais il remâche le « vous ne serez jamais un politique » qui vient de lui être asséné. Il ressent cela comme une rebuffade, voire un ostracisme, alors même que son travail est en train de payer, que le coup qu'il prépare est en train de se mettre en place peu à peu.

Il serait temps, pourtant, que l'autre lui lâche un peu la bride, il s'approche de la quarantaine, maintenant, il ne va pas rester toute sa vie dans cette position de dépendance, toujours dans l'ombre, à essayer de freiner, d'empêcher les déclarations les plus fracassantes, les dérapages du grand homme ! À quel moment le président décidera-t-il de lui tailler un domaine, de le pousser en avant, en lui accordant une circonscription ?

Il doit lui prouver qu'il a passé le moment d'être l'éternel second, qu'il est capable lui aussi de concevoir des plans audacieux, visionnaires. C'est dit ! Il faut oser !

***

— Tu as tort de te frapper, c'est vrai, je ne vais pas te raconter des blagues, tout le monde parle de ça au bistrot, mais les gens en rigolent, et puis voilà !

Ça ne va pas plus loin, on en a vu d'autres !

Barthélémy, les yeux obstinément fixés sur l'herbe rase dans laquelle paissait son troupeau, ne semblait pas convaincu par les paroles apaisantes d'Idéal :

— Peut-être, mais là, je te jure, on n'y a pas cru, quand on a compris ce qui se passait ! Tout d'un coup, la tente ouverte, et tous ces gens qui nous regardaient, l'air complètement ahuris ! Et nous qui ne devions pas avoir l'air plus malins ! Heureusement, mes copains gueux ont réagi assez vite, en refermant la tente, et en revenant ensuite par-derrière, pour nous faire partir à l'écart de la foule !

— Mais, quand même, Barthélémy, tu sais, je ne suis pas bégueule, mais enfin…

Idéal hésitait à poser la question qui lui brûlait les lèvres, mais le berger n'était pas dupe :

— Mais enfin, quoi ? Tu veux dire qu'on a été cons ?

— Mais vous saviez bien que la tente allait s'ouvrir ! s'exclame son ami, dans une mimique de totale incompréhension, et tout ce monde autour ! C'était drôlement gonflé, non ?

— Mais non, c'était pas gonflé ! Ça s'est passé comme ça, c'est tout, on n'a pas réfléchi. Déjà, sur la scène, quand mes gueux l'ont amenée… Mais tu nous as vus, non ?

— Mais non, j'étais parti lire la traduction que tu m'avais donnée.

Pour le coup, Idéal semblait regretter d'avoir manqué un spectacle intéressant.

— Bon, eh bien tu n'as pas vu, sur la scène, elle a commencé à faire l'idiote…

— Faire l'idiote, ça veut dire quoi ? Quand je suis parti, elle faisait semblant de fuir, et puis après ?

— Après, mes gueux l'ont capturée, et conduite sur scène de force, mais après avoir résisté, elle a fait semblant de tomber amoureuse de moi, de se jeter sur moi, de m'embrasser.

— C'était convenu, quand vous aviez répété la scène ?

— Pas du tout, mais elle m'a expliqué après, elle voulait emmerder son mari, parce qu'il l'avait forcée à jouer ce rôle.

Idéal eut un mouvement d'incompréhension :

— Mais de là à…

— Mais non, tu ne comprends pas, c'est quand on a commencé à se toucher…

— Ne me dis pas que c'est le coup de foudre !

Idéal voulait détendre l'ambiance, mais Barthélémy s'était redressé, comme un coq sur ses ergots :

— Oui, parfaitement, le coup de foudre ! Déjà sur scène, sitôt qu'elle s'est jetée à mon cou, tous les deux, on a ressenti… Je ne sais pas comment te dire, je ne peux pas t'expliquer, moi… le berger semblait furieux contre lui-même de son incapacité à s'exprimer, mais il essayait tout de même de se faire comprendre de son ami, et quand on a été sous la tente, seuls, rien que nous deux, on s'est retrouvés comme il y a dix ans, on réfléchissait à rien !

— Mais enfin, ça ne peut mener nulle part votre affaire ! Qu'est-ce que vous imaginez pour la suite ?

Depuis un bon moment, les deux hommes avaient oublié le troupeau, qui s'égaillait de plus en plus, le berger gardant Bobby à son pied, sans même s'en apercevoir. Barthélémy avait l'air troublé, il s'était d'ailleurs assis, ce qui ne lui arrivait pratiquement jamais quand il gardait ses bêtes.

— J'en sais rien, et elle non plus je crois. Quand mes amis nous ont fait sortir de la tente, on s'est à peine parlé, on était sous le choc, de s'être retrouvés comme ça.

— Retrouvés, retrouvés, ça fait deux fois que tu dis cela, qu'est-ce que tu veux dire ?

Le berger était resté un moment silencieux, avant de se lancer, hésitant, sous le regard insistant de son ami :

— C'est une fille d'ici, tu sais, elle est d'un village juste à côté, et on se connaît depuis tout jeunes, on se plaisait, on est même sortis ensemble…, mais voilà, ses parents étaient contre, ils avaient du bien… J'ai jamais osé me déclarer vraiment… Et puis après, elle a rencontré l'autre, là, le Maffre, qui parlait mieux que moi, pour sûr, et puis voilà, conclut le berger avec fatalisme, chacun a eu sa vie ; tout ça était loin, il y a plus de dix ans…

— Mais tu ne l'avais plus revue depuis ?

— Non, jusqu'au groupe des Matelles, quand elle a commencé à y venir, avec son mari ; on s'est regardés drôlement, mais on ne s'est rien dit de plus, on se parlait en vieux copains, quoi, jusqu'à cette affaire…

— Et depuis ?

— Depuis, rien, j'essaie de l'appeler depuis hier, mais son téléphone ne répond pas…

Barthélémy montrait, accroché à sa ceinture, le téléphone portable qui ne le quittait jamais.

— Elle ne veut pas me répondre, s'inquiétait Barthélémy, et le départ de la transhumance s'approche : dans quinze jours je monte sur le Lozère pour quatre mois…

— Écoute, laisse-lui le temps de réfléchir un peu, sa situation n'est pas facile…

— Et la mienne, elle est facile, tu crois ? Regarde, je n'ose plus aller au bistrot, tout le monde me regarde avec l'air de se foutre de moi !

— Penses-tu… répondit pauvrement Idéal, dont le manque de conviction était évident.

— Je n'ai même pas lu la traduction que Danoire m'a apportée ; lui aussi est au courant, bien entendu, il m'a raconté tout un roman comme quoi l'homme est naturellement pêcheur, mais que dans son armée, beaucoup sont venus pour expier des fautes, tu vois le genre…

Idéal était partagé entre la satisfaction d'entendre

critiquer sa bête noire, et l'impatience de voir ce que le prétendu frère Hugues avait traduit.

— Ah bon, et cet imbécile a avancé ?

— Il en a fait un morceau, mais j'ai bien senti qu'il était embêté, il dit que c'est compliqué ; en tout cas, moi je n'ai même pas eu le courage de lire ce qu'il a traduit, je n'ai plus la tête à ça.

— Donne, va, je vais faire le lecteur, comme au Moyen Âge ; tu le savais, hein, qu'à cette époque on ne connaissait pas la lecture silencieuse ?

Docilement, le berger tendit sans répondre à son ami les feuillets que celui-ci, s'asseyant à son tour dans l'herbe rase où quelques rejets de buis tentaient de s'enraciner, se mit à lire à voix haute. Ainsi installé, Idéal ne donnait plus cette impression habituelle de force mal contenue qui émanait de lui quand il marchait, ou même quand il attendait debout, souvent impatient.

Assis, avec ses lunettes rondes, les yeux fixés sur le document qu'il tenait calmement, on retrouvait l'intellectuel qu'il pouvait être, à ses heures. Au fur et à mesure de sa lecture, il semblait de plus en plus absorbé, les sourcils froncés, tout comme le berger, qui, n'écoutant d'abord que d'une oreille distraite, oubliait peu à peu ses soucis et ses amours pour se laisser captiver par le contenu du document.

Idéal lisait, Barthélémy l'écoutait ; qui les aurait vus de loin, dans ce vallon où l'herbe commençait à jaunir, à sécher sous le soleil d'un printemps où les premières chaleurs avaient commencé, aurait été intrigué par cette scène. Deux hommes assis au pied des falaises du pic Saint-Loup, un intellectuel à lunettes faisant la lecture à un berger, tous deux semblant de plus en plus captivés par le texte : quel est le point commun entre ces deux personnages, se serait demandé le promeneur, quel est le contenu qui peut à ce point les fasciner l'un et l'autre ?

C'était pourtant d'une bien vieille histoire qu'il était question.

Oui, je lisais, et Barthélémy m'écoutait, et il s'agissait d'une vieille histoire, mais cette histoire en cachait une autre, bien plus récente, et déjà, à ce moment-là, il était trop tard : tout était en route, et nous l'ignorions.

Pourtant, c'est une image que j'aime bien ; sur le mur de ma cellule, je me la projette souvent, quand je me fais mon cinéma, parce que c'est la dernière image fraternelle que je garde de Barthélémy. La dernière image…

Livre 3

LES HÉRÉTIQUES

Maître, fit Dieu l'homme et la femme de ses propres mains ? Mon enfant, il les fit tant seulement de son entendement.

LUCIDAIRE duquel le Disciple demande au Maître choses obscures et merveilleuses touchant les faits de Dieu, et il luy en donne bonne réponse et utile.

L'ermite

Donc Idéal lisait, de plus en plus concentré, et Barthélémy l'écoutait.

C'était pourtant d'une vieille histoire qu'il s'agissait :

Quarante ans, quarante ans maintenant que j'ai commis le crime dans lequel le diable et ses serviteurs m'ont entraîné. Il ne m'a fallu que quelques mois pour comprendre dans quel piège j'étais tombé, et toute une vie de remords et de macération pour commencer à expier mon péché.

Le Lucidaire *le dit : ceux qui attendent à se repentir jusques à la mort sont tricheurs à nostre seigneur comme le tricheur et mauvais payeur qui promet à payer à certain terme mais qui fait mille tricheries à son créancier afin de ne le payer si tôt ou jamais. Toutefoys il est écrit qu'à quelque heure que le pécheur déclarera son péché en grand repentance et contrition, qu'il luy sera pardonné, mais mon enfant c'est trop grand péril d'attendre de soy repentir jusques à l'angoisse de la mort. Donc mon enfant tu te dois repentir et confesser quand tu as le temps et ne dois pas attendre à demain ; car tu ne sais si tu mourras demain ou plus tôt.*

Je n'ai pas été tricheur à Notre Seigneur, je me suis repenti dès que j'ai reconnu ma faute, et j'ai souffert maintes fois, dans mon corps et dans mon esprit, et j'ai déclaré mon péché en grand repentance et contrition, mais sans attendre le pardon de Notre Seigneur, car ma faute s'est multipliée par les fautes qu'elle a engendrées, et qui durent encore.

Pourtant j'ai été secourable aux pèlerins, ceux que je voyais arriver de loin, suivant le chemin ferré. Toujours j'ai partagé avec eux le pain, quand j'en avais, pour nourrir leur corps, et eux, en échange, m'ont rassasié des nouvelles qu'ils m'apportaient. Et même si les nouvelles m'étaient amères, pleines qu'elles étaient de sang et de deuil, du sang et du deuil que j'avais aidé à répandre, toujours j'ai remercié Dieu de m'apporter matière à mortification.

Et toujours, à ses messagers, à ces pèlerins qui eux aussi, souvent, expiaient une faute, toujours je leur ai indiqué la petite source qui se cache au milieu des roseaux, tout près du chemin, mais invisible à qui ne la connaît pas, la petite source qui m'a permis de boire même au plus fort de l'été.

Même aux moines et aux clercs, souvent, j'ai été secourable ; non pas à ceux que je voyais passer, portés sur leur mulet, et plus gras que lui, mais à ceux qui allaient à pied, comme tout pèlerin sincère doit le faire pour obtenir rémission de ses péchés. À ceux-là, sauf aux cisterciens maudits, j'ai apporté mon aide, par les jours d'été où le soleil écrase tout, où les toises paraissent mesurer des lieues. Les dominicains exécrés, bien sûr, je ne les ai pas aidés non plus, depuis que leur maître, Dominique, est passé du prêche à la violence.

Dominique, je l'ai connu, et je l'ai même vu, ce jour où, à grand bruit, il a convaincu les légats du pape, Raoul de Fontfroide et Pierre de Castelnau, d'abandonner leurs équipages, et de marcher pieds nus, en toute simplicité. Ils sont tous ressortis du domicile de Pierre de Castelnau sans monture et en renvoyant leurs serviteurs.

Et pourtant, quand pour mon malheur j'ai retrouvé Pierre, cinq ans plus tard, il n'allait pas pieds nus, et il avait nombreuse escorte.

Dominique lui, était reparti en Espagne ; vexé par l'échec de sa prédication, il a encouragé la terreur, et depuis sa mort, l'ordre qu'il a créé est le glaive de l'Inquisition, comme si l'on pouvait ramener des hommes à Dieu en leur faisant subir tous les supplices de l'Enfer.

Je ne partage pas, pourtant, la foi des bonshommes. Ils croient que le Diable est aussi puissant que Dieu, et que tous deux se partagent le monde, le Diable régnant sur terre, et Dieu dans les cieux. Mais c'est donc faire deux Dieux d'égale force, et cela ne se peut, comme le dit justement le Lucidaire *:* Maître, peut-il y avoir plusieurs Dieux ? Mon enfant nenny, car s'il était plusieurs Dieux, chacun serait tout-puissant et adonc pourraient-ils faire choses contraires l'un et l'autre, ce qui est contre nature divine.

Non, seul Dieu est tout-puissant, je le crois, et s'il nous semble à nous, pauvres hommes, que le Diable règne en maître ici bas, surtout en ces temps et en ces contrées, c'est que Dieu veut éprouver la fermeté de notre foi.

Ma foi est restée la même, elle est restée telle que me l'ont inculquée mes parents et mon curé, dans la ville qui m'a vu naître, une ville heureuse alors, une ville où nous nous baignions, enfants insouciants, dans l'Orb, aux moments de la plus grosse chaleur, comme s'y sont baignés depuis les ribauds et autres assassins, ceux qui ont crucifié la ville, ceux qui ont massacré ses habitants au nom de Dieu.

Combien sont morts ce jour de juillet ? Nul ne les a comptés, mais ils furent des milliers, hommes, femmes et enfants, presque toute la ville passée au fil de l'épée. Et quel était leur crime ? Non pas même de professer l'erreur cathare, mais de ne pas avoir voulu livrer les bonshommes qui étaient parmi eux, qui faisaient partie de leur ville, parfois de leur famille.

Mais mon père et ma mère, eux, n'avaient nul membre corrompu parmi les leurs ; bons catholiques ils étaient nés et baptisés, bons catholiques ils étaient restés, eux comme mes trois jeunes frères, et comme tous les catholiques ils s'étaient réfugiés dans l'église Sainte-Madeleine, qui était l'église de notre quartier. Et comme tous ceux qui avaient cru trouver refuge dans la maison de Dieu, ils furent saignés sans pitié, comme pourceaux.

Et de tout cela je suis coupable, de la mise à mort de ma ville, de celle de mes amis, et de celle de toute ma famille.

Durant tout ce temps de remords, j'ai surveillé cette route, par laquelle sont passés tant d'hommes, marchands, pèlerins, soldats. Par eux, j'ai eu des nouvelles du drame que mes actes avaient provoqué, par eux j'ai compris qui j'avais servi.

Barthélémy avait écouté le texte en silence, mais il avait peu à peu perdu son air morne, et ses yeux s'étaient animés, à l'écoute de la lecture de son ami. Quand Idéal se tut, les deux hommes restèrent un moment silencieux, comme perdus dans leurs pensées respectives. Ce fut le berger qui parla le premier :

— Il parle de la croisade des Albigeois, hein ? C'était en quelle année, ça ?

— Au tout début du XIIIe siècle, c'est tout de même beaucoup pour un manuscrit…

Mais Barthélémy semblait insensible aux réticences de son ami :

— Et la ville, c'est Béziers, hein, le massacre de Béziers ?

— Oui, ça c'est clair, il cite l'Orb, et puis il donne des éléments précis, les ribauds, l'église Sainte-Madeleine…

— Les ribauds ?

— Oui, les bandes de soldats à pied, plus ou moins mercenaires, ce sont eux qui ont attaqué la ville, et qui l'ont prise par surprise, en poursuivant des habitants qui les avaient provoqués pendant qu'ils se baignaient dans le fleuve.

— Ah, c'est là que s'est passée cette histoire, s'anima soudain Barthélémy, heureux de montrer ses connaissances, avec l'autre, là, qui a dit « Tuez-les tous, Dieu reconnaîtra les siens. »

Idéal balança sa tête d'une épaule sur l'autre, comme il le faisait quand il voulait exprimer ses doutes :

— C'est ce qu'on a fait dire au légat du pape, Arnaud Amaury, mais en fait aucun témoin direct ne rapporte cette phrase.

Barthélémy prit un air indigné :

— Tu vas pas me dire que c'est pas vrai, peut-être, que personne a dit ça ?

Idéal allait se lancer dans la querelle, car il professait qu'en histoire les faits doivent passer avant les sentiments, mais il se ravisa :

— Écoute, mon vieux, ni toi ni moi n'y étions, cette histoire a huit cents ans pile, on a très peu de textes de l'époque, et aucun n'est neutre, alors ne nous disputons pas. Parlons plutôt de notre texte à nous. Tu as vu comment il parle des cathares ?

— Oui, il les appelle les bonshommes, c'est comme ça qu'ils s'appelaient entre eux, non ?

— Oui, en tout cas les parfaits, l'équivalent de leur clergé, en somme ; et ce qui est curieux, c'est qu'il réfute leur religion, en citant le *Lucidaire,* bien sûr, mais qu'il ne les qualifie pas d'hérétiques, alors que c'était le terme consacré par l'Église.

Le berger prit un air songeur pour demander :

— C'est vrai que pour eux Dieu et le diable se partagent le monde ?

Idéal hésita un instant : il ne tenait pas à passer pour un cuistre, et une discussion sur le manichéisme des Albigeois lui paraissait un peu déplacée dans cette vallée perdue, avec pour seuls témoins des moutons ; aussi essaya-t-il d'abréger :

— Oui, pour eux, tout ce qui était matériel était création du diable, l'ermite le dit bien.

— Ah, tu me dis plus que c'est pas lui qui l'a écrit, hein, tu coupes plus les cheveux en quatre ! s'écria le berger triomphant.

Son interlocuteur se sentit pris en faute, et c'est avec un certain agacement qu'il se justifia :

— J'avoue que je suis impressionné ; je commence à croire que c'est possible...

En fait, pour une fois, il dissimulait sa véritable pensée à son ami : si, jusqu'à présent, il avait eu des réticences devant un manuscrit aussi ancien, le contenu du texte avait levé ses doutes : il sentait une sincérité, une authenticité, qui était à ses yeux la meilleure des preuves ; et de plus, au-delà de la différence d'époque, il ressentait une affinité avec cet homme qui s'était retranché lui-même du commerce de ses semblables, qui portait le poids d'une faute indéterminée, qui payait pour cette faute, cette erreur de jeunesse où il avait été dépassé par la gravité de ses actes.

Même s'il voulait le dissimuler, c'était une profonde émotion qui l'étreignait cette fois encore, à la lecture de ce message, de ce lien improbable qui venait de s'établir entre lui-même et un inconnu, mort huit siècles auparavant, un inconnu qui, par la seule force du témoignage qu'il avait transmis, devenait son semblable, comme un reflet de ce qu'il avait été, ou aurait pu devenir. Car lui aussi avait commis des erreurs, lui aussi aurait pu déclencher des catastrophes ; il avait payé pour cela, et cher, mais il se demandait encore comment, avec les meilleures intentions, les plus désintéressées, il avait pu se laisser égarer dans des actions aussi dangereuses, aussi graves.

Cependant le parallèle qu'il établissait, malgré lui, entre leurs deux situations, il ne souhaitait pas en faire part à Barthélémy, par pudeur d'abord, mais aussi pour ne pas rajouter à l'exaltation de son ami ; aussi se contenta-t-il de répéter, sur le ton le plus neutre qu'il put affecter :

— Oui, c'est possible…

— Possible, tu rigoles, c'est certain ! s'exclama Barthélémy avec tout le feu dont il était capable, tu as devant toi les paroles d'un gars qui a vécu il y a huit cents ans, et toi tu fais encore la fine bouche ! On dirait mes brebis quand elles ont mangé tout leur saoul, et qu'elles hésitent avant de mâcher une herbe !

— Merci de la comparaison, s'amusa son ami, mais tu ne m'as pas répondu : tu le vois comment, toi, l'ermite ?

Le berger s'accorda un moment de réflexion avant de répondre, l'air grave :

— C'est l'histoire de son crime qui m'intrigue : il en parle sans arrêt, mais sans rien dire, comme si ça le travaillait sans cesse, mais qu'il ne voulait pas se libérer. Mais quel crime il aurait pu…

— Et surtout, le coupa Idéal, il ressasse un crime qui aurait eu un rôle dans la guerre, qui l'aurait provoquée, même, et là, j'avoue que je nage : il semble porter un poids terrible, mais lequel ? Je vais un peu relire ce que j'ai sur cette période pour me remettre dans le contexte, essayer de comprendre son état d'esprit. Je suppose que ce crétin de Danoire va nous faire languir encore un peu pour la suite, non ?

— Il m'a promis une autre partie, mais il dit qu'il a des problèmes, qu'il aimerait voir les lieux pour comprendre.

— Ah non, la grotte, pas question ! explosa d'un coup Idéal, passant brutalement, comme il en était coutumier, de la réflexion à la colère, que tu aies donné le texte à cet illuminé, c'est déjà trop, alors, la grotte…

Devant la grimace furibonde de Ferrer, le berger enchaîna précipitamment, pressé de détourner l'attention :

— Il m'a dit aussi qu'il était intrigué, qu'il n'était pas sûr de saisir où l'ermite voulait en venir.

— Où il voulait en venir ? Qu'est-ce qu'il déraille encore cet olibrius ?

— Oui, j'ai pas bien compris, mais il n'avait pas l'air content, il m'a dit qu'il espérait que l'ermite n'était pas trop influencé « par la contagion hérétique » qu'il m'a dit.

— « La contagion hérétique » ! Ça lui va bien, tiens ! À propos, tu sais qu'au bistrot, hier soir, on a parlé de lui, et que, ni sa bande de fanatiques ni lui-même n'ont l'air de s'arranger.

— Tu exagères, Idéal, essaya de plaider le berger, il est toujours poli quand même !

— Poli, poli, n'empêche que leur dernière, maintenant, c'est qu'ils s'exercent au pistolet sur l'ancien terrain militaire, Marcel les a vus en repérant pour la chasse.

Le berger mit un certain temps pour assimiler l'information, comme si la nouvelle le dépassait un peu.

— C'est vrai que j'ai entendu des tirs ; ah bon, c'était eux, alors... puis après un temps d'hésitation, comme une concession à son ami : des pistolets, quand même, c'est vrai que ça fait drôle, pour des religieux.

— Religieux, mon œil ! Ce sont de purs tarés, oui ! Tu sais qu'à Montpellier l'ambiance devient pesante : un peu partout l'on retrouve des tracts non signés appelant à la sainte croisade, à « rejeter les infidèles à la mer », à « chasser les sodomites », des tracts très violents, à la limite de l'appel au meurtre. Des plaintes ont été déposées, mais cette affaire échauffe les esprits ; je ne serais pas surpris que des bagarres éclatent ici ou là entre jeunes dans les quartiers.

— Mais quel rapport avec Danoire ? Barthélémy avait l'air d'un homme qui s'éveille péniblement d'un profond sommeil.

— Tu débarques ou quoi ? La croisade, les templiers à la journée moyenâgeuse des Matelles, ça ne te rappelle rien ? Et tu sais qu'ils sont passés à la télé en plus, grâce à leur numéro et à leur déguisement ? Ils ont eu droit à cinq minutes d'interview, tu penses que le Danoire, il était aux anges, il a ressorti toutes ses obsessions, et la journaliste, cette idiote, elle l'encourageait, elle le relançait, on aurait dit qu'elle gobait tout ce qu'il disait ! Au bout du compte, elle a donné plus de place à cet imbécile qu'au compte-rendu de la journée !

Indifférent à la colère croissante d'Idéal, le berger avait l'air de suivre péniblement le cheminement d'une idée :

— Oui, mais les tracts, tu vas pas croire que c'est eux quand même ?

— Tiens pardi ! Et qui d'autre ?

Barthélémy semblait indécis ; si le texte de l'ermite l'avait momentanément sorti de sa torpeur, il avait peu à peu repris la physionomie préoccupée et l'air vide qui avaient inquiété son ami dès son arrivée ; c'est presque machinalement qu'il lui répondit :

— Penses-tu, ils me l'ont déjà expliqué, ils m'ont dit qu'il y avait beaucoup de calomnies contre eux, mais qu'ils étaient juste un groupe de prière.

Maître, pourquoi fit Dieu l'homme de vile matière ? Mon enfant afin qu'il en soit plus humble et afin que le diable soit plus confus, voyant l'homme fait de vile matière être en paradis dont il chut par son orgueil.

LUCIDAIRE duquel le Disciple demande au Maître choses obscures et merveilleuses touchant les faits de Dieu, et il luy en donne bonne réponse et utile.

Le groupe de prière

« Prions, mes frères, et purifions-nous avant l'épreuve !

« Comme l'ont fait avant nous des millions de fidèles, menés par des âmes sans crainte, confessons-nous à Dieu dans la seule vraie langue de l'Église, ce latin que les pères fondateurs nous ont légué, celui qui a régné sur tout le monde connu, la langue universelle qui permettait aux serviteurs de la foi de porter la Vraie Parole où qu'ils soient, depuis Rome jusqu'au village le plus reculé.

« Car mes frères, je vous le dis, c'est en abandonnant la langue de Dieu que l'Église a le plus péché, dans ce concile maudit où elle a cédé devant le monde et ses péchés, au lieu d'être la flamme qui guide et qui rachète. »

Dans ce que ses fidèles appellent la crypte, la voix ample de frère Hugues résonne et se répercute sous les voûtes.

Ce n'est pourtant qu'une vieille bergerie,

attenante aux bâtiments du mas, et faite du même calcaire blanc, prenant une teinte grisâtre en vieillissant, qui affleure partout dans le secteur. Comme toutes les bergeries traditionnelles, elle forme un rectangle ; les poutres de la toiture prennent appui sur trois arches parallèles, qui ne sont pas sans rappeler les arcs romans des églises moyenâgeuses.

Depuis le fond de « la crypte », derrière l'autel d'où il vient de dire la messe, frère Hugues, portant l'habit blanc des dominicains, parle à sa petite troupe.

Il y a là une bonne quarantaine d'hommes et de femmes ; certains sont des fidèles qui le suivent depuis des années, on peut les reconnaître à l'air extatique qu'ils arborent quand son regard croise le leur, un regard magnétique, c'est vrai, un regard plein de flamme. On reconnaît aussi les plus anciens à leurs cheveux ras, à leur air ascétique, produit d'un long entraînement physique, mais aussi de jeûnes et de prières prolongées. Au tout premier rang, l'un d'entre eux, grand, la trentaine athlétique, mais les cheveux quasiment blancs, est particulièrement absorbé dans sa prière. Il porte, comme Danoire, la robe blanche des dominicains, alors que tous les autres anciens portent une simple robe de bure marron.

Mais, dans la vieille bergerie transformée en église, il y a aussi une bonne dizaine de nouveaux. Ils se distinguent d'abord par leur situation, car ils ont laissé les premiers rangs aux anciens, et par leurs habits, car ils ne portent pas la robe monastique. On remarque aussi leur air timide, un peu hésitant. Eux ont du mal à soutenir le regard de leur chef, un regard qui semble plonger au plus profond, un regard un peu fou, parfois, surtout quand il parle de péché.

« Prions, et confessons-nous, car nous avons péché, reprend la voix ample et bien modulée du prêcheur, récitons tous ensemble le confiteor, comme l'ont fait avant nous les Croisés devant Jérusalem, comme l'a fait Jeanne la pucelle à la tête de ses armées, comme l'ont fait les inquisiteurs, ceux qui ont suivi l'enseignement de Dominique, ceux qui ont éradiqué l'hérésie de notre sol ! »

Et les anciens, imités, avec un temps de retard, par les néophytes, récitent à pleine voix :

Confiteor Deo omnipotenti,
et beatæ Mariæ semper Virgini,
et beato Dominico patri nostro

Leurs voix se répercutent sous la voûte basse de la vielle bergerie, pendant qu'ils répètent, comme une litanie, la prière que récite, ligne à ligne, frère Hugues.

Visiblement, les nouveaux connaissent mal les paroles en latin de ce « Je confesse à Dieu » de l'ordre dominicain, mais ils font de leur mieux pour rester à l'unisson du groupe. Parmi eux, une jeune femme dont les boucles rousses débordent du foulard sagement serré sur ses cheveux, a du mal à masquer son ignorance, mais son air appliqué et sa bonne volonté sont visibles. Des récents convertis, elle est la seule à soutenir sans ciller le regard brûlant de frère Hugues. Elle semble même partager la vénération des anciens, laissant éclater sa joie quand il la fixe et l'encourage du regard. Lui ne s'en prive pas, ravi de voir que cette nouvelle recrue marque d'aussi bonnes dispositions dès sa première journée dans sa troupe. Car cette jeune femme n'est pas n'importe qui, et peut apporter une aide précieuse au développement de son mouvement. Décidément, pense Danoire en jaugeant avec satisfaction la motivation de la journaliste, l'inspiration que le Très Haut lui a soufflée, cette idée de profiter de la journée des Matelles pour prêcher Sa Parole, ont donné un nouvel élan au groupe ; en dix jours seulement, sa petite troupe a crû de moitié. Et, plus important encore, outre les nouveaux convertis attirés par l'interview, c'est la journaliste qui leur a accordé ce temps d'antenne qui a été gagnée elle-même, et cela dès les premiers mots échangés ! Et là, c'est un renfort essentiel que le Seigneur lui a adressé !

Même dans l'ancien groupe, qui avait pourtant pignon sur rue, qui était soutenu par la hiérarchie de l'Église, même là ils n'avaient jamais eu de converti dans un média influent ; il n'en tire nulle gloriole, c'est une preuve de plus de la Volonté Divine, tout simplement.

Tout en récitant la prière commune, tout en braquant son regard magnétique sur chacun des membres du groupe, frère Hugues songe avec satisfaction au chemin parcouru en deux ans : c'est il y a deux ans en effet, qu'il a connu la Grande Épreuve, celle qui lui a été envoyée pour le punir de ses péchés, celle où il a tout perdu en un jour. « Le Seigneur a donné, le Seigneur a repris, béni soit le nom du Seigneur », comme il est dit dans le Livre de Job, mais combien dure a été la pénitence !

Si on lui a épargné la honte devant les hommes, on l'a tout de même écarté de ses frères devant Dieu, on l'a privé de l'œuvre à laquelle il s'était consacré pendant tant d'années ; il s'est retrouvé seul dans le désert, comme Notre Seigneur avant lui ; moins seul pourtant, puisque le fidèle parmi les fidèles, frère Joachim, l'a suivi dans sa retraite.

Il s'est soumis, il a prié Dieu, du fond de son cœur, et Dieu lui a répondu !

Dieu lui a ouvert les yeux sur la Grande Épreuve qu'Il avait envoyée, sur son sens, et sur la Mission qu'Il lui réservait.

Comme Paul le dit de Jésus, « Il s'est dépouillé lui-même, en prenant une forme de serviteur ». Lui s'est dépouillé même de son nom, il a abandonné celui d'Ephraïm, celui de ses anciennes erreurs.

Non, il n'était plus l'homme des concessions, du

dialogue avec d'autres convictions, d'autres races, d'autres religions !

Il avait compris la leçon : il n'est qu'une Loi, et tout le reste est fausseté, erreur, ou hérésie à combattre.

Il est devenu un autre homme, et c'est pourquoi il a changé de nom : il a pris celui d'Hugues, celui du fondateur de l'ordre des Templiers, Hugues de Payns. Comme lui, il a compris qu'il devait lutter contre les infidèles, qu'il fallait réagir à leur invasion par une nouvelle croisade, et il est devenu le serviteur de cette mission.

Et il s'était remis à l'ouvrage, il avait semé les graines, et maintenant les blés germaient sous ses yeux.

Ce n'était encore qu'une petite troupe, alors que le Seigneur avait besoin d'une grande armée, face aux hordes qui dévoraient ses semis ; ses recrues étaient loin d'être aussi nombreuses ni aussi aguerries qu'il l'aurait souhaité, mais leur nombre croissait, et aussi le nombre de ceux qui ne le rejoignaient pas encore, qui restaient dans l'ombre, mais qui lui manifestaient leur sympathie, et qui lui rendaient mille services.

Ses forces croissaient, et ses fidèles croyaient en lui, et c'était cela le plus important. Et lui savait maintenant quelle était sa voie, ses doutes étaient effacés, il connaissait les ordres du Seigneur, et il n'avait de comptes à rendre qu'à Lui. Il n'avait plus à composer avec l'Église, puisqu'il avait pour mission de la réformer, il n'avait plus à perdre son temps à discuter avec ses frères, puisqu'il était le guide que le groupe se reconnaissait.

Il n'en tirait nul orgueil, il avait été choisi par le Très-Haut, voilà tout ! C'était cela, le but de la Grande Épreuve : elle lui avait été envoyée pour le mortifier, mais surtout pour lui montrer la Voie, elle faisait partie des macérations qui attendent les Élus. Et Élu, il l'était, comme il est dit dans le livre de Jérémie : « Yahvé m'a appelé dès le ventre de ma mère ».

Il avait été choisi, et il l'acceptait avec humilité, avec les devoirs et même les péchés que cela impliquait ! Oui, les voies du Seigneur sont impénétrables, ce n'est pas aux simples mortels de juger ses ordres, ils doivent les exécuter, sans discuter, quoi qu'il en coûte.

Frère Joachim est plongé dans sa prière. Pour lui, chacune des paroles qu'il prononce a un sens bien particulier, bien précis, concret. Oui, il se confesse à Dieu tout-puissant, oui, il se confesse à la Vierge Marie, oui, il se confesse à saint Dominique, oui, eux peuvent le comprendre, à eux il a avoué sa faute. À eux, et à frère Hugues.

Il les met d'ailleurs sur le même plan, sans l'ombre d'une hésitation : il est convaincu que frère Hugues, comme Dominique, sera béatifié, quand l'ordre qu'il a fondé sera reconnu à sa juste valeur. En attendant, comme bien des précurseurs avant lui, il sera brocardé, il sera calomnié, on tentera de le salir de mille manières, comme on l'a déjà fait dans le groupe de prières où Dieu a voulu qu'il le rencontre.

Mais frère Joachim ne s'est pas laissé prendre aux arguties des pharisiens ; il n'a pas cru les juges du Sanhédrin, qui l'ont jugé comme ils avaient jugé Jésus, il n'a pas cru ces faux prêtres, trop tièdes, trop liés aux marchands du Temple, et qui ont fabriqué l'occasion de se débarrasser du vrai prophète.

Lui est resté fidèle à son maître, semblable à son modèle, Pierre Sellan, le premier disciple de saint Dominique, celui qui l'a toujours suivi, puis qui après sa mort est devenu le premier des inquisiteurs de Toulouse, celui qui a porté le fer de la Sainte Inquisition parmi les hérétiques, traitant aussi durement les morts que les vivants.

Comme Pierre Sellan a su reconnaître d'emblée la sainteté de Dominique, lui, frère Joachim, a reconnu la marque divine au front de frère Hugues, il l'a suivi, et depuis il a trouvé la paix, la justification de sa faute. Oui, les voies du Seigneur sont insondables !

Oui, il a fallu qu'il commette sa faute, son crime, pour en arriver ici, dans l'armée du Seigneur.

Je confesse à Dieu tout-puissant...

Il revoit encore la moto, les débris de phares et de pare-chocs, et les deux corps, Seigneur ! Et le sang, le sang !

Je confesse à la Bienheureuse Marie, toujours vierge…

Et la tête éclatée de la passagère ! Ils roulaient sans casque, les fous, et lui, plus fou encore, et criminel – il était jeune alors – à toute vitesse, coupant les virages sur cette route de la corniche des Cévennes, qu'il connaissait par cœur.

Et le sang !

Je confesse à notre père, saint Dominique…

Et il s'était enfui, affolé par son crime, et il n'avait même pas cherché à savoir si le motard avait encore une chance de survivre, il avait échappé à toutes les recherches, mais son péché le poursuivait à chaque heure du jour et de la nuit.

Je confesse…

Et puis il avait rencontré frère Hugues, et tout s'était éclairé :

C'était l'épreuve que Dieu lui avait imposée, c'était le péché qu'il devait expier par sa contrition, par ses jeûnes et par ses souffrances, mais cette faute l'amènerait à la rédemption, parce qu'elle lui avait permis de rejoindre l'armée des Élus.

C'est ce que frère Ephraïm lui avait révélé, rendant ainsi un sens à sa vie, et il l'avait lavé de ses péchés, grâce lui en soit rendue.

Je confesse…

Je confesse... Dans le groupe des fidèles, Iris d'Aussange exulte : entre deux regards extasiés en direction de Danoire, elle note mentalement chacun des détails qu'elle doit graver dans sa mémoire : cette grange, qu'ils appellent la crypte sur un ton mystérieux ; ces murs en pierre brute, grossièrement jointée, sur lesquels figurent des portraits étranges, saints personnages représentés dans un style rigide, qui lui rappellent les icônes orthodoxes. Des icônes, avec l'auréole dorée dessinée autour de leur visage, mais des icônes guerrières : le point commun de tous les personnages est leur équipement : tous sont représentés en habits de guerriers du Moyen Âge, épées et boucliers, voire cotte de mailles.

La jeune femme ne connaît aucun de ces saints, mais elle se promet de revenir fureter dans cette grange quand la cérémonie sera terminée, pour déchiffrer les noms inscrits au bas de chaque silhouette. Voilà qui va rajouter de la couleur locale au reportage qu'elle va rapporter de cette immersion dans la secte. C'est une occasion unique, la plus belle de sa carrière, elle s'en est doutée dès la discussion qu'elle a eue avec les pseudo-templiers des Matelles. Jusque-là la fête lui semblait être exactement ce qu'elle craignait : pleine de monde, de poussière, et, ce qu'elle détestait par-dessus tout, pleine de la fumée des saucisses grillées, cette fumée abjecte qui reste collée aux habits bien après qu'on les ait lavés ; heureusement, elle avait prévu le coup, et elle s'était gardée de se mettre en frais de toilette ou de maquillage !

Je confesse... Et dire qu'elle maudissait son supérieur qui l'avait envoyée sur ce sujet miteux ! Mais dès l'instant où elle a repéré ces hurluberlus, elle a béni son rédac'chef : aux premiers mots de frère Danoire elle a eu l'intuition qu'elle venait de trouver le groupe qui diffusait des tracts incendiaires sur la ville depuis plusieurs semaines. Le prouver, grâce à une enquête sérieuse et documentée au cœur même du groupe, c'est ce qu'elle s'était promis aussitôt : c'est pour elle l'occasion rêvée de faire un scoop retentissant, de portée nationale, qui la fera sortir de l'anonymat de la rédaction, qui la propulsera au rang de journaliste vedette.

Le reste n'a été qu'un jeu d'enfant : pour convaincre ces illuminés de sa bonne volonté, il lui a suffi de leur offrir quelques minutes d'antenne, le sommet de la notoriété à leurs yeux. Bien sûr, tout se paye, elle a dû un peu jouer de son charme auprès du rédac'chef, qui lui court après depuis plusieurs mois, malgré ses vingt ans et ses vingt kilos de trop :

— Iris, ma cocotte, tu n'es pas bien ? Trois minutes à tes templiers, cinq minutes en tout pour ta journée du Moyen Âge, tu rêves ; tu sais très bien que tu avais trois minutes pour tout ton sujet, et encore, c'est parce que la Région et la communauté de communes sont impliquées dans cette affaire !

— Mais enfin, Fred, sois chou, je sais très bien

que tu n'as rien d'intéressant sur le feu ; tu as même commandé à Jean-Louis un reportage sur une centenaire dans sa maison de retraite ! Ça doit être le centième sujet sur un centenaire !

Elle a dit ça en souriant d'un ton mièvre, et en inclinant la tête pour faire jouer ses boucles rousses quand elle a dit « sois chou » ; elle sait que quand elle prend son air câlin, son rédacteur en chef ne peut rien lui refuser ; mais l'autre, cette fois, ne veut plus se contenter de ces mimiques faussement engageantes :

— Pas question, trois minutes c'est tout !

— Sois sympa, Fred, laisse-moi une chance, j'en ai marre des chiens écrasés et des fêtes votives, tu as vu mes templiers, c'est un bon sujet.

Le vieil hypocrite fait semblant de se laisser attendrir par l'air suppliant de la jeune journaliste :

— Écoute, je veux bien te laisser traiter ton sujet comme tu l'entends, mais pour ton avenir, il faut qu'on discute ; si on dînait ensemble, disons la semaine prochaine, vendredi soir, par exemple ? Je connais un nouveau restaurant sympa dans le quartier des Arceaux, genre végétarien, mais qui sert quand même de la viande, tu vois ce que je veux dire ?

Un restaurant végétarien où l'on mange de la viande, non, elle ne voit pas du tout, même si elle opine vigoureusement du chef ; en revanche elle voit très bien l'idée qu'il a derrière la tête, mais il faut ce qu'il faut ; pour le repas, elle a plus d'une semaine devant elle, elle ira ou non, c'est selon, elle suivra son instinct du moment, mais l'essentiel est d'avoir son interview, et d'appâter le vieux Danoire.

— D'accord pour le restau ; tu es trop chou, je suis trop contente, minaude-t-elle.

Et Iris claque un baiser sonore, et qui n'engage à rien, sur la joue flasque de son supérieur.

Je confesse… Et c'est ainsi qu'elle est maintenant là, jouant la bonne élève dans ce groupe d'illuminés, en attente d'une piste, essayant de conserver toute son attention, malgré la somnolence née de cette litanie qu'elle ne comprend même pas, et qu'elle répète en essayant de ne pas intervertir les mots latins.

Elle attend son heure, et elle trompe son ennui en rêvant un peu, à la célébrité que lui apportera ce scoop qu'elle servira tout chaud à ses téléspectateurs. Un scoop qui, à coup sûr, sera repris par les confrères des télés nationales, et qui va la propulser sur le devant de la scène. Une journaliste inconnue — non, une belle et élégante journaliste inconnue — qui démasque, preuves à l'appui, un dangereux groupe sectaire, aucune télé ne pourra résister à ce sujet ! Elle deviendra, en deux jours, la reine des médias, recherchée par tous, voyant s'ouvrir un boulevard devant elle, devant sa carrière. Une occasion en or pour quitter ce poste où elle n'a aucune chance de progresser, où toute possibilité de promotion lui prendra des années. Son ambition, ce ne sont pas les carrés Hermès, quoi qu'en pense Agathe, c'est une carrière, une vraie, qui effacerait ses humiliations de fillette pauvre, de boursière regardée de haut par les copines plus aisées. Bien sûr, elle adore s'habiller, cela aussi fait partie de sa revanche, et alors ?

Quand elle pense que même son amie la plus proche la prend pour une évaporée sans cervelle, et ne le lui a pas envoyé dire ! Tiens, et est-ce qu'elle fait mieux, mon Agathe, empêtrée qu'elle est dans cette histoire stupide !

Je confesse... Agathe abandonnant un politique plein d'avenir pour filer le parfait amour avec son berger, non, mais on rêve ! N'empêche, on a eu tort de s'engueuler, il faudra se jurer de ne plus se dire des choses comme ça, ça fait trop mal ! Le coup des carrés Hermès, c'était trop vache, quand même ; surtout de sa part, elle qui sait d'où je viens, qui connaît le pourquoi. D'ailleurs, j'aimerais bien qu'elle me voie, Agathe, dans ces habits sinistres, au milieu de cette bande de rigolos attifés genre croque-morts, elle changerait d'opinion ! Qu'est-ce qu'elle doit faire, ce soir, au fait, Agathe ?

Il était près de minuit, Agathe Maffre n'avait pas envie d'aller se coucher. Dans l'ancienne maison de maître qu'ils occupaient au cœur du village, ils s'étaient plus ou moins tacitement partagé l'espace :

il ne montait plus au deuxième étage, où elle avait aménagé son salon et sa chambre. Mais cet arrangement, qui permettait à Patrice de sauver les apparences, ne la satisfaisait plus. Aux yeux de tous, ils paraissaient encore vivre ensemble, et c'était plus qu'elle ne pouvait supporter.

D'ailleurs elle était d'humeur à ne rien supporter, elle avait l'impression d'être prête à exploser.

Elle tentait en vain de lire une revue, tous les articles lui paraissaient idiots, elle tournait les pages nerveusement, dans un grand bruit de papier.

La radio marchait en sourdine ; c'était pour elle un fond musical auquel elle ne prêtait pas attention, quand tout à coup, sans que le présentateur ait annoncé quoi que ce soit, elle entendit une chanson qui la frappa au cœur.

La musique était rythmée, entraînante ; la chanteuse, phrase après phrase, scandait son texte avec une énergie volcanique, d'une manière saccadée, comme si elle le découpait en tranches. Et ce rythme, cette puissance, créaient un décalage étrange avec les paroles désabusées de la chanson, une histoire de couples qui se cherchent, et ne se trouvent pas, et que résumait, d'échec en échec, le refrain :

Les histoires d'A/
Les histoires d'amour/
Les histoires d'amour finissent mal/
Les histoires d'amour finissent mal/ ... en général/

Le fossé entre ses envies, la manière dont elle aurait voulu les vivre, au grand jour, à la vue de tous, en chantant, et l'arrangement étriqué qu'avait été sa vie avec Patrice, lui semblait tout entier contenu dans ce refrain, dans l'opposition entre son contenu et la manière explosive dont il était interprété.

Sous le choc, elle faillit éclater en sanglots, mais, bizarrement, après quelques instants d'écoute, elle se sentit délivrée, rassurée, comme si cette chanson lui montrait le chemin : qu'importe, si les histoires d'amour finissent mal ! Il faut d'abord les vivre, il faut laisser s'exprimer la force vitale qui est en nous.

C'est ce que semblaient lui dire les Rita Mitsouko, dans ce vieux tube entendu par hasard. Elle ne se faisait pas d'illusion, elle savait bien que Barthélémy ne pouvait pas lui apporter tout ce dont elle rêvait, que leur aventure ne durerait pas toujours, mais quelle importance ! Et qu'importait si les autres ne le comprenaient pas, si la voix de la sagesse ne retenait que l'échec, si échec il devait y avoir à la fin de l'histoire. Elle avait pris sa décision, elle se sentait légère, sûre d'elle, maintenant qu'elle avait choisi. Elle regarda l'heure : près de minuit ; elle hésita : un peu tard pour téléphoner à Cathie, lui faire part de sa décision ; pour faire la paix aussi, après leur accrochage, au salon de thé. Mais elle se décida, finalement ; tant pis, Cathie la traiterait de folle, encore une fois, mais elles en riraient ensemble, elle en était sûre : son amie aussi avait sûrement envie de clore ce chapitre, cette vilaine dispute.

Le téléphone sonna dans le vide ; cela n'inquiéta pas Agathe : la journaliste était souvent de sortie le soir, en vadrouille soit pour son plaisir, soit pour son métier.

Maître, où est paradis terrestre ? Mon enfant, il est au septième ciel, par-dessus tous les autres ciels, et est appelé le ciel impérial pour ce qu'il est plus clair et plus subtil et plus bel que tous les autres auxquels sont les saints et les saintes embrassés de l'amour de Notre Seigneur.

LUCIDAIRE duquel le Disciple demande au Maître choses obscures et merveilleuses touchant les faits de Dieu, et il luy en donne bonne réponse et utile.

Le Seigneur vous en demandera plus

Jusqu'à présent la messe, en latin, a été longue, mais assez classique, autant qu'Iris d'Aussange ait pu en juger, elle qui n'a plus mis les pieds dans une église depuis des lustres. En revanche cette litanie répétée produit peu à peu sur les fidèles, par son effet de répétition, un changement d'attitude ; elle-même a du mal à se départir d'une sorte d'engourdissement, de vide de l'esprit.

Pour la trentième fois, l'officiant répète :

Confiteor Deo omnipotenti…

Pour la trentième fois les fidèles répètent la formule ; à présent nouveaux et anciens sont sur le même rythme, et peu à peu la ferveur monte dans leur voix.

Du coin de l'œil la journaliste surveille ses voisins, qu'elle sent gagnés par cette espèce de fièvre. Le bras droit de Danoire, devant elle, celui qui porte un habit blanc, qu'ils appellent frère Joachim, semble être particulièrement emporté par cette vague, tout son corps se balance d'avant en arrière, au rythme de la prière. Placée comme elle est, elle ne voit que partiellement son profil, mais il semble avoir fermé les yeux, alors que des tressaillements sans doute inconscients parcourent son visage anguleux ; l'homme semble perdu, comme en extase.

Pour frère Joaquim, en effet, ce moment est le plus doux de tous. Enfin il a oublié ses péchés, enfin il ne voit plus cette moto couchée et le sang sur le goudron de la route ; enfin le Seigneur a répondu à la prière, enfin tous les frères et sœurs présents dans la crypte ne font qu'une voix, la communauté ne forme plus qu'un être, sur lequel l'Esprit peut descendre.

Dans cette sorte de transe, tout est vrai en même temps : son corps n'existe plus, et la communauté est seule présente ; et pourtant, il se voit dans la communauté, parmi ses frères et sœurs ; et en même temps, tout le reste a disparu, le groupe, et même la crypte, et il n'y a que frère Hugues et lui, le berger donnant le signal, et lui, la brebis, obéissant et répétant la prière.

C'est dans ces instants privilégiés qu'il comprend le miracle de la Sainte Trinité, comment trois êtres n'en font qu'un tout en conservant chacun son identité. C'est dans ces moments qu'il touche du doigt qu'il est un Élu, que tout s'éclaircit, qu'il voit que ses fautes étaient en fait son chemin de croix à lui, le signe qu'il avait été choisi.

Tout cela, c'est grâce à frère Hugues qu'il l'a compris, béni soit-il ! Béni soit le jour où le Seigneur a fait que leurs chemins se croisent !

Et beato Dominico patri nostro, oui, saint Dominique et saint Hugues, car un jour, même l'Église officielle sera dessillée et devra reconnaître sa valeur.

Il est près de minuit, la « session spirituelle » a commencé à vingt heures ; sous l'emprise de la faim, de la fatigue, de la répétition des litanies, les fidèles, dans un état second, dodelinent de tout leur corps, quand soudain :

« Frères et sœurs, nous avons prié, et Dieu a accepté notre prière. »

La voix ample de frère Hugues s'est à nouveau élevée, répercutée par les voûtes.

Les adeptes, qui s'apprêtaient à reprendre un nouveau *Confiteor,* sont pris au dépourvu, comme en déséquilibre, tels un coureur qui s'arrêterait brutalement. Soudain réveillés de leur transe, ils écoutent leur berger avec une attention accrue, les yeux écarquillés, une expression extatique peinte sur leur visage. C'est le moment que préfère Danoire, quand son auditoire ne fait qu'un, qu'il attend sa parole, son message.

Dans le cours de la messe, il a déjà prêché, en tirant des Évangiles des exemples de vertus guerrières ; mais à ce moment, à la fin de la session, quand les fidèles sont en condition, c'est un discours plus concret qu'il a l'habitude de tenir, en donnant des objectifs, parfois des ordres.

Cette fois cependant, il doit être prudent. Les épreuves que Dieu lui a envoyées lui ont appris qu'il faut se méfier de tout, que la Mission peut être compromise à tout moment, de la manière la plus inattendue. Quand il officiait dans la communauté du Lion de Juda, qu'il allait prêcher dans tous les pays d'Europe, accueilli par des fidèles enthousiastes, prenant la parole devant des centaines de personnes, pouvait-il penser qu'une Marie-Madeleine suffirait à détruire l'influence qu'il était en train de gagner, patiemment, au sein de l'influent groupe de prières, qui allait devenir un ordre monastique reconnu par le pape ?

Il avait retenu la leçon, il se méfiait désormais de tout et de tous, et n'avançait que pas à pas. C'est pourquoi la présence dans les rangs d'une dizaine de nouveaux convertis l'incitait à parler à mots couverts. Il savait par expérience que sur ces dix nouveaux, deux ou trois quitteraient le groupe, tôt ou tard ; c'est d'ailleurs lui qui les pousserait au départ, pour séparer le bon grain de l'ivraie, selon une technique qu'il avait élaborée et pratiquée depuis des années. Mais il fallait quand même créer une flamme, montrer à ceux qui allaient rester qu'ils allaient faire partie d'une élite.

« Frères et sœurs, Dieu a accepté votre prière, et il accepte les sacrifices que vous allez consentir pour lui.

Oui, ici, vous vous dépouillerez devant lui, vous rabattrez votre superbe, vous renoncerez aux gloires factices du monde.

Oui, ici, vous participerez, auprès de vos frères et sœurs, à une expérience de vie où vous ne serez rien, mais où Il sera tout pour vous.

Le voulez-vous ?

— Oui, nous le voulons, répondent à pleine voix les anciens, ainsi que plusieurs nouveaux.

— Oui, reprend frère Hugues, vous le voulez, mais le Seigneur vous en demandera encore plus. Quand vous vous serez dépouillé de vos biens, que vous en aurez donné le superflu à notre communauté, quand vous aurez accepté avec humilité de vivre sous le regard de vos frères et sœurs, sous les ordres de votre berger, quand vous aurez fait tout cela, le Seigneur vous en demandera plus !

Le regard observateur de Hyacinthe Danoire scrutait chacun des nouveaux, tour à tour, au fond des yeux, comme pour y lire les pensées les plus intimes ; il notait mentalement les traces d'hésitation, les regards fuyants, gênés ou effrayés, tout en poursuivant :

— Oui, le Seigneur vous en demandera plus ! Il vous demandera : comment as-tu lutté ? Comment as-tu résisté à l'invasion de ceux qui veulent détruire la foi et l'Église de tes pères ?

Oui, détruire !

Et Danoire agitait un index menaçant, provoquant l'assentiment de son auditoire.

— Peu à peu, l'intégrisme musulman grignote les fondements de notre civilisation. Oui ! Il grignote à petit pas : le voile, l'interdiction du porc dans les cantines, bientôt le financement public des mosquées, la réforme du calendrier et de nos fêtes religieuses.

Si nous ne réagissons pas, d'ici peu, la charia, la loi islamique, deviendra la loi de la France, avant de devenir celle de l'Europe !

Et face à cela, que font les faux bergers, les chefs de l'Église, ceux qui devraient lutter à votre tête, bannière déployée ?

Ils organisent piteusement la retraite.

Pris par son sujet, frère Hugues s'échauffait, en même temps qu'il sentait monter la motivation de son public.

— Ils retirent les croix partout, même dans les institutions religieuses ! Ils arrêtent d'organiser des processions ! Ils éliminent les chapelets et le culte de Marie ! Ils abandonnent le latin ! Mais comme le dit le *Livre des proverbes,* « celui qui est mou et lâche dans son ouvrage est frère de celui qui détruit ce qu'il fait »

Danoire, au cours de son énumération, enflait progressivement sa voix, soutenu par les approbations indignées des plus anciens du groupe.

— Ils ne respectent plus la sainte communion, l'on y prend l'hostie avec ses doigts ! Ils ont laissé transformer la fête de Noël en une orgie qui n'a plus rien de religieux, et qui est une offense à Dieu ! Ils ne condamnent pas les sodomites et les gomorrhéennes, alors que le feu de Dieu a détruit leurs cités pour punir leur vice !

Oui, vos pasteurs vous ont trahis, conclut-il après un instant de silence destiné à laisser ses fidèles s'imprégner de ses paroles. Oui, on a même vu un pape embrasser le Coran ! Ne croirait-on pas le temps revenu où un évêque envoyait sainte Jeanne d'Arc au bûcher ?

Oui, vos pasteurs vous ont trahis et c'est pourquoi les églises sont vides : il n'y a plus de chrétiens dans la maison du Père !

Mais rien n'est impossible à Dieu, comme le dit l'Ange à Marie selon saint Luc, non, rien n'est impossible à Dieu, et c'est pourquoi notre petite armée peut remporter de grandes victoires à Son service, si vous le voulez. Mais le voulez-vous ?

— Oui, nous le voulons ! s'exclamèrent tous les présents, à l'exception de trois des nouveaux, dont frère Hugues avait déjà noté la tiédeur.

— Alors si vous le voulez, sachez-le, le Seigneur vous en demandera plus, il vous demandera des sacrifices, il vous demandera de risquer votre liberté, votre vie peut-être, car dans une guerre l'on peut être prisonnier, l'on peut être blessé, l'on peut mourir !

Mais frère Hugues avait appris la prudence, et il savait qu'il ne pouvait pas aller plus loin devant les nouveaux adeptes. Il ne le pouvait pas, car les éventuels transfuges ne devaient pas trop en savoir. Il ne le pouvait pas pour une autre raison : il avait vu s'allumer dans les yeux de la jeune journaliste, qui, jusque-là l'écoutait bouche bée, avec de grands signes d'assentiment, un feu nouveau, un air d'intérêt, une curiosité, qui lui avait paru malsaine. Depuis sa grande chute, sa grande épreuve, il se méfiait de tous, mais des femmes particulièrement : elles étaient si habiles quand elles se faisaient les porte-parole du Malin, il en savait quelque chose !

Aussi conclut-il abruptement :

— Mais nous devons d'abord épuiser tous les moyens légaux dont nous disposons. Et c'est pourquoi je vous annonce ce jour la création d'un site Web qui aura pour but de porter témoignage, parmi toute la boue charriée par internet, parmi les sites pornographiques, les sites islamiques, ou les sites de jeux futiles, un site qui portera, pure et forte, la vraie parole du Seigneur.

Et c'est ainsi que le chef leva la séance.

Si des fidèles furent déçus de cette conclusion un peu rapide, et de cette action qui semblait un peu en deçà des périls dénoncés, aucun n'en laissa rien paraître.

Iris d'Aussange, en particulier, ne manqua pas d'aller proposer ses services dans l'élaboration de textes pour nourrir le futur site. La jeune femme avait bien senti qu'elle avait montré trop d'intérêt lorsque le prédicateur avait évoqué des actions violentes, et elle avait vu, dans les yeux du « berger », passer une ombre de méfiance. Ou bien l'avait-elle seulement imaginée ? Jusque-là, la messe, les prières, pour tout dire, elle avait trouvé ça anodin, sans intérêt. Mais elle était confiante dans son intuition, elle était certaine que le groupe avait d'autres activités. Quand le pseudo-frère Hugues avait parlé de guerre, de blessure, de mort, elle avait eu le sentiment de toucher enfin au but, mais l'avait-elle trop manifesté ?

Elle se posait encore la question, mais c'était mal la connaître que de penser que ce doute la ferait reculer. C'était le moment : à cette heure de la nuit, chacun, dans sa cellule, était censé prier de manière individuelle. Le vieux mas ne laissait pas beaucoup de possibilités : il n'y avait que deux ailes, et la bergerie transformée en église. La première aile était occupée par les cellules où les fidèles étaient installés ; si le groupe cachait des secrets, c'était donc dans la deuxième aile, qui faisait avec la première un angle droit, qu'ils se trouvaient.

La porte s'était ouverte sans difficulté, elle n'était pas fermée à clef : à l'abri de ses hauts murs, le groupe ne prenait pas de précautions particulières, et cette facilité dérouta un instant la journaliste : peut-être, après tout, avait-elle trop fait confiance à son imagination, peut-être n'y avait-il ici rien à cacher, peut-être n'y avait-il rien d'autre que les élucubrations d'un groupe sans danger ? Comme elle avait pu le constater de l'extérieur, les minces ouvertures qui, à l'origine, donnaient le jour à l'intérieur de cette bergerie avaient été murées ; la lumière de sa lampe de poche ne pouvait donc pas donner l'éveil à l'extérieur.

Ce faible éclairage lui révéla les trois pièces en enfilade qui constituaient le bâtiment. Dans la première étaient stockées plusieurs palettes de papier de différents formats. Iris, convaincue de toucher au but, sortit de la poche de son jean un appareil photo miniature, et commença à mitrailler, tout en avançant vers la deuxième pièce.

Elle n'en menait pas large : les brusques illuminations du flash l'aveuglaient, et lui faisaient craindre qu'un éclat de lumière ne signale sa présence à l'extérieur, par une fente dans les vieux murs. Entre deux éblouissements, elle se retrouvait dans une quasi-obscurité où se découpaient des ombres angoissantes. Elle crut même entendre un bruit, elle s'immobilisa un moment, le souffle coupé, et elle dut prendre sur elle pour continuer sa recherche.

C'est dans la deuxième pièce que se trouvait le matériel d'impression. Pas n'importe quel matériel, elle s'en rendit compte immédiatement : si deux des machines étaient des photocopieuses d'un modèle assez courant, la troisième, en revanche, était une offset à graveur de plaques électronique, un engin qu'on ne trouvait ordinairement que chez un imprimeur professionnel. Elle avait suivi, dans sa formation de journaliste, un stage dans une imprimerie de la région, et elle avait vu fonctionner un modèle similaire à celui-ci, capable d'éditer un journal à plusieurs milliers d'exemplaires.

Iris d'Aussange, maintenant qu'elle touchait au but, se sentait gagnée par l'inquiétude : elle ne devait pas rester trop longtemps hors de sa cellule pour ne pas risquer d'éveiller des soupçons, d'autant que si le groupe était bien celui qui prônait l'action violente, elle courait des risques réels. Aussi, tout en pianotant sur le petit clavier intégré de la machine, chuchota-t-elle, pour s'encourager :

— Allons, ma grosse, donne-moi tes secrets, dis-moi ce que tu as imprimé, et en combien d'exemplaires.

— Dieu ne le permettra pas, murmura derrière son dos une voix qu'elle reconnut pour être celle de frère Joachim.

Elle se retourna vivement, d'une seule pièce, pour faire face à l'ombre qui se tenait dans l'embrasure de la porte, semblable à un fantôme : l'homme portait un manteau noir, à capuche, dont n'émergeaient que son visage émacié, déformé par la haine, et sa main droite, crispée sur un pistolet de gros calibre.

La journaliste cherchait en vain un argument qui justifierait sa présence en ces lieux, quand frère Joachim, dans un rictus un peu dément, éructa, enflant de plus en plus sa voix :

— Malheur à vous, scribes et pharisiens hypocrites, qui ressemblez à des sépulcres blanchis : au-dehors ils ont belle apparence, mais au-dedans ils sont pleins d'ossements, de morts, et de toute pourriture. *Matthieu, chapitre XXIII, verset 27*.

Iris d'Aussange avait enquêté sur bien des sujets, souvent sordides ou difficiles, elle avait vu des accidents, des morts parfois, mais elle ne s'était jamais trouvée face à un vrai danger. La déclamation, sur un ton prophétique, de cet illuminé au visage anguleux, au regard impitoyable, la terrorisa. Bizarrement, qu'il puisse citer les chapitres et les versets lui parut aussi effrayant que le texte lui-même, la preuve d'un enfermement dans un autre monde, d'autres références que celles du commun des mortels. Elle sentit tout son corps se tétaniser, sous l'effet d'une onde de peur qui tombait sur sa nuque, et qui la parcourut en un instant de la tête aux pieds, la privant de toute réaction.

Livre 4

LA MORT

Maître, pourquoy ont les mauvais tant de biens et de prospérité en ce monde ? Mon enfant, il n'est si mauvais en ce monde qui aucune fois ne fasse quelque bien et qu'on ne fît jamais bien qu'on n'en soit récompensé, ni on ne fait jamais mal qu'on n'en soit puni ; à cette cause Dieu leur envoie tant de bien et de prospérité en rétribution de leurs bienfaits, et il leur donne puissance et autorité sur les bons afin que les bons soient par eux éprouvés.

LUCIDAIRE duquel le Disciple demande au Maître choses obscures et merveilleuses touchant les faits de Dieu, et il luy en donne bonne réponse et utile.

Le procès

« Actez, notaire, actez ! »

Le frère convers Urbain essayait de suivre les paroles de frère Hugues, mais le débit de celui-ci s'accélérait, et le stylo glissait de ses doigts : il transpirait, sous l'effet, non de la chaleur –la crypte était fraîche, au contraire – mais de la peur.

Il n'avait pas peur pour lui-même, mais pour la jeune femme qui se tenait devant eux, assise sur le tabouret bancal que frère Joachim était allé chercher ; quand elle bougeait, qu'elle essayait de se redresser de cette assise incommode, frère Joachim criait, de sa voix la plus grave : « Restez sur la sellette, pécheresse », et elle se tassait, comme fouettée par cette injonction. Elle n'était pas attachée pourtant, mais sa terreur était telle qu'elle était comme paralysée, et Joachim semblait se repaître de cette angoisse ; son visage anguleux était comme ravagé par la haine, une haine palpable, qui lui donnait des tics bizarres autour des yeux.

Mais si Jacques Doumencq avait peur, ce soir-là, ça n'était pas seulement à la vue de frère Joachim ; il le savait, celui-ci se rallierait à l'avis de frère Hugues, qui se tenait entre eux, un peu en retrait, bien droit et le visage impassible.

Le guide l'avait désigné comme le troisième des juges, et l'avait chargé du secrétariat et de la rédaction du jugement, semblable au « notaire », celui qui prenait note des sentences du tribunal de la Sainte Inquisition.

Au début, Jacques Doumencq avait eu un espoir : contrairement à Joachim, frère Hugues gardait tout son sang-froid. Il avait l'air totalement maître de lui, respectant apparemment la possibilité pour l'accusée de s'exprimer, l'écoutant patiemment tenter pauvrement de se justifier, malgré sa peur visible.

Il voulait peut-être, s'efforçait de croire le notaire, simplement l'effrayer, et la libérer en lui ayant fait promettre de garder le silence sur ce qu'elle avait découvert.

Bien sûr, il n'en était rien : sous son masque d'impassibilité, Hyacinthe Danoire était furieux : son instinct, ou la Providence, l'avaient arrêté à tout juste un doigt de l'erreur fatale, et il s'en voulait, et à la terre entière, d'être presque tombé dans le piège.

Ainsi, il avait été joué une fois de plus par une de ces chiennes lubriques, cette Dalila qui avait cru le priver de ses forces, cette journaliste en qui il avait eu la faiblesse de croire.

Là où il avait vu la chance d'un écho pour ses idées, d'un retentissement pour la cohorte des justes, c'était encore un piège qui lui avait été tendu par ses ennemis ; ces suppôts de Satan tenteraient donc toujours de l'abattre ? Ils ne se contenteraient pas d'abandonner la maison du Père, de laisser se vider leurs églises à cause de leurs lâchetés, il fallait encore qu'ils le pourchassent, lui, celui que le Maître avait choisi pour montrer la voie du salut !

Lui seul enseignait le moyen de faire revenir le troupeau des brebis dans les pâturages du Seigneur, au lieu de les laisser à l'abandon, se roulant dans la fange des médias qui les empoisonnaient. Lui seul était le recours, envoyé par le Seigneur qui l'avait choisi, et c'est pour cela qu'il était si dangereux pour eux, au point qu'ils inventent pour le perdre les pièges les plus perfides.

Doumencq, maintenant, transpirait à grosses gouttes : peu à peu, au cours de ce procès, il avait compris : le guide cherchait le motif le plus grave, celui qui pourrait entraîner la condamnation la plus terrible, la plus irrévocable, pour la femme inconfortablement assise sur ce tabouret.

Et lui, il était donc le notaire, dans ce tribunal improvisé, qui s'était réuni immédiatement après l'arrestation de la journaliste, mais il aurait aussi à prononcer un jugement, c'est-à-dire en fait à entériner la décision du prophète. Et cette décision ne serait pas, comme il l'avait espéré, une libération, car la malheureuse était bien incapable de se dégager des pièges que lui tendait frère Hugues :

— Oui, c'est vrai, avouait-elle, je n'étais pas convertie, je voulais juste faire un reportage de l'intérieur.

— Actez, notaire, actez que l'accusée espionnait notre groupe de prière, profitant perfidement de notre confiance. Et qui étaient vos commanditaires, qui vous a envoyée nous surveiller ?

La journaliste ne répondait pas tout de suite, comme si elle ne comprenait pas la question ; ses regards passaient de l'un à l'autre des visages de ses juges, et son affolement en semblait augmenté.

— Mais je n'ai pas de commanditaires, même mon rédacteur en chef ne voulait même pas de ce reportage, non, c'est un sujet que je voulais traiter, c'est tout !

— Actez, frère Urbain, que l'accusée a délibérément choisi cette mission, et qu'elle refuse de dénoncer ses complices.

Et pourtant, Danoire en était convaincu, des complices, et même des donneurs d'ordre, elle en avait : à qui ferait-on croire que c'était par hasard que cette femme était venue espionner son groupe ? Pas à lui en tout cas ! Ses ennemis avaient cherché à l'atteindre, et ils y étaient presque parvenus !

Car ils le connaissaient, ils le connaissaient si bien ! Ils savaient quelle était sa faiblesse, ils savaient comment ils pouvaient, à nouveau, le faire chuter au moment où les voies du Seigneur se réalisaient par son entremise. Oui, il était faible, hélas, comme tout homme, et il avait déjà été puni par là où il avait péché ; car il avait péché dans le passé, c'est vrai, et même à son âge, alors que tout désir était mort, il ne pouvait s'empêcher de songer à la Femme. Pourtant Tertullien l'a dit : « C'est toi, femme, la porte du Diable, c'est toi qui as circonvenu celui auquel le Diable n'a pu s'attaquer. » C'est par cette femme qu'ils avaient choisi de l'atteindre, et elle n'était que leur outil, même si elle s'en défendait.

L'évêque avait fait semblant de lui épargner le jugement des hommes, il l'avait simplement réduit à l'état laïc, mais c'était pour mieux récupérer au profit de l'Église l'instrument qu'il avait patiemment forgé, la communauté qu'il avait créée et sur laquelle il avait veillé chaque jour de sa vie.

Il l'avait toujours supposé, il en avait la preuve maintenant, ce n'étaient que fourberies de pharisiens, et maintenant qu'il avait créé un nouvel outil, une nouvelle armée, ils cherchaient à nouveau à l'abattre, dans leur crainte de voir dénoncer leurs faiblesses, leurs compromissions, leur lâcheté devant l'ennemi qui s'avançait face à eux, bannières vertes déployées.

— Mais c'était juste professionnel, je n'ai rien contre vous, je n'ai pas d'opinion religieuse, je ne suis même pas croyante, larmoyait Iris d'Aussange, espérant qu'une telle défense pouvait arranger son cas !

Bien évidemment, elle fournissait au contraire des armes contre elle :

— Actez, notaire, actez que l'accusée est relapse, qu'après s'être faussement convertie, elle est retombée dans l'erreur.

Jacques Doumencq avait failli lâcher son stylo : relapse ! Ses pires craintes étaient donc justifiées : le relaps, dans la vieille jurisprudence des tribunaux d'Inquisition, était passible de la peine de mort.

Frère Hugues avait maintenant ce qu'il voulait : un motif qui pouvait justifier n'importe quel verdict.

La journaliste ne semblait pas avoir compris la gravité de ses paroles, mais sa peur était cependant visible, et cette peur gagnait de plus en plus Jacques Doumencq : il n'avait plus aucun doute maintenant sur ce qui allait suivre, et il s'y trouverait inéluctablement impliqué. Il savait qu'il n'aurait jamais le courage de s'opposer à son mentor, et que de plus cette opposition ne servirait à rien ; il était pris en étau entre sa conviction que frère Hugues apportait la révélation qui manquait à l'Église et à ses croyants, et son refus des voies qui étaient choisies.

— Actez, notaire, intimait le guide, et lui, plus effrayé que jamais, enregistrait l'accusation suivante.

Il était là, prisonnier, aussi prisonnier que la malheureuse qu'ils jugeaient : il en savait trop maintenant, il ne pouvait plus qu'obéir : « Actez, notaire, actez ! » ; et il écrivait les pièces de ce procès à charge, où le verdict semblait déjà prononcé.

Assise sur ce tabouret bancal, qu'ils s'obstinaient à appeler la sellette, dans leur obsession de singer un procès du temps de l'Inquisition, Iris avait peur, elle était morte de peur. Parfois l'affolement la prenait, elle ne pouvait même plus penser, elle était prise d'une terreur animale, elle aurait voulu se lever, s'enfuir, renverser les trois hommes qui la « jugeaient », et courir, courir sans fin, mais son corps ne produisait que des tremblements, ou des mouvements désordonnés, qu'elle était incapable de contrôler.

Entre ces vagues de panique, quand elle se reprenait un peu, son cerveau tournait en boucle, obstinément. Elle se revoyait, faisant les magasins chics du centre-ville, choisissant un chemisier ou un sac à main. Elle se retrouvait devant sa glace, se maquillant longuement, dans l'attente de l'homme qui allait venir la chercher pour la conduire au restaurant. Tout en rajoutant savamment un peu de mascara, elle rêvait au retour, à la nuit qu'ils allaient passer, aux caresses, au plaisir qu'il allait lui offrir.

C'étaient ces images qui lui revenaient, furtivement, que son cerveau lui envoyait, malgré elle, pour faire barrage à sa peur, pendant qu'elle essayait de répondre à leurs accusations délirantes. Ses arguments étaient solides pourtant : elle faisait un sujet pour sa rédaction ; elle repérait pour revenir, avec son cameraman ou en caméra cachée. Il n'y avait pas de quoi fouetter un chat ; ils pouvaient la virer, à la rigueur porter plainte, c'était tout ce qu'elle croyait risquer, sinon elle se serait bien gardée de fourrer son nez dans leurs affaires.

C'était cela qu'elle essayait d'expliquer, quand ils lui laissaient la parole ; mais pour eux, il s'agissait de tout autre chose, d'espionnage, de religion, de choses qu'elle ne comprenait même pas, à quoi elle ne savait que répondre.

Ces trois types la terrorisaient, chacun à leur manière ; quel que soit celui vers lequel elle tournait ses regards, c'était la même condamnation qu'elle lisait sur chacun de leurs traits.

Le fou, ce type qui l'avait surprise, celui qu'ils appelaient Joachim, bien sûr, celui-là, avec son air dément, sa haine palpable, comme s'il réglait un compte personnel avec elle ; leur pape, évidemment, le soi-disant Hugues, froid comme la glace, les dominant tous de sa taille et de sa force, insidieux, pervers – elle voyait bien comment il regardait ses jambes, lui qui se prétendait envoyé par Dieu.

Mais surtout, celui qui lui faisait le plus peur, c'était celui qu'ils appelaient le notaire ; pourquoi diable notaire ? Il aurait pu l'être, avec son visage indécis, ses joues molles et ses yeux fuyants, et cette manière qu'il avait d'ajuster le stylo qui glissait sans arrêt de ses doigts. Notaire, pourquoi pas ? Mais celui-là lui était encore plus inquiétant que les autres : la lâcheté se lisait sur son visage, et la terreur aussi. Et à la manière dont il évitait obstinément ses yeux, à la manière dont il se détournait, pâle et tremblant, quand par hasard elle arrivait à capter son regard, elle pouvait comprendre que le pire l'attendait, qu'il le savait, que cela le révoltait peut-être, mais qu'il ne ferait rien !

Elle comprenait bien que tout ce qu'elle disait était immanquablement retourné contre elle, mais elle n'avait pas le courage de se taire, ou de les défier ; et elle essayait de les convaincre, en sentant se resserrer autour de sa gorge le nœud coulant de l'angoisse, peser de plus en plus sur sa poitrine un froid de glace.

Tout d'un coup, dans une de ces vagues de panique qui l'assaillaient, plus forte l'une que l'autre, son corps la lâcha ; sous elle une flaque chaude se forma, son urine coula du tabouret, souillant le sol de la crypte ; simultanément, l'humiliation de cette défaite lui arracha les larmes des yeux.

Ses trois juges n'avaient rien perdu de sa débâcle ; frère Joachim réagit par un halètement sourd, comme s'il touchait à l'extase ; Danoire eut une grimace de mépris ; Jacques Doumencq, suant de peur, roula des yeux affolés.

La haine, le mépris, la terreur, dans les visages de ces trois hommes qui allaient décider de son sort ; mais nulle trace de pitié, dans ces yeux fixés sur elle.

Alors, Iris d'Aussange sut qu'elle allait mourir.

Toutes les défenses de l'espionne étaient maintenant renversées. Elle avait avoué ses fautes, elle avait accepté sa défaite, elle s'était offerte au glaive. S'il avait été accessible à la pitié, il aurait pu en avoir pour elle : elle était moins coupable que ceux qui lui avaient confié cette mission, ses ennemis de toujours.

Mais il ne faiblirait pas ; il n'était plus Ephraïm, il ne cherchait plus son chemin dans une communauté ouverte à tous les égarés. L'épreuve que Dieu lui avait envoyée lui avait dessillé les yeux, il était maintenant frère Hugues, le commandeur du nouvel ordre des Templiers, une armée de guerriers, faible encore, mais bien trempée. Et si l'envie le prenait d'abandonner sa mission, il lui suffisait de regarder, de part et d'autre de cette crypte sacrée, les saints patrons qui sanctifiaient le lieu par leur présence et en appelaient à la lutte par leur exemple.

« Oui, il n'est que temps, sortez le glaive du fourreau », disaient-ils tous, saint Michel, qui avait terrassé le dragon, saint Jacques, le saint de la reconquête espagnole. Tous deux, sur les murs de la crypte, étaient représentés, à cheval et l'arme au poing, tels que sur les vieilles peintures de Navarre, en *matamoros*, piétinant de leur cheval les hordes étrangères.

Et le dernier enfin, celui qu'il vénérait entre tous, saint Dominique, Dominique de Guzmán lui-même. C'était l'exemple qu'il s'était donné, celui dont il voulait être digne, celui de l'homme qui avait lutté par la parole contre l'hérésie cathare, et, après sa mort, les frères de l'ordre qu'il avait fondé avaient continué son action, dans les tribunaux de la Sainte Inquisition, des tribunaux tout semblables à celui qui jugeait cette diablesse.

Et dans ce tribunal il serait sans pitié, comme l'avaient été ses prédécesseurs, les inquisiteurs qui avaient extirpé l'hérésie de ce pays.

Il avait appliqué le manuel de la Sainte Inquisition, qui disait : « Il est très difficile d'examiner ceux qui dissimulent leurs aveux ; l'inquisiteur redoublera de ruse et de sagacité pour les suivre dans leurs retranchements et les amener aux aveux. »

Elle avait avoué ses crimes, il ne lui restait plus maintenant qu'à prononcer la sentence.

Pour la forme, il se tourna successivement vers chacun de ses assesseurs, leur parlant à voix basse. Frère Joachim, bien sûr approuva, lui, le fidèle entre les fidèles, celui qui ne lui avait jamais manqué. Il sourit en se tournant vers le frère convers Urbain, et se félicita encore une fois de l'avoir désigné comme notaire de ce procès : Doumencq n'avait plus d'autre choix maintenant, il était compromis, irrémédiablement. Il ne resterait plus qu'à lui faire couper tous les liens avec sa femme, encore un succube, qui avait fait partie de ses accusatrices dans la communauté du Lion de Juda. Le pauvre lâche, bien sûr, approuva d'un hochement de tête, silencieusement, comme honteusement.

Le sort en était jeté.

Il se leva, imité par ses deux assesseurs ; silencieusement il regarda, un à un, les saints guerriers dont les représentations décoraient la crypte ; silencieusement encore, il s'adressa à eux :

« Oui, soyez mes témoins, saints protecteurs de cette crypte, il est temps, je dois à mon tour sortir le glaive du fourreau. En m'envoyant ce succube, mes ennemis m'ont déclaré la guerre. Devant vous je l'affirme, je ne me déroberai pas ; cette espionne, cette relapse, va en payer le prix, mais elle ne sera pas seule : tout ce qui se mettra en travers de la croisade que j'entame sera frappé par mon glaive. »

Puis il prononça le sermon solennel, celui par lequel l'inquisiteur rendait sa sentence.

Maître, quelle chose est Paradis terrestre et où est-il ? Mon enfant c'est un lieu délectable en Orient outre les montagnes d'Égypte, auquel sont les arbres de diverses vertus : de tels en y a que qui en mangerait jamais faim n'aurait, et d'autres que jamais las ne serait, et d'autres que jamais par nature ne mourrait.

LUCIDAIRE duquel le Disciple demande au Maître choses obscures et merveilleuses touchant les faits de Dieu, et il luy en donne bonne réponse et utile.

Le suicide

Il y avait quinze jours que la fête des Matelles avait eu lieu, et les humeurs d'Idéal et de Barthélémy devenaient de plus en plus divergentes : le retraité, de jour en jour plus impatient, houspillait à chaque rencontre le berger, lui demandant de récupérer le manuscrit détenu par « cet imbécile de Danoire ». Son ami, en revanche, semblait être entré dans une période euphorique, le sourire toujours aux lèvres, lui répétant quotidiennement de ne pas s'inquiéter, alors même qu'aucune nouvelle traduction n'était venue leur donner des nouvelles du texte de l'ermite.

On était à la fin du mois de mai, et le départ des transhumants s'approchait. Idéal pensait tenir là l'explication de l'enjouement de son ami, qui, s'il se refusait à tout commentaire sur sa vie privée, était en revanche prolixe sur les préparatifs de son départ vers le mont Lozère.

Le berger était heureux, en effet, heureux comme

il ne l'avait jamais été. Pourtant ce fut un autre berger qui guida ses bêtes cette année-là.

C'était l'avant-veille du départ. Barthélémy montait le long de l'éboulis, avec sa légèreté coutumière. Ce flanc de montagne, il l'avait battu tant de fois ces derniers mois qu'il avait l'impression d'en connaître chaque caillou. Sur les derniers mètres, pourtant, il avait dû ralentir, pour attendre son compagnon, qui peinait sur cette pente abrupte : il l'entendait souffler derrière lui, et glisser sur les pierres entassées.

Enfin ils arrivèrent à leur but, sur le rebord qui formait terrasse, et d'où l'on pouvait voir tout le vallon.

Le berger s'y hissa le premier, et s'avança jusqu'au bord de l'impressionnant à-pic, pendant qu'une deuxième silhouette émergeait à son tour sur la plate-forme.

Ils étaient au pied du pic Saint-Loup, en dessous de sa face nord ; pour une fois, on y était à l'abri du vent : il soufflait de la mer, il s'appuyait sur la face molle du versant sud pour prendre son élan, et il sautait à pieds joints pour atterrir en face, au loin, sur le plateau de l'Hortus. Entre les deux massifs, dans la large échancrure de la vallée, l'air était humide et immobile ; plus tard sans doute, Barthélémy le savait d'expérience, l'orage éclaterait, mais pour un grand moment encore le calme était total. Dans cet air doux et sans un remous, les moucherons pullulaient. Le seul mouvement était celui des dizaines de martinets qui faisaient bombance au milieu de la nuée d'insectes.

Les oiseaux piaillaient de contentement, et faisaient d'impressionnantes figures d'acrobatie aérienne pour ne pas se heurter les uns les autres.

Barthélémy contempla encore un moment leur ballet, le temps de laisser son compagnon le rejoindre, puis il montra du doigt le paysage qui s'étendait au-dessous d'eux :

« Vous voyez, l'ermite pouvait voir sans être vu, jusqu'à Saint-Martin-de-Londres, et puis surtout, la route de Vieille-Toul... »

Il n'acheva pas sa phrase, surpris d'entendre tout à coup le pas de l'autre juste derrière lui. Il se retourna vivement, mais son réflexe ne put le sauver : la poussée l'avait déjà projeté dans le vide. Son étonnement fut tel qu'il ne cria même pas.

Ce fut Idéal qui trouva le corps ; bizarrement, il était peu abîmé ; la chute, pourtant, avait été terrible : les gendarmes de Saint-Martin-de-Londres mesurèrent une distance de dix-sept mètres entre le promontoire d'où il était tombé et les pierres sur lesquelles il s'était écrasé.

Leur conviction était toute faite : c'était un suicide, sans l'ombre d'un doute. Par principe, ils tentèrent, sans guère de conviction, de rechercher des traces de lutte ; comme l'expliquait le brigadier de Saint-Martin à Idéal :

— Même plusieurs hommes ne pourraient pas faire monter quelqu'un là-haut de force, donc il y est monté de son plein gré ! C.Q.F.D.!

Le chef était très fier de son C.Q.F.D., qu'il répéta plusieurs fois ; Idéal ne l'écoutait plus, il essayait de comprendre.

Il n'avait pas de peine, il se connaissait. Il réagissait toujours ainsi aux coups du sort ; il était secondaire, lui avait-on dit il y avait déjà longtemps. Va pour secondaire ! Il le savait, la tristesse viendrait plus tard, et les souvenirs dureraient longtemps. Longtemps son cerveau serait encombré de cette mort absurde, ou bien étrange, il ne savait qu'en penser.

Il n'avait pas de peine encore, et c'était tant mieux car il essayait d'argumenter rationnellement, d'éroder les certitudes des gendarmes :

— Enfin, brigadier, ça n'a pas de sens, il allait partir pour la transhumance, il avait tout préparé, regardez, ses bêtes sont toutes marquées ! Et puis il n'aurait pas abandonné son troupeau comme ça, c'est d'ailleurs ce qui m'a alerté, de les voir ici, loin de sa bergerie, à une heure aussi tardive !

Le brigadier hochait la tête, en clignant des yeux à demi, voulant montrer qu'il respectait les sentiments de son interlocuteur :

— Je comprends, un suicide, ça choque, je comprends.

— Il n'a rien laissé, pas une explication.

— C'est classique, un coup de cafard, on voit ça tous les jours, vous savez ! Et puis, franchement, il avait des raisons, avec ce scandale de la fête des Matelles ! Tout le monde était au courant, ça devait le travailler…

Il faut dire que le « scandale » avait été retransmis en quasi direct par les gendarmes qui assuraient le service d'ordre des journées médiévales, et leur compte-rendu par liaison radio avait fait le tour de toutes les brigades et de tous les véhicules de gendarmerie du département en un temps record, déclenchant l'hilarité générale, et saturant les longueurs d'onde réservées à la gendarmerie.

Le brigadier, qui se remémorait cet épisode, se forçait à ne pas sourire, vu les circonstances, mais il en résultait, sur son visage, une sorte de rictus des plus désagréables pour Idéal ; celui-ci détourna la tête pour ne plus voir le gendarme.

Il se sentait profondément désemparé : il n'avait pas beaucoup d'arguments rationnels à avancer, et l'opinion des enquêteurs était déjà faite. Lui-même se demandait par moments s'il ne refusait pas l'évidence.

Bien plus tard, le corps avait été emporté, tous étaient repartis, mais il continuait à fixer d'un air absent l'énorme tache d'un rouge noirâtre qui tranchait sur les rochers gris clair.

Enfin il revint à lui, il n'avait rien d'autre à faire

qu'à rentrer chez lui, même s'il savait que c'est à ce moment que la mort de son ami lui apparaîtrait dans sa réalité, dans sa tristesse ; mais auparavant, il se devait de mettre au courant les amis du berger. Il était tard, la nuit était déjà tombée, bien qu'on fût fin mai, aussi ne fut-il pas surpris de voir que Marcel avait déjà fermé les volets de son bar. Il dut le tirer de devant sa télé, pour lui annoncer la nouvelle. Un quart d'heure plus tard, le dernier des habitués arrivait au bistrot, et Idéal répétait une fois encore ses explications devant ses amis atterrés et incrédules.

Peu à peu cependant, à force de récapituler ce qu'il savait du drame, une idée se faisait jour dans son esprit, une idée que la discussion renforça. Le plus catégorique était Marcel :

— Non, les gendarmes diront ce qu'ils voudront, moi je n'y crois pas, c'est pas possible, cette histoire ; en plus, il allait mieux : ce matin même il est passé boire le coup de l'étrier en traversant le village avec ses bêtes, et il était en forme !

Lucien, le serrurier sculpteur, ne disait rien : on aurait pu croire qu'il réfléchissait à sa prochaine machine, mais pour qui le connaissait, il était aisé de voir son émotion. Salvat, quant à lui, ne pouvait imaginer qu'un accident :

— Réfléchissez, s'emportait-il, comme si quelqu'un cherchait à le contredire, réfléchissez, c'est la seule solution possible : il veut revoir cette grotte, qu'entre parenthèses vous vous êtes bien fichus de nous, vous avez drôlement fait les cachottiers, tous les deux, donc il veut revoir la grotte, et de là-haut, bêtement, il glisse !

— Il glisse ? Tu parles, d'abord ce promontoire est à l'écart de la grotte, il faut vraiment y aller exprès, et en plus, il est toujours passé là où une chèvre ne passerait pas, c'est n'importe quoi, laisse-moi rire !

Mais Idéal, qui douchait par ces paroles les effets de Salvat, ne riait pas du tout ; derrière ses lunettes rondes, son regard s'était durci.

La discussion semblait enlisée quand Lucien parla enfin. Il parla doucement pourtant, mais ce qu'il dit résonna dans le troquet, et provoqua un moment de silence :

— Marcel a raison, ce n'est pas un suicide, c'est sûr, et Idéal aussi a raison, ça n'est pas un accident non plus.

Tous se tournèrent vers lui, mais il ne les regarda pas, semblant fixer un point sur le sol.

« Et donc ? » semblaient-ils dire tous, mais ils ne disaient rien, tant il était évident qu'il ne restait qu'une possibilité.

C'est toujours en refusant de croiser leur regard qu'il lâcha enfin :

— Oui, j'en suis sûr : il ne s'est pas tué tout seul !

Ses amis le pressèrent de donner ses arguments, mais ils ne purent le faire sortir de son mutisme.

Pour Idéal cependant, il n'y avait nul besoin

d'explications. Pour lui, cette phrase était une délivrance ; depuis la découverte du corps, il n'avait pu chasser de sa tête ce problème dont il se refusait à donner la solution : il ne croyait pas au suicide, un accident lui paraissait improbable, sinon impossible, que restait-il alors ?

Quand il rentra chez lui, il était près de minuit. Si les avis étaient partagés dans le bar-tabac sur les causes de la mort du berger, son opinion à lui était faite, et apparemment, celle de Lucien aussi, et cela méritait réflexion.

Un crime, oui, c'était la seule explication plausible ! Mais pour quelle raison ? Qui pouvait en vouloir à Barthélémy, à part quelques propriétaires de terrains où ses moutons s'étaient aventurés, tondant les fleurs ou piétinant les cultures ?

L'histoire de la journée médiévale des Matelles ? Pour lui cette affaire était plus dans le registre comique que tragique, il ne pouvait imaginer qu'un crime puisse en découler.

Il n'avait pas d'explication, mais il se jurait d'en trouver ; c'est ce qu'il devait à son ami, c'est ce à quoi il allait se consacrer. Cette idée lui permettait aussi de repousser la tristesse, de se donner l'impression d'agir pour Barthélémy, et tant qu'il agissait, c'était comme s'ils partageaient encore quelque chose, et d'une certaine manière, comme si son ami était encore en vie.

Mais pour l'heure, il ne pouvait rien faire de plus.

Il était tard, pourtant comme tous les soirs, il alluma son ordinateur, et ouvrit sa messagerie. Et c'est là que la tristesse tomba sur lui, quand il vit le mail de son ami Alain, arrivé depuis cinq minutes à peine :

« Salut et fraternité (c'était la vieille formule révolutionnaire qu'ils utilisaient entre eux, mi-rappel de leurs engagements passés, mi-dérision devant l'échec de leurs idéaux).

Comme je te l'avais dit, j'ai du mal à émerger : jurys de fin de trimestre, soutenances de thèses de mes étudiants, plus quelques obligations annexes (les bagarres internes au sein d'ATTAC m'ont amené à reprendre du service).

Cependant, j'ai regardé les fichiers PDF que tu m'as adressés, et la traduction de ton illuminé de choc – traduction qui me semble assez potable, soit dit en passant.

Je te propose un tout petit bout de texte que j'ai eu le temps de mettre au propre, et je suis impatient de voir de mes propres yeux le fameux parchemin de ton berger historien, pour analyse (y compris une datation au carbone 14 par le labo de la fac). En l'état, je suis incapable de me prononcer sur l'authenticité du texte des marges, mais il est certain que les pages conservées du *Lucidaire* sont magnifiques, ce qui me fait croire à un document sérieux.

Si tel était le cas, les révélations de ton ermite seraient un sacré coup de tonnerre dans le milieu des médiévistes ; j'ai failli tomber de ma chaise en lisant ce morceau, tu verras pourquoi.

J'ai un trou dans mon emploi du temps demain, je te bigophone pour qu'on en parle.

À plus ; je suis crevé, je dois aller me coucher, je reprends un morceau de traduction demain.

Adiou

Alain »

Au message était jointe une pièce qu'Idéal n'ouvrit pas sur-le-champ, submergé qu'il était par l'émotion.

C'était la première fois qu'il allait lire une traduction du texte de l'ermite sans pouvoir en discuter avec Barthélémy ; il avait l'impression de l'abandonner, presque de le trahir : la grotte de l'ermite, c'était l'obsession du berger, son idée fixe. Le texte qu'ils y avaient trouvé, ils n'auraient pu le découvrir s'il n'avait pas passé des heures dans sa recherche, dans sa « quête », comme disait cet imbécile de Danoire. C'était pourtant vrai, ce vieux crétin avait raison, c'était une quête pour Barthélémy, cette grotte, c'était son Graal à lui. Et maintenant, il n'était plus là, il était mort, au pied de cette grotte, justement, et c'était lui, Idéal, qui allait découvrir le secret de l'ermite, qui allait tirer toute la satisfaction de cette découverte. Il se donnait l'impression d'en usurper le mérite, d'autant qu'il devait cette possibilité à une cachotterie qu'il avait faite à son ami, et qui redoublait sa tristesse : il ne lui avait pas révélé qu'avant de lui rendre le manuscrit, il en avait scanné les pages, pour les envoyer sur la messagerie d'Alain. S'il s'en était félicité quand il avait appris que son ami avait confié le manuscrit à Danoire, il s'en voulait à présent de lui avoir caché cette précaution.

Toutes ces pensées avaient surgi d'un coup, pendant le laps de temps qu'avait mis son curseur à se déplacer du corps du message sur le fichier joint, mais Idéal, le doigt pointé sur sa souris, eut un instant d'hésitation. Une envie l'effleurait, celle d'abandonner cette histoire d'ermite : quelle importance, au fond, une énigme vieille de plusieurs siècles, alors que la fidélité à son ami lui imposait d'élucider d'abord la mort de Barthélémy ?

Ne devait-il pas choisir entre le passé et le présent ?

Mais la tentation était trop forte, et le mail d'Alain l'avait appâté ; et puis, ce sentiment étrange l'aiguillonnait, qui ne l'avait plus quitté depuis sa dernière lecture du texte de l'ermite, l'idée d'un parallélisme entre leurs destins, presque d'une fraternité.

Surmontant sa tristesse, il double-cliqua sur la pièce jointe.

J'ai surveillé la route de Toulouse, j'ai su tout ce qui est survenu sur nos terres, j'ai vu passer toujours plus de chevaliers, avec leurs serviteurs, leurs hommes d'armes, et tous les ribauds qui les suivaient. J'en ai vu repartir, qui avaient accompli les quarante jours de leur croisade, remportant leur butin. Encore ceux-là n'étaient-ils pas les pires ; les pires étaient restés, se taillant des fiefs sur les territoires de mon seigneur, le comte Raymond de Toulouse, des fiefs conquis dans le sang des massacres, et le feu des bûchers.

Et moi j'ai vu passer tous ces suppôts de Satan, qui se couvraient du manteau de notre foi, avec la bénédiction du pape Innocent, et je n'ai pu que prier, prier sans cesse, alors que mon vœu le plus cher était de mourir pour mon seigneur Raymond, afin de réparer un peu de tout le mal que je lui avais causé.

Quand je suis allé me jeter à ses genoux, après mon crime, il m'a dit : « Malheureux, qu'as-tu fait ? De ton geste naîtront de grands malheurs. » Et il m'a chassé de ses terres, pour que mon acte ne lui soit pas imputé. Mais il ne m'a pas chassé ignominieusement, car il savait que je croyais le servir. Il m'a embrassé comme son fils, et il m'a même donné sa bourse, pour que je puisse m'enfuir et échapper à l'escorte de Pierre de Castelnau.

Et c'est ainsi que je suis venu me réfugier ici, en terre d'Église, où le comte-évêque m'a accordé sa protection, il sait bien pourquoi.

Idéal, sa lecture achevée, avait posé ses lunettes, regard perdu dans le vide, immobile, stupéfait encore une fois par la puissance des sentiments que ce message suscitait en lui.

Il y avait bien sûr l'aspect historique : Pierre de Castelnau, il ne l'ignorait pas, c'était ce légat du pape dont l'assassinat, près d'Arles, avait donné le prétexte à la croisade contre les Albigeois, mais s'il se sentait à ce point secoué, c'est qu'il retrouvait cette forme de parenté qui l'avait déjà interpellé lors de sa lecture du premier extrait.

Il voyait, ou il croyait voir, se dessiner peu à peu un portrait pas très différent de celui qu'il avait été : un homme jeune, naïf peut-être, sincère en tout cas, dévoué à son seigneur comme lui l'avait été à une cause.

Un homme entier, prêt à tous les excès, qui croit servir son idéal, et dont l'action va se retourner contre les siens, comme son activisme à lui s'était retourné contre ses idées.

Maître combien demeurèrent Adam et Ève en paradis terrestre ? Mon enfant, dès le matin jusqu'à heure de none, car à tierce, Adam mit le nom des choses, et entour midi ils péchèrent, et à none ils furent bannis, et à telle heure mourut Jésus-Christ.

LUCIDAIRE duquel le Disciple demande au Maître choses obscures et merveilleuses touchant les faits de Dieu, et il luy en donne bonne réponse et utile.

Aveux

Dans le vaste terrain de Lucien Callelongue, Idéal et le serrurier sculpteur se promènent parmi les œuvres exposées. Ils ont, bien sûr, commencé par une petite visite au totem, qui domine de ses huit mètres la modeste maison posée à ses côtés, mais Lucien a d'autres œuvres en tête :

— Oui, j'ai une idée d'enfer : j'ai une moto, tu sais, que je n'utilise plus ; alors là, je vais récupérer une vieille 2 CV chez une tante à moi, une voiture dont le moteur est fichu, et je vais greffer les deux ensemble, parfaitement !

Mais tous deux pensent à autre chose, et Lucien ne peut donner le change bien longtemps. C'est qu'il n'a pas l'air dans son assiette, Lucien, et que son exubérance semble forcée ; et c'est tout à trac qu'il aborde le sujet :

— Et pour Barthélémy, qu'est-ce que tu penses ? Ils vont pas étouffer l'affaire ?

— Qu'est-ce qui te fait croire qu'ils en ont

envie ? Et d'abord, ce serait qui, « ils » ?

Les yeux d'Idéal sont fichés sur ceux de son ami, qui se trouble :

— Je ne sais pas, moi, c'est toi qui nous as dit que les gendarmes voulaient classer ça en suicide.

— Oui, c'est moi qui l'ai dit, et c'est toi qui as dit que c'était un meurtre.

Le mot a fait sursauter Callelongue, qui détourne son visage.

— Non, attention, j'ai pas dit ça, j'ai dit qu'il ne s'est pas tué tout seul, c'est ça que je pense.

— Je ne vois pas la différence, s'impatienta Idéal. Écoute, Lucien, tu sais quelque chose, et Barthélémy a droit à la vérité ; qu'est-ce que tu caches ? Comment es-tu si sûr de toi ?

Le serrurier sculpteur est toujours aussi rond, mais il n'a plus son habituel visage jovial. Il regarde fixement Idéal, il semble peser sa réponse :

— Oui, je cache quelque chose, mais toi aussi, à ce qu'on dit. Alors voilà : je vais te dire ce que je sais, mais je veux savoir à qui je parle.

Les traits d'Idéal se sont durcis, mais il ne détourne pas le regard.

— Tu parles à un ami, ça ne te suffit pas ?

— Un ami qui a fait cinq ans de taule, quand même… Ça mérite une explication, tu crois pas ?

Idéal reste silencieux un moment, pesant le pour et le contre ; mais son interlocuteur le regarde sans idée préconçue, il veut simplement comprendre ; il vaut mieux s'expliquer, une bonne fois, et couper court aux ragots. Il savait bien, d'ailleurs, que ce passé ne pourrait être occulté indéfiniment, alors…

— Oui, j'ai été condamné à cinq ans, répond-il finalement, un pli amer sur le visage, j'ai été condamné à cinq ans, et j'ai fait cinq ans, pas un jour de moins.

Lucien a un petit hochement de tête ; il laisse échapper un sifflement qu'on pourrait croire admiratif :

— On t'a pas fait de cadeau ; même pas une remise pour bonne conduite ?

— Ils voulaient trop en savoir, répond Idéal d'un air fermé.

— Savoir quoi ?

— Des noms, des choses qui auraient impliqué d'autres amis… Je ne mange pas de ce pain-là ; et comme c'était politique, il y avait l'opinion publique, les médias, tout ça, j'ai pris le maximum, et j'ai fait tout mon temps. Et je te signale quand même qu'il y a plus de vingt ans de ça ! Ça te suffit ?

— Ça me suffit, affirme le serrurier sculpteur, en étendant ses mains, comme pour calmer son ami ; je voulais juste savoir si tu avais du sang sur les mains ! Tu sais, se justifie-t-il, on entend raconter tant de choses…

— Du sang ! ricane tristement l'ancien terroriste, tu parles ; on a fait sauter une banque, on en a dévalisé deux autres, et puis on voulait faire un gros coup, enlever un ministre, en plein meeting, pas moins !

— Ah, quand même ! Et Lucien à nouveau siffote, mais sur un ton qui paraît beaucoup moins admiratif, et vous en auriez fait quoi, du ministre, par curiosité ?

— L'idée, bougonne Idéal, c'était de l'échanger contre des camarades à nous, qui avaient été arrêtés après un attentat. Oui, je sais, c'était débile, et ça aurait pu très mal tourner : nous étions armés, bien sûr, l'escorte du ministre aussi, il y avait les spectateurs…

Idéal, pour prononcer ces mots, a pris son air sombre, celui qu'il a dans ses longues marches sur le flanc du pic, quand il ressasse les risques pris, et les années perdues pour rien.

Et encore, il ne dit pas tout, Idéal, même s'il a dit l'essentiel ; le ministre, c'était le ministre de l'Intérieur, le chef de la police, en somme, le ministre le plus protégé, pour frapper un grand coup « qui sortirait les masses de leur torpeur », tu parles ! Et les plus excités du groupe parlaient de former un tribunal révolutionnaire, pour juger le ministre, en pointe dans la chasse aux divers groupements révolutionnaires de l'époque !

— Mais mes copains étaient des branques, certains se sont dégonflés au moment de passer à l'action, et ont donné tout le monde. C'est peut-être tant mieux, au final, mais pour moi, ça a été tant pis : j'ai morflé, et dur !

Callelongue a du mal à cacher son étonnement :

— Et toi tu as payé pour ces gens-là ? Tu ne les as pas chargés ?

— À chacun ses principes ! lui répond Ferrer, sur un ton aigre-doux, moi, j'ai assumé, je m'appelle Idéal, je te le rappelle ! Bon, maintenant, assez causé de moi, revenons à Barthélémy, à sa mort. Qu'est-ce que tu sais, Lucien, qu'est-ce que tu caches ?

Tout en parlant, ils ont fait le tour du terrain ; ils sont à nouveau devant le grand totem. Le sculpteur s'arrête devant son œuvre, et la contemple comme s'il en attendait une réponse.

— Tu sais que je travaille depuis quinze jours sur les tours Tourière ?

Idéal fixe son ami avec un regain d'intérêt dans le regard.

— Je crois que tu nous en as parlé, mais je ne t'ai jamais vu en passant ; pourtant le chemin n'est qu'à cinquante mètres de distance.

— Oui, triomphe Lucien, parce que le chemin est en contrebas, et moi, de là-haut, je vois tout le monde : je fixe des ferronneries sur les ouvertures, je blinde la porte… Bref, j'ai fini hier.

— Et…

— Et le jour de la mort de Barthélémy, j'ai vu passer Agathe Maffre, à toute vitesse, l'air complètement affolée.

— Agathe Maffre ? Tu es sûr que…

— Que je ne me trompe pas ? Sûr, je la connais depuis toute petite, elle est née à cinq kilomètres d'ici, on était à l'école ensemble, on se connaissait bien, avant qu'elle parte se marier ; c'est pour ça…

— Que tu n'as rien dit aux gendarmes ?

— Oui, parce que c'est une gentille fille ; j'ai essayé d'imaginer ce qui a pu se passer : peut-être qu'ils se sont disputés, qu'ils se sont bousculés au bord du ravin, peut-être même, au pire, qu'elle l'a poussé, je ne sais pas, j'imagine… Mais je suis sûr qu'elle regrette, parce qu'elle était bouleversée quand je l'ai vue passer.

— À cinquante mètres de distance tu as vu qu'elle était bouleversée ?

L'air incrédule de son ami choqua Lucien :

— Je suis pas idiot ! On se connaît de tout petits, je te dis ! Je voyais bien, quand elle revenait, tous les soirs de la semaine passée, qu'elle était heureuse, mais là…

— Quoi ? coassa Idéal. Tu veux dire qu'elle rencontrait Barthélémy depuis une semaine ?

— Ma main à couper ! Sinon, qu'est-ce qu'elle serait allée faire sur ce chemin ?

C'est au tour de Ferrer de fixer le totem comme si le tas de ferraille allait répondre à ses questions muettes.

— Et il y a autre chose qui m'intrigue, poursuivit le serrurier : deux jours de suite, elle a été suivie par un homme, un gars que je connais pas, moyen de taille, un peu gros, je voyais qu'il peinait sur les cailloux du chemin !

— Tu connais son mari ?

— Je l'ai vu une fois ou deux ; il me semble que ce gars était plus gros que lui, mais ça se pourrait, peut-être, lâcha Lucien avec une moue d'hésitation. Mais, pour Agathe, pas question des gendarmes, hein, on est d'accord ? Et puis, tu sais... Pour ton affaire, ta prison... Callelongue balançait d'un pied sur l'autre sa grande carcasse, cherchant ses mots. Ta prison, c'est ton problème, moi je ne te juge pas, je voulais juste être sûr que tu es vraiment fiable, que tu ne nous caches rien.

Ce soir-là, comme tous les soirs, Idéal consulta sa messagerie ; parmi quelques mails sans intérêt, se trouvait un mot d'Alain, qu'il ouvrit aussitôt, auquel était joint un fichier.

« Salut et fraternité

Je n'ai pas eu le temps de te téléphoner aujourd'hui : un de mes étudiants a trouvé le moyen de se faire arrêter dans une manifestation, j'ai été sollicité pour le comité de soutien, bref, tu sais ce que c'est... (ou plutôt tu te souviens peut-être, grand lâcheur !)

Enfin, j'ai traduit un morceau de plus, tu vas voir, il donne des éléments, mais il me pose quelques questions, nous en discuterons. Raison supplémentaire pour que tu me passes sans tarder le parche-

min, j'en ai impérativement besoin.
À plus »

Idéal prit son ordinateur portable et alla s'installer plus confortablement, sur son large fauteuil pivotant. Si le texte demandait réflexion, il préférait ce siège où il pouvait rêvasser à sa guise. Il ouvrit la pièce jointe :

« Le comte-évêque m'a permis de me réfugier dans cette grotte, d'où je vois passer tout le charroi sur le chemin ferré, et où je vis des dons des passants. J'en donne ce que je peux aux serfs, quand ils sont requis par le bayle du château de Montferrand pour réparer le chemin. Les pauvres hères n'ont que leurs mains pour rouler les plus grosses pierres, leurs maillets en bois de buis pour planter les plus petites en calades sur les pentes, et leurs bras sont si maigres ! Ils m'appellent leur ange gardien, quand je viens leur apporter un peu de pain sec ou de l'eau, et ils me demandent ma bénédiction, à moi, le pêcheur ! Moi aussi j'ai eu, grâce à Dieu, Thomas, mon bon ange de la garde des tours ; c'est un soldat, mais il cherche le salut. Il était à la prise de Béziers, à Minerve aussi et il y a grandement péché. Comme tous ses semblables, il a tué des innocents et forcé des filles, et pourquoi ne l'auraient-ils pas fait, quand les chevaliers et les légats du pape fermaient les yeux ou les absolvaient au nom de Jésus ! Beaucoup croient encore que ces crimes les ont rapprochés de Dieu, puisqu'ils étaient commis en son nom, mais lui, qui pourtant ne sait ni écrire ni même lire, a compris qu'il paiera en enfer ou au purgatoire tous ses actes. Il se repent et se confesse à moi, moi indigne, moi qui ai péché plus que lui, puisque c'est mon

crime qui a enfanté les siens et ceux de ses compagnons.

Mais, dans sa simplicité, il rend grâce à Dieu que je prenne sur moi ses péchés, et il m'a mis sous sa protection. Si les pèlerins sont trop pauvres pour me laisser un quignon de pain ou si l'hiver est trop rude, et la route déserte, c'est lui qui prend sur sa réserve pour que je ne meure pas de faim. C'est lui qui me fournit l'encre, quand il en trouve sur les marchands ou les clercs qui passent à son péage. »

Le texte ne semblait pas poser de problème, à première vue ; il donnait même des explications qui éclairaient la vie de l'ermite, et répondaient à des questions qui les avaient intrigués, Barthélémy et lui ; mais effectivement, il y avait encore des interrogations, et Idéal, après avoir réfléchi quelques instants après sa lecture, alla rechercher plusieurs volumes dans sa bibliothèque, et prolongea sa soirée de manière studieuse.

Tout en travaillant ses textes de référence, Ferrer ne manquait pas d'évoquer avec émotion la rude vie de l'ermite, son dénuement, que sa confession exposait sans fard, mais sans plaintes. Et dans cette situation difficile, à la limite de la survie, cet homme avait trouvé le moyen de faire passer son message à travers les siècles, en utilisant les marges de son seul livre, l'encre trouvée par des moyens aléatoires ! Il fallait vraiment que ce message soit vital à ses yeux, et cela décuplait, s'il en était besoin, l'intérêt d'Idéal, et sa volonté d'aller jusqu'au bout de cette énigme.

Maître, les diables peuvent-ils faire tout ce qu'ils veulent ? Mon enfant, ils ne peuvent faire nul bien ; mais ils peuvent faire beaucoup de mal ; non pas tant qu'ils voudraient, mais ce que Dieu leur souffre et permet.

LUCIDAIRE duquel le Disciple demande au Maître choses obscures et merveilleuses touchant les faits de Dieu, et il luy en donne bonne réponse et utile.

La prison

Iris d'Aussange émergeait doucement de sa torpeur ; elle avait dû dormir une heure, peut-être un peu plus. Puis elle entendit à nouveau le bruit qui l'avait réveillée, et elle se redressa d'un coup, la peur au ventre. Toute la nuit elle était restée en alerte, attendant le moment où ils viendraient la chercher. Elle avait donc fini par s'assoupir, malgré l'angoisse, la faim, la saleté. Après cette parodie de jugement, ils l'avaient traînée dans cette pièce, et ils l'avaient abandonnée là, sans nourriture, sans habits propres. Elle n'avait pas été surprise d'entendre la sentence la condamnant à mort, et pourtant elle n'arrivait pas à croire complètement à la réalité de tout cela. Croyaient-ils vraiment à ce qu'ils disaient ? Était-il possible que, de nos jours, dans ce pays, des gens soient assez fous pour exécuter quelqu'un au nom de Dieu ? Elle n'arrivait pas à s'en convaincre !

À nouveau elle entendait ce bruit derrière la porte, cette porte blindée, si épaisse qu'elle n'avait même pas essayé d'appeler, de taper dessus. C'était un roulement, le grondement d'un objet lourd, assourdi par l'épaisseur du mur et de la porte. Ils déménageaient la machine offset ! Ils effaçaient les preuves qui auraient pu les incriminer !

Ils effaçaient les preuves, et elle en était une, une preuve vivante. Vivante ? Elle se tordit les mains, compulsivement, sous le coup de l'angoisse.

Bizarrement, elle se dit qu'elle devait être affreuse, allongée à même le sol, dans cette minable jupe grise qu'elle était allée acheter en hâte dans un magasin de fripes, pour ce qu'elle voulait être une plongée dans la secte. Devant son armoire, la veille au matin, elle s'était aperçue qu'aucun de ses vêtements ne pourrait convenir à sa mission. La plupart étaient trop élégants, et ses jeans, qu'elle mettait dans les occasions où elle pouvait se salir, étaient trop moulants, trop étroits pour être portés chez ces gens aux idées encore plus étroites.

Combien donnerait-elle pour se retrouver devant ses armoires pleines d'ensembles assortis, débordantes de chaussures et de sacs au cuir souple !

Agathe se moquait d'elle, quand elles faisaient les boutiques ensemble, après leur rendez-vous du salon de thé ; c'est vrai qu'elle avait du mal à résister, en voyant une nouvelle robe dans la vitrine d'un de ses magasins favoris.

Agathe ! Si elle voyait sa petite Cathie dans cette prison, moche, toute décoiffée, sale !

Et morte de peur, surtout !

À chaque moment de la nuit qu'elle venait de passer, elle avait cru entendre les pas de ceux qui viendraient la chercher, pour l'emmener elle n'osait imaginer où !

Elle avait donc fini par s'endormir, mais elle n'avait pas pu dormir plus d'une heure, elle en était convaincue, même si elle ne pouvait en juger d'après la lumière du jour. La pièce où elle se trouvait, qui faisait suite aux deux salles de l'imprimerie clandestine, était totalement obscure. À l'origine, dans cette ancienne bergerie, deux fenestrons devaient donner un jour avare dans chacune des trois pièces, mais ils avaient été murés. Il n'y avait plus rien qui puisse donner une idée de l'heure, mais elle était convaincue que c'était le jour. Son dernier jour ?

Des bruits qu'elle entendait, elle concluait que toute la secte était au travail, et déménageait les deux pièces voisines. Puis ce serait elle-même dont ils allaient s'occuper. Mais pour cela le plus simple bon sens disait qu'ils ne seraient pas si nombreux.

Elle frissonna en se disant que celui qui allait entrer serait son assassin.

Quel serait son visage ? Quel serait le visage de la mort ? Celui de Joachim, à n'en pas douter.

Toute la journée Jacques Doumencq avait attendu le moment opportun, mais, comme tous les fidèles, il avait dû travailler sans relâche. « Nous ne changerons rien à nos habitudes, avait dit frère

Hugues ; dans trois jours, nous partons à Orléans, comme chaque année. Il faut tout nettoyer d'ici là. » Chacun avait eu fort à faire. Le semi-remorque prêté par un sympathisant avait finalement pu partir, chargé jusqu'à la gueule de tout le matériel d'impression, et de tous les documents compromettants. Seuls Hugues et Joachim connaissaient sa destination.

Le repas en commun et la prière collective avaient été abrégés, et chacun était maintenant retourné dans sa cellule, pour son temps de prière individuelle, précédant le sommeil.

Toute la journée, alors même qu'il participait au « nettoyage », il s'était posé la question : que faire ? Aurait-il le courage ?

Libérer la journaliste, en principe, c'était facile : la clef de sa porte était accrochée à un simple crochet enfoncé dans le mur. N'importe qui pouvait s'en saisir. Ensuite, il suffisait d'ouvrir la porte extérieure du mas ; là c'était tout aussi simple : là encore, la clef était sur la porte. Sur la porte, mais à l'intérieur des hauts murs du mas, que son enceinte faisait ressembler à une petite cité fortifiée ! Seul un membre du groupe pouvait donc ouvrir ; quand on découvrirait la fuite d'Iris d'Aussange, il imaginait sans peine l'interrogatoire auquel chacun serait soumis, pour débusquer le traître, et il se connaissait assez pour savoir qu'il s'effondrerait. Il lui fallait donc fuir avec celle qu'il aurait libérée, se faire son complice dans les dénonciations qu'elle ne manquerait pas de lancer contre eux tous. N'était-ce pas une trahison, n'était-il pas en train de tourner le dos à tous les sacrifices qu'il avait faits depuis trois ans ?

Et pourtant…

Elle n'avait ni mangé ni bu depuis vingt-quatre heures ; les bruits avaient cessé, puis de longues heures s'étaient écoulées. Personne ne s'était soucié de son sort. La peur, à nouveau, s'emparait d'elle par vagues. Un moment elle se demanda s'ils n'allaient pas simplement la laisser là, pour qu'elle meure à petit feu. Après tout, n'était-ce pas une solution pour eux ? Ils n'auraient rien fait, Dieu y aurait pourvu ! N'étaient-ils pas capables de raisonner avec ce mélange de rouerie et de fanatisme ?

Et que valait-il mieux ? Sentir la vie vous quitter peu à peu, pendant des jours, ou sentir sur son cou deux mains ou une corde ?

À quel moment avait-il commencé à réfléchir, à regretter ? Tard, bien trop tard. Il avait fallu qu'Hugues le rende complice du crime qu'il projetait contre la journaliste pour qu'il se pose des questions. Il ne s'en posait pas encore quand Marie-Christine était partie du groupe. C'est là qu'il aurait dû, qu'il pouvait encore ; mais il était plus faible que sa femme, il le savait. Elle avait pris sa décision, et elle s'y tenait, sans crainte des conséquences, il se souvenait de ses paroles :

— Tu as tort, pars avec moi, tant qu'il en est encore temps. Ephraïm perd la tête (elle avait toujours continué à l'appeler Ephraïm, même après qu'il se soit baptisé frère Hugues), il a quitté le terrain de la religion, il est possédé par ses fantasmes.

— Tu n'y penses pas, c'est lui qui nous montre la voie, tu te laisses gagner par des ondes négatives.

— Arrête ce galimatias, il n'y a plus rien de religieux dans cet enseignement, ne le sens-tu pas ?

— Tu n'as plus l'esprit communautaire, voilà tout, tu t'éloignes de nous, le diable te possède peut-être, tu devrais en parler à ton berger.

Le berger, dans le vocabulaire créé par le prophète, c'était celui des anciens qui était chargé de suivre plus particulièrement un nouveau venu, à qui l'on devait confier le moindre de ses actes, de ses pensées même, dont on devait suivre aveuglément les conseils, sous peine d'être dénoncé devant le groupe, lors de la confession collective, et être réprimandé par frère Hugues lui-même, puis par chacun des frères.

— Le berger que m'a donné Ephraïm, c'est Joachim, cette espèce de fou ; son modèle, il nous le serine assez, c'est l'inquisiteur de Toulouse, celui qui faisait déterrer les morts cathares pour les traîner dans toute la ville, et les porter au bûcher. C'est cela ta vision de la foi, à notre époque ? Et tu crois vraiment que je vais me confier à cet esprit rétrograde ? Tu sais bien qu'il n'est que le porte-voix d'Ephraïm, il le prend pour le nouveau saint Dominique !

— Et pourquoi pas, Hugues est notre maître, il fonde bien un nouvel ordre !

— Ephraïm ne fonde rien du tout, et en plus c'est un vieil obsédé. Tu sais aussi bien que moi pourquoi il a été exclu de la communauté du Lion de Juda, et je vois bien comment il me regarde, comme il regarde toutes les femmes ; pas comme on regarde des sœurs, je te le garantis.

Mais il n'avait pas voulu écouter, il avait crié au mensonge, à la calomnie, au diable ; en fait, il avait déjà peur, peur des conséquences, peur aussi d'avouer qu'il s'était trompé, peur aussi de se retrouver sans rien, exclu de la communauté à laquelle il avait donné tous ses biens, la part d'héritage qu'il tenait de ses parents, ses économies, peur de devoir reconstruire toute sa vie, à quarante ans passés.

Marie-Christine avait sauté le pas, elle n'avait pas craint de repartir de zéro, et maintenant elle était libre !

Si elle avait été là, elle aurait pu le conseiller, le guider, mais voilà, elle n'était pas là !

Derrière la porte blindée, il hésita un long moment, sentant la sueur qui dégoulinait sur son visage, en proie à une véritable panique qui le paralysait.

Enfin il put maîtriser les tremblements de sa main.

D'un coup, sans qu'elle ait pu entendre des pas, quelqu'un déclencha la serrure, la porte s'ouvrit à moitié, puis un visage apparut, un profil éclairé par la lumière venant de la pièce voisine.

Elle s'était à demi redressée, puis collée contre le mur. Elle en sentait toutes les aspérités dans son dos, dans sa tentative désespérée de se reculer le plus possible.

Une ombre s'approchait d'elle, silencieusement. Quand elle reconnut l'homme, quand elle entrevit son visage luisant de sueur, elle eut un moment de surprise, avant de sentir à nouveau la terreur la gagner. Ainsi l'assassin c'était celui qu'ils appelaient le notaire, celui que visiblement ils tenaient par la contrainte, d'une manière ou d'une autre, c'est lui qu'ils envoyaient pour faire le sale travail. Il s'avançait sans un mot, doucement.

C'était donc cela le visage de son bourreau, cette figure adipeuse, aux yeux égarés, aux bajoues tombantes, suant la haine, ou la peur.

Il sentait son cœur battre à tout rompre ; tous les sens tendus, incapable d'articuler un mot tellement il était angoissé par la gravité de son acte, il s'approcha de la journaliste. Elle le regardait, immobile, appuyée au mur, les yeux ronds, l'air hagard.

Elle le fixait, pétrifiée : elle avait l'impression que tout son corps était un bloc de glace. Il avançait sans un mot ; quand il fut arrivé près d'elle, il fit un mouvement du bras : c'était la fin !

Soudain ses nerfs la lâchèrent : secouant la tête en tous sens, s'agrippant au mur comme pour le déchirer de ses ongles, elle se mit à hurler, à hurler sans pouvoir s'arrêter.

Maître en quel lieu allèrent Adam et Ève quand ils furent mis hors de paradis terrestre ? Mon enfant ils s'en allèrent en Hébron et là engendrèrent fils et filles dont nous sommes tous nés…

LUCIDAIRE duquel le Disciple demande au Maître choses obscures et merveilleuses touchant les faits de Dieu, et il luy en donne bonne réponse et utile.

L'enterrement

Toute la région du Pic est une vaste plaque de calcaire ; le plus souvent, la roche grisâtre affleure, et seul le marteau-piqueur peut l'entamer ; il n'y a que dans quelques creux que le ruissellement a amené une pauvre terre, et sur quelques dizaines de centimètres seulement.

Comme il serait délicat d'ouvrir une tombe à la pelle mécanique, la municipalité, en construisant le nouveau cimetière, avait eu une idée de génie : un cimetière suspendu, comme il existait, paraît-il, des jardins suspendus, jadis, à Babylone.

C'est-à-dire qu'on avait fait couler, sur les quatre faces d'un carré de cinquante mètres de côté, une sorte de rempart de trois mètres de haut, et qu'on avait rempli de terre cette piscine d'un nouveau genre : c'était le cimetière.

C'était donc là que ses amis et sa famille – deux cousines éloignées aux attitudes de circonstance mais à l'œil sec – conduisaient le pauvre berger à sa dernière demeure.

Il y avait là tout le village, c'est-à-dire pas grand monde, et quelques amis des mas et communes avoisinantes, et en particulier le groupe organisateur des journées médiévales des Matelles.

Hyacinthe Danoire était présent lui aussi, entouré de quelques-uns de ses fidèles; Idéal fut soulagé de voir qu'ils n'avaient pas revêtu leurs déguisements de templiers ni leurs robes de moines.

Quand, à la fin de la cérémonie, il se dirigea d'un air décidé vers eux, de sa démarche à la fois puissante et vive, pour parler à frère Hugues, les habitués du petit bistrot, connaissant son opinion sur le groupe et son fondateur, n'en crurent pas leurs yeux; Marcel craignit même un accrochage. Mais si ses amis notèrent la vivacité de l'échange, et l'air dépité de Ferrer, il n'y eut, en apparence au moins, pas d'incident.

Agathe Maffre n'était pas venue, ce qui ne choqua personne, à l'exception d'Idéal, qui l'appela le soir même; cet appel la surprit, mais elle ne refusa pas la rencontre qu'il lui proposa pour le lendemain même.

La place de la Comédie était baignée de lumière en cette fin de matinée. La grande place rectangulaire, face à l'opéra, réplique de l'Opéra Garnier à Paris, était déjà noire de monde, et les terrasses des cafés qui l'entourent presque toutes pleines. La jeune femme attendait depuis quelques instants, quand Idéal prit place sur le fauteuil inconfortable, de l'autre côté du petit guéridon. D'habitude, il ne s'asseyait jamais à l'une des nombreuses terrasses bordant la place sans jeter un coup d'œil sur la Comédie – l'opéra-théâtre qui avait donné son nom à la place – et sur les façades haussmanniennes qui servaient de décor à l'agora. Car c'en était un, en effet, lieu de rencontre et de rendez-vous traditionnel depuis des générations pour les Montpelliérains, lieu de manifestations aussi, bref, lieu public par excellence de la ville et ses environs.

Mais, ce jour-là, Idéal ne regarda rien, et il attaqua sans autre forme de procès :

— Excusez-moi de vous convoquer un peu abruptement, mais j'ai des choses graves à éclaircir.

— Oui, je l'ai compris à ton appel ; on peut se tutoyer, non ? On s'est déjà vus à l'assos des Matelles.

Ferrer hésita une seconde : il aurait préféré garder une certaine distance, mais il ne voulait pas non plus paraître hostile.

— Comme tu veux, mais tu sais que j'ai des questions désagréables à te poser.

— Pose donc, j'ai bien compris de quoi tu veux qu'on parle.

Agathe semblait triste, mais elle ne manifestait aucune inquiétude, plutôt une sorte de résignation ; cette sérénité apparente amena Idéal à brusquer les choses :

— C'est simple : on t'a vue près de la grotte de l'ermite, le jour de la mort de Barthélémy, et tu étais même bouleversée, paraît-il.

Cette introduction abrupte prit de court la jeune femme, dont la voix se mit à trembler :

— Il y avait de quoi, j'étais…

Le garçon qui passait en coup de vent pour prendre leurs commandes interrompit leur conversation. C'était une sorte de grande asperge qui fixait les clients avec insistance, comme si c'étaient de vieilles connaissances, ou comme s'il se préparait à entreprendre une conversation. L'étrange couple formé par cet homme d'un certain âge, trapu, à l'air bourru, et cette jeune femme visiblement émue n'avait pas échappé à son inspection ; il semblait même continuer à les surveiller en catimini tout en poursuivant son service.

Agathe avait du mal à reprendre le fil de son récit, mais Idéal se fit insistant.

— Abrège, Agathe, pas de chichis, si tu étais effectivement présente, tu dois t'expliquer, et sans éluder ; je ne suis pas d'humeur, je te rappelle que c'est moi qui ai découvert le corps.

— Non, c'est moi ! affirma-t-elle dans un souffle.

Ce fut au tour d'Idéal de marquer un temps d'arrêt ; il était surpris sans l'être : il avait du mal à imaginer Agathe en meurtrière, il voulait simplement comprendre :

— Raconte, alors.

— Je l'ai vu dès que je suis arrivée, c'était affreux ! Affreux ! Il y avait du sang ! Sa tête ! Je n'ai pas supporté, je me suis enfuie comme une folle.

La question était idiote, il le savait, mais il ne put s'empêcher de la poser :

— Donc, ça n'est pas toi qui l'as tué ?

Elle le regarda bouche bée, parfaitement incrédule.

— Mais nous nous aimions, tu n'as pas compris ? Il y avait une semaine que je venais là tous les jours, et j'allais l'accompagner sur le chemin de la transhumance !

Ce fut à son tour de tomber des nues :

— La transhumance ? Mais l'estive dure plus de trois mois !

— Je ne devais pas partir tout ce temps, je devais l'accompagner juste sur la route ; tu sais bien, il y a toujours des volontaires qui jouent les accompagnants, qui préparent les étapes…

Idéal, sous l'effet de la surprise, avait un peu perdu de vue le but de son interrogatoire :

— Mais après ? Votre histoire n'avait aucune chance ! Excuse-moi, ça n'est pas mes affaires, se reprit-il brusquement, mais enfin…

— Tiens, je crois entendre mon amie Cathie, tu me fais rire ! Et elle rit, en effet, d'un rire nerveux qui fit se retourner leurs voisins.

Le souvenir de son amie disparue, après l'évocation de la mort de Barthélémy, avaient mis ses nerfs à rude épreuve, et les larmes qui brillaient dans ses yeux, et qu'elle s'efforçait de retenir, n'avaient pas échappé au garçon, revenu les servir ; il jeta sur

Idéal un regard pesant, auquel celui-ci répondit en haussant les épaules.

Il y avait décidément trop de monde, trop près d'eux, et ils préférèrent poursuivre leur conversation sur l'esplanade toute proche, à l'ombre des platanes. Les propos d'Agathe confortèrent le sentiment d'Idéal : elle non plus ne croyait pas au suicide, elle aussi, depuis sa macabre découverte, s'interrogeait.

Quand Idéal lui apprit qu'elle avait sans doute été suivie par un homme, elle s'immobilisa, interdite :

— Pourvu qu'il n'ait pas fait une bêtise !

— Tu penses à ton mari ?

— Je ne sais pas, je ne sais plus que penser ; il m'arrive trop de choses en trop peu de temps, je ne sais plus où j'en suis.

Un silence s'installa entre eux ; ils avaient repris leur marche, ils arrivaient maintenant à l'extrémité de la promenade, devant l'entrée du Corum, les quelques marches qui laissent croire à un édifice modeste, alors que ses vastes salles sont dissimulées dans les entrailles du bâtiment. C'était une des réalisations du président, bien sûr, songeait Idéal, et une réussite, il devait bien en convenir, lui qui était amateur de musique classique, mais ça n'était pas le sujet du jour ; il rompit le silence :

— Je comprends que c'est difficile pour toi d'en parler, mais enfin, tu crois ton mari capable de… Il laissa sa phrase en suspens, ne voulant pas heurter la jeune femme.

Elle avait l'air fatiguée ; son visage était creusé, presque dur. Elle secoua la tête, d'un air de doute :

— Je ne sais pas, il est déboussolé, lui aussi, c'est sûr.

— Mais tu lui as dit quoi, sur Barthélémy et toi ? Excuse-moi…

— Oui, ça n'est pas tes affaires, c'est entendu, murmura-elle, mais je comprends ta question. Eh bien, il sait que je dois partir… Enfin, il savait que je devais partir avec Barthélémy, et ça l'avait rendu fou : il m'avait traitée de tout, de salope, de… Bon, de tout, quoi, il était hors de lui, bien pire qu'après l'affaire des Matelles. Elle tourna vers Idéal son visage chiffonné par plusieurs nuits sans sommeil pour conclure : il est malheureux, lui aussi, je pense ; je ne sais pas ce qu'il peut faire dans cet état-là.

— Pourtant, je ne l'ai vu qu'une fois ou deux, c'est sûr, mais enfin, il m'a paru, comment dire… rond, quoi, plutôt le bon vivant ; je l'imagine mal impliqué dans un crime.

— C'est vrai, convint Agathe, mais je ne l'avais jamais vu comme cela. Et puis, ajouta-t-elle dans une moue un peu méprisante, il craint pour sa carrière politique, ça compte pour lui. Tu sais, il peut exploser, parfois, et là, il est en crise, comme nous tous.

Elle s'interrompit quelques minutes, luttant une fois de plus contre ses larmes, avant de se maîtriser à nouveau :

— Excuse-moi, mais là je suis à bout avec tout ce

qui s'est passé, et en plus Catherine, ma meilleure amie, a disparu : plus personne ne sait où elle est.

Comme Ferrer prenait un air surpris, elle précisa :

— Mais tu en as entendu parler, bien sûr : c'est Iris d'Aussange !

Idéal n'était pas toujours un modèle en matière de tact ; il le démontra cette fois encore :

— D'Aussange, cette pimbêche toujours tirée à quatre épingles, c'est ton amie ? Et, s'esclaffa-t-il, son vrai nom, c'est Catherine ?

— Oui, Catherine Nataf, on est copines depuis le collège, et je me fais un souci terrible pour elle.

Ferrer, sarcastique, persistait dans ses jugements un peu lourds :

— Bien sûr, Catherine Nataf, ça faisait moins glamour que d'Aussange ! Et ça détonait avec ses tailleurs BCBG. Excuse-moi, mais elle est nulle, ta copine. Tu as vu son reportage sur la journée médiévale ? Il n'y en a eu que pour ces crétins de pseudo-templiers !

Agathe réprima un mouvement d'impatience :

— Non, je ne l'ai pas vu ! Tu penses bien que je n'avais pas le cœur à regarder la télé ce soir-là ; mais j'ai téléphoné à son rédacteur en chef : si elle en rajoutait autant, c'est qu'elle voulait infiltrer leur secte. Elle avait même projeté d'aller avec eux à Orléans, aux journées johanniques. Et Catherine vient d'un milieu modeste, figure-toi ; c'est même sûrement pour ça qu'elle était tellement coquette, par réaction ; on était les seules boursières à l'internat ; c'est comme ça qu'on est devenues copines.

Idéal, réalisant enfin l'inquiétude d'Agathe, réussit à retenir les paroles qui lui venaient sur le bout de la langue : D'Aussange, cette mijaurée toujours en tenue Chanel, tentant d'infiltrer une secte d'illuminés paramilitaires, il ne lui donnait aucune chance ! Il en connaissait un bout sur les méthodes des groupes clandestins, et si Danoire était ce qu'il croyait, la petite Iris d'Aussange, ou Catherine Nataf, comme on voudra, avait du souci à se faire !

Jusqu'à ce jour il n'avait prêté qu'une oreille assez distraite aux informations sur cette disparition dont les médias locaux faisaient grand cas. Il avait cru à un coup journalistique, et il s'attendait à voir reparaître sous peu la journaliste, avec son air sucré de commande, et ses tailleurs bien coupés.

Son opinion venait de prendre un tour nouveau avec les informations que lui apportait Agathe.

Dans sa voiture, sur le chemin du retour, Idéal essayait de remettre de l'ordre dans ses idées. Maintenant il en était sûr, Barthélémy ne s'était pas suicidé, et il connaissait les raisons de l'optimisme du berger, cet optimisme qui le choquait, ces derniers jours : son ami filait le parfait amour, il allait partir avec ses moutons et sa bergère, le suicide était la dernière chose à laquelle il pouvait penser !

Il ne restait donc que deux possibilités, la plus simple, un mari jaloux, et une autre, plus étrange, dont les motivations ne lui apparaissaient pas clairement, mais qu'il n'écartait pas.

Et même, elle le tentait bien, cette option, d'autant que la disparition de la journaliste la rendait plus crédible. Danoire, ce matin, au cimetière, lui avait affirmé hautement ne jamais avoir entendu parler du texte de l'ermite, et, *ipso facto,* n'en avoir jamais rien traduit. Oui, *ipso facto,* c'est le terme qu'il avait employé, et que remâchait encore Idéal, dans sa voiture, sur le chemin du retour. Le concerto de Mozart que déversait son autoradio aurait dû, pourtant, l'apaiser un peu, mais il n'en était rien : « Je t'en foutrai, moi, des *ipso facto,* il se payait ma tête, tout simplement, en me citant du latin, comme par hasard ! »

« Crétin ! », cria-t-il au conducteur de la voiture qui avait débouché à sa droite, et qu'il n'avait pas vu arriver, l'esprit tout à ses démêlés avec sa bête noire. L'autre lui répondit sur le même ton : il avait la priorité, et Idéal le savait fort bien, mais il était comme cela, Idéal, il conduisait mal quand il était énervé, et là, il était énervé, en repensant à Danoire et à son latin ! Car il en était convaincu : le vieux facho avait eu ce texte en main, il ne pouvait en douter : pourquoi Barthélémy lui aurait-il menti sur ce point ? Et si Barthélémy n'avait pas menti, c'était donc le gourou qui mentait. Pourquoi ? Que cherchait-il à cacher ?

Pour Idéal, la culpabilité de Danoire dans l'enlèvement d'Iris d'Aussange était flagrante ; mais existait-il un lien entre cette disparition et l'assassinat de

Barthélémy ? Il en avait l'intuition, mais il s'exaspérait, dans son incapacité à trouver le moindre point commun entre les deux affaires.

C'est dans cet état d'esprit que le trouva la sonnerie du téléphone ; dès qu'il eut appuyé sur la touche du Bluetooth, l'habitacle de son véhicule s'emplit de bruits divers, interjections, appels. Il reconnut même un mégaphone qui criait des slogans dans le lointain, puis la voix d'Alain résonna, forte, comme triomphale.

Alain paraissait en pleine euphorie :

« Écoute ça, ça chauffe ici ! Ça ne te rappelle pas des souvenirs ? Mais bon, je me suis mis en retard pour cette manif parce que j'étais sur ton ermite, va voir tout de suite le mail que je t'ai adressé sur ta boîte, c'est de la dynamite ; je faisais des sauts sur ma chaise ! Mais il me faut le manuscrit ! Il me le faut d'urgence ! Adiou. »

Dans le vacarme ambiant, un slogan gagnait en puissance « Libérez nos camarades ! », quand la communication fut coupée ; Mozart reprit ses droits en souplesse dans la voiture. Idéal, toute hargne apaisée, sourit : cet Alain, toujours le même ! Quant à lui, il en avait soupé, de libérer des camarades, il n'avait pas été libéré par ses camarades, lui, mais il admirait la fidélité de son ami. Il avait aussi confiance en son jugement, au moins sur le plan historique, et c'est pourquoi il accéléra : il avait rarement vu Alain aussi excité ; sa messagerie allait sans doute lui réserver des surprises.

Maître, puisque le diable tenta Adam et Ève, pourquoy en furent ils si grièvement punis ? Mon enfant, pour ce qu'ils méprisèrent le commandement de Dieu, pour obtempérer aux persuasions de l'ennemy, et qu'ils ne se tenoient pas contents de Dieu qui tant de grâces leur avait faites. Par quoy ils péchèrent de trois manières : c'est à savoir en orgueil quand ils méprisèrent les commandements de Dieu et en avarice quand ils ne furent pas contents de ce que Dieu leur avait donné. Et par le péché de gueule en mangeant le fruit que Dieu leur avait défendu.

LUCIDAIRE duquel le Disciple demande au Maître choses obscures et merveilleuses touchant les faits de Dieu, et il luy en donne bonne réponse et utile.

Interrogations

C'est Thomas, si Dieu veut, qui gardera ma confession et lui permettra d'échapper aux recherches que le comte-évêque ne manquera pas d'ordonner. Il est pourtant le troisième à être élu évêque de Maguelone, le troisième depuis mon crime, mais chacun des chanoines de Maguelone connaît mon histoire, à coup sûr, et le prochain qui sera élu évêque par ses pairs continuera, depuis son île, à me faire surveiller et à attendre ma mort pour effacer toute trace de ce qui s'est passé, pour qu'on oublie jusqu'à mon existence.

Ils savent ce que j'ai commis, ce que j'ai tu depuis quarante ans, ce qu'ils m'ont fait jurer de ne pas dévoiler, quand ils m'ont offert protection, alors que je fuyais, poursuivi par l'escorte de Pierre de Castelnau.

Ils savaient ce qui se passerait, si j'étais pris : j'aurais dit qui m'avait poussé à ce crime, et ils en auraient été tous éclaboussés, jusqu'à Innocent, sur son trône à Rome.

Si tuer un homme dans un guet-apens est un crime damnable, qu'est-ce alors que de tuer un légat du pape ?

Mais si c'est un autre légat du pape qui pousse à ce crime, et si ce crime enfante une montagne d'autres meurtres et d'iniquités, quels supplices ne mérite-t-il pas, de par Dieu, et de par les hommes ?

« Merde, alors ! »

Pour le coup, Idéal s'était levé brusquement de son confortable fauteuil et c'est au vol qu'il avait rattrapé son ordinateur portable qui avait failli glisser de ses genoux.

Un peu plus d'une heure plus tard, il a repris sa voiture, et il est à nouveau sur la place de La Comédie. La manifestation s'est dispersée, les cafetiers ont ressorti les chaises et les tables qu'ils avaient prudemment rangées. Alain Painvil est installé à la même terrasse où Agathe et Idéal s'étaient rencontrés ce matin : « Non, non, pas question d'aller ailleurs, il n'y a qu'ici qu'ils savent faire du vrai café », et c'est le même garçon dégingandé qui les sert, et qui jette sur Ferrer un regard appuyé, que celui-ci feint de ne pas remarquer.

Les deux amis sont à la fois excités et dubitatifs :

— Comprends bien, Idéal, je ne peux pas me présenter à la rédaction de *Recherches médiévales* en leur disant : « C'est un ami qui a eu le document en main, un type très bien, il a juste fait cinq ans de prison, pas plus, et il se porte garant de l'authenticité de la chose » ; et, tout à trac, je leur sors une traduction qui remet en cause l'origine de la croisade albigeoise ! Ils vont me couvrir d'épluchures de carottes !

Idéal sourit, même si la saison n'est pas à la

gaieté. Il apprécie qu'Alain puisse plaisanter sur ces cinq années gâchées, alors que ses autres amis en parlent d'un ton funèbre, en baissant la voix, comme s'il s'agissait d'une maladie honteuse qu'il aurait attrapée dans une soirée glauque où il aurait oublié les préservatifs.

— Je comprends bien, répond-il, tout sourire éteint, mais la plus belle fille du monde…

— Et tu n'es pas la plus belle fille du monde, je sais, mais moi, dans ces conditions, je ne peux rien faire, si ce n'est continuer à traduire tes fichiers PDF ! Je ne peux parler publiquement de cette affaire que si j'ai en main l'original ; j'ai une réputation de sérieux à défendre. Oui, précise-t-il en voyant la grimace moqueuse de son vis-à-vis, tu as bien compris ce que je veux dire, je parle sur le plan professionnel.

— Tu me rassures en effet ! Mais pour moi, la question reste entière. Je ne peux pas croire cet imbécile de pseudo-moine quand il m'affirme qu'il n'a pas vu ce texte.

Idéal se tait en voyant revenir le garçon de café, qui slalome entre les tables avec leur commande, puis qui, après les avoir servis, reste planté à leurs côtés, comme en attente. Alain, qui semble jouer une partition souvent répétée entre eux, ferme les yeux et renifle en connaisseur le café qu'on vient de lui apporter, tandis que la grande gigue observe d'un air ravi le recueillement de son client.

« C'est le meilleur café de la ville », affirme enfin

à la cantonade le professeur, après avoir goûté une première gorgée du breuvage. Le garçon le regarde un instant d'un air satisfait, puis se tourne vers Idéal en agitant un doigt menaçant : « Ne me le faites pas pleurer, celui-là ! », lâche-t-il avant de repartir en coup de vent, la bouille hilare.

— Qu'est-ce qu'il raconte ? demande Alain entre deux gorgées.

— Ne fais pas attention, c'est un con, répond son ami, l'air renfrogné.

— Pas du tout, il est très sympa ! Mais, insiste Alain, c'est curieux quand même ce qu'il t'a dit ; puis, devant le mutisme d'Idéal il enchaîne : Enfin, soit, mais ton facho, là, pourquoi te mentirait-il ?

— C'est bien la question que je me pose ; s'il était chercheur à la fac, je dirais qu'il veut s'attribuer la découverte ; on en a vu d'autres, non ?

— Pour sûr, mais tu as les copies, il faudrait qu'il explique d'où tu les tiens !

— Justement, c'est ce qu'il ignore ; j'ai bien vu qu'il croyait que seul Barthélémy avait découvert le parchemin ; il a blêmi, avant de retrouver son sang-froid, l'enfoiré ! (Idéal venait de repenser à l'*ipso facto* qu'il n'avait toujours pas digéré). Conclusion ?

— Conclusion, ou tu retrouves le texte, ou je classe l'affaire, d'autant qu'il y a quelques ambiguïtés, tu es d'accord ?

— Oui, d'abord Béziers, puis Raymond de Toulouse…

— Attends, on va lister, ça sera plus clair. Je le mettrai au propre, et je te l'adresserai ce soir, ça te va ?

Idéal hocha la tête d'un air songeur.

— Très volontiers, et moi aussi, j'aurai à faire, ce soir ; et, alors que le garçon, qu'il ne tenait pas à revoir, était occupé à servir une table voisine, il s'empressa d'aller régler la note au comptoir.

Alain avait rangé son scooter en bordure de la place. Il est en train de remettre son casque, qui donne à sa fine silhouette une dernière touche bizarre, comme un point sur un i, quand il voit passer Idéal qui rejoint le parking souterrain où l'attend sa voiture ; il arrête son geste pour interpeller son ami :

— Tu sais, dans la manif, il circulait une info : il y a eu des profanations de tombes, dans plusieurs carrés musulmans du département, des slogans un peu particuliers, appelant à « la guerre défensive », et un sigle inconnu : ANT, trois lettres en noir, dans un cercle. On pense à une nouvelle scission d'Occident, à cause du cercle, qui rappelle leur O, tu sais, mais j'étais en train de me dire que tes zigues à toi, pourquoi pas, non ? ANT, ça te parle ?

Idéal s'était instantanément figé, contemplant intensément la fontaine centrale de la place, censée représenter les Trois Grâces ; il avait toujours trouvé ridicule cette chose, pesamment plantée entre toutes ces belles façades, avec ses trois bonnes femmes qui se trempaient les pieds dans des postures artificielles. Il se demandait si le totem de

Lucien, et ses roues de moto, ne remplacerait pas avantageusement cette horreur ; une proposition à faire au Président, peut-être ?

— Toi, tu as une idée, je le vois ! devinait Alain.

— Bien sûr, ANT, Armée du Nouveau Temple, ou des Nouveaux Templiers, qu'en dis-tu ?

Alain laissa échapper de ses lèvres un sifflement modulé, tout en opinant du chef, dans une mimique admirative.

— Côté clairvoyance politique, tu dérailles depuis quarante ans, mais tu as tes fulgurances, dans ton genre, conclut-il en remettant son casque. Adiou.

Quelques heures plus tard, Idéal, avant de se préparer pour une nuit un peu spéciale, pouvait lire sur son ordinateur les notes qu'Alain avait mises au propre. Le texte était conforme aux points d'interrogation qu'ils avaient relevés ensemble :

« Salut et fraternité :

Rappel : le document est en lui-même extraordinaire : l'ermite (ou supposé tel), s'accuse d'avoir tué Pierre de Castelnau, légat du pape Innocent III, mais il met également en cause un autre légat dans le crime.

Comme nous le savons, ce crime, commis en 1208 près d'Arles, et jamais élucidé, a été imputé à Raymond VI, comte de Toulouse, et a donné le prétexte pour lancer la croisade contre les Albigeois.

Cependant :

Anomalies ou points étranges relevés :

Sur les faits :

1. L'ermite est originaire de Béziers, et dit être un serviteur ou un proche de Raymond (vu le contexte, il ne peut s'agir que de Raymond VI de Toulouse).

Or c'étaient les Trencavel qui possédaient Béziers et Carcassonne, et ils étaient rivaux des comtes de Toulouse (même si la croisade allait submerger successivement les uns et les autres).

Ceci n'est pas rédhibitoire, on peut imaginer un contentieux entre la famille de l'ermite et les Trencavel, mais c'est à noter.

2. Le soldat qui aide l'ermite aurait participé à la croisade ; or la garnison des tours Tourière appartient à l'évêque de Maguelone, comte de Melgueil. Il n'y a pas de texte qui confirmerait une participation active du comté de Mauguio à la croisade. On sait même que Montpellier, pourtant hostile aux hérétiques, a toujours refusé l'entrée à Simon de Montfort.

Là encore, on peut imaginer un cas particulier, un soudard qui se loue à l'un et à l'autre, mais le texte ne semble pas aller dans ce sens.

Sur la forme :

Le texte est très « personnel » ; or nous sommes au XIIIe siècle, dans une période où l'on est avant tout l'homme d'un groupe, d'un clan, d'un seigneur, où l'identité individuelle est une notion vide de sens.

Le cheminement particulier de l'ermite, le temps qu'il a pu consacrer à sa réflexion, ses remords, etc., peuvent-ils expliquer un ton si rare dans un écrit de cette époque ?

Que conclure de ces remarques ? Rien, sinon que nous avons absolument besoin du parchemin ! »

Ça va, ça va, on a compris, grommela Idéal, on y travaille !

***

« Un bon serrurier, c'est le meilleur des cambrioleurs. » C'est Lucien qui parle, Maurice et Idéal le regardent officier, admiratifs. Le vieux mas de Danoire est bien remparé, en effet, mais la porte extérieure n'a résisté que dix minutes aux assauts de la petite perceuse sur batterie que le serrurier sculpteur manie de main de maître.

Comme convenu, une fois la porte ouverte, Maurice reste à l'extérieur, pour parer à l'improbable venue d'un gêneur.

Au grand étonnement d'Idéal, ses amis ne s'étaient pas fait prier quand il leur avait proposé cette expédition : pour tous à présent, la mort du berger était suspecte, et les soupçons d'Idéal avaient semblé fondés. Seul Marcel avait été exempté de cette « perquisition », sur la prière de ses trois compères qui estimaient qu'on ne pouvait pas prendre le risque, en cas de malheur, d'une fermeture du bar.

À l'intérieur, la première aile est vite visitée : une cuisine, une salle commune, des chambres austères, des cellules plutôt, quelques effets personnels, rien d'intéressant, pas un papier compromettant, pas même de papier du tout, d'ailleurs.

L'ancienne bergerie n'est pas fermée à clef. Les deux hommes marquent un temps d'arrêt devant les décorations murales ; leurs lampes torches se promènent un instant sur les personnages hiératiques qui tapissent les murs, et qui semblent veiller, impressionnants, dans l'obscurité. Quelques missels, des prières imprimées en latin sur des feuilles volantes, rien qui puisse retenir l'attention.

C'est la deuxième aile qui leur donne quelque difficulté, mais là encore, pas de quoi effrayer Lucien, qui plaisante comme s'il n'avait fait, toute sa vie, que des cambriolages à trois heures du matin : « Et dire que j'ai les clefs : je garde un double de toutes les serrures que je place, au cas où le client perdrait les siennes ; je te garantis que ça m'a évité du travail bien des fois ! Mais là, ça leur mettrait drôlement la puce à l'oreille. » Idéal approuve en silence, un peu tendu : il pense qu'il a passé l'âge des actions clandestines : il n'y retrouve plus l'excitation, la fraternité avec les camarades, qu'il y avait rencontrées jadis. Il ne reste que la crainte, non du gendarme, que viendrait faire un gendarme dans ce lieu isolé ? Mais plutôt de l'incident bête, de l'alarme non repérée.

Les pseudo-Nouveaux Templiers, il sait qu'il n'en trouvera pas cette nuit : ils ont annoncé fièrement, et depuis longtemps, qu'ils allaient porter leurs robes, leurs armures, et leurs tonsures, à Orléans, aux journées johanniques, qui célèbrent chaque année, depuis 1431, la délivrance de cette bonne ville par la plus célèbre des acouphéniques.

La porte cède enfin, mettant fin à ses réflexions moroses, et ouvrant sur deux grandes pièces en enfilade, aux murs nus, entièrement vides toutes deux. Idéal s'avance, tandis que Lucien range soigneusement les mèches de sa perceuse : Idéal a insisté sur les précautions à prendre pour ne pas laisser de traces.

— Pas mal, je n'ai cassé que deux mèches jusqu'à présent, mais la dernière porte, c'est la plus coton ! Une serrure cinq points, et un double blindage !

— Ici, c'était une imprimerie, affirme Idéal, tout est encore imprégné de l'odeur de l'encre.

— Tu es sûr ? demande Lucien, en rejoignant son ami, je sens bien quelque chose, mais dire que c'est de l'encre…

— Affirmatif à cent pour cent, assure Idéal, qui renifle à petits coups, le nez relevé ; l'odeur d'une imprimerie, je connais ça ! Oui, reprend-il, comme s'il chassait un souvenir, une imprimerie clandestine, qu'on a déménagée il y a peu, sinon l'odeur serait partie ; et, se penchant sur le sol : la machine était mahousse, regarde les rayures sur les carreaux !

— Et ça prouve quoi ?

— Qu'ils ont la trouille, et qu'on ne trouvera rien de plus ! conclut Idéal avec une moue désolée.

Lucien, du coup, est moins bavard en s'attaquant

au dernier obstacle, il grommelle à chaque mèche cassée. Quand, après plus de vingt minutes d'effort, la porte, dégondée, tombe enfin, avec un bruit d'enfer, il jure comme un charretier en voyant une salle vide.

Idéal ne dit rien ; il craignait ce fiasco, il s'y était préparé. En fait il n'a tenté cette expédition que pour en avoir le cœur net, pour n'avoir pas de reproches à se faire. Il se doutait que le mystère de la mort de Barthélémy avait peu de chances d'être éclairci par leur visite. Il pensait bien aussi qu'Iris d'Aussange ne pouvait pas être là, sinon des gardiens auraient été laissés également, alors que la surveillance discrète qu'il avait menée depuis deux jours, aidé de ses amis, leur avait prouvé que personne ne venait dans le mas.

En revanche, l'absence totale de traces le désarçonnait : le nettoyage avait été total, radical. Ceci encore était une preuve indirecte : un tel acharnement démontrait qu'il y avait des choses à cacher. Ou plutôt qu'il y en avait eu, mais il aurait aimé, pour convaincre ses amis de la nocivité de la secte, trouver des éléments plus consistants.

Idéal n'attendait rien concernant Barthélémy, mais, sans qu'il puisse s'expliquer pourquoi, il ne désespérait pas de trouver le parchemin de l'ermite, ou à tout le moins une trace le concernant.

Mais il a beau inspecter le moindre centimètre carré des murs, du sol, à la recherche d'une cache, il doit s'avouer vaincu.

Cette pièce même, puissamment protégée, l'étonne. Les deux premières : une imprimerie et ses stocks de papier, d'accord ; mais cette troisième, la plus secrète, la plus difficile à atteindre, à quoi pouvait-elle donc servir ? Une cache d'armes, de matériel dangereux ? Une prison ? La prison d'Iris d'Aussange ? Idéal en doute : ce serait excessivement risqué ! Le minimum de cloisonnement exige qu'une prison soit éloignée du siège de l'organisation. Et dans ce cas, la d'Aussange peut être n'importe où sauf ici : trop dangereux pour eux. En fait, depuis le début de cette disparition, Idéal pense que la journaliste a pris des risques qu'elle est incapable d'assumer, et est pessimiste sur son sort. Bien sûr, le pire n'est pas toujours certain. Qu'ils l'aient démasquée, c'est quasi sûr ; oseront-ils s'en prendre à elle, voire l'éliminer, c'est toute la question.

Quoi qu'il en soit, en supposant même qu'elle ait été là, il n'en restera pas de trace : la pièce avait été balayée, sans doute même lessivée avec soin : les pavés, les vieux pavés en brique rouge, classiques dans ces bâtisses anciennes étaient impeccables, et une forte odeur de désinfectant stagnait encore.

Pour lui, la preuve était faite, en tout cas, que le groupe se livrait à des activités illicites : se donner la peine de tout déménager avant leur départ était une forme d'aveu ; mais en même temps, c'était dire qu'ils s'attendaient à une visite, voire à une perquisition policière ; c'était pour Danoire une forme de pied de nez adressé à ceux qui le soupçonnaient, une petite provocation.

Idéal avait de tout temps un principe : il répondait toujours à une provocation, et si possible, par une provocation plus forte encore.

C'est pourquoi, sous l'œil interrogatif de Lucien, il écrivit sur chacun des murs, en gros caractères majuscules, avec la bombe de peinture dont il s'était pourvu, ces trois lettres, qu'il entoura d'un cercle : « ANT ».

Évidemment, à ce moment de l'histoire, les gens raisonnables vont hausser les épaules, ou lever les yeux au ciel : à quoi bon ce genre d'action idiote, enfantine, inutile ?

D'abord, si on ne faisait que des choses utiles…

Et puis moi, quand je revois tout ça, je souris toujours, à ce souvenir. Bon ça ne veut rien dire, bien sûr : on n'a pas tellement d'occasions de s'amuser, en prison, alors on se contente de peu !

Mais les gens raisonnables ricaneront tant qu'ils voudront, c'est plus futé qu'il y paraît le bombage « ANT ». Pour Danoire, c'est la preuve que des adversaires sont sur sa piste, qu'il est devenu une cible, qu'il doit désormais se méfier de tout.

C'est une menace en somme, et il y a des personnes peu souples que les menaces font réagir, que la provocation énerve, bref, qui perdent leur sang-froid quand on les titille.

Je le sais : j'en fais partie.

Livre 5

LE DOUTE

Maître, pourquoy voulut Dieu naître de la Vierge Marie ? Mon enfant, Dieu fit l'homme de quatre manières. La première fut sans homme et sans femme, comme Adam. La seconde fut sans femme, comme Ève. La tierce fut d'homme et de femme comme nous sommes. Dieu estoit à faire la quarte manière, qui est de femme sans homme comme est Jésus-Christ. Et l'autre raison est car ainsi que la mort vint en terre par la femme qui fut Ève, aussi la vie vint en terre par la femme, c'est la glorieuse Vierge Marie, laquelle nous apporta le fruit de vie éternelle.

LUCIDAIRE duquel le Disciple demande au Maître choses obscures et merveilleuses touchant les faits de Dieu, et il luy en donne bonne réponse et utile.

Sur le toit de la ville

Dans la grande pièce baignée de clarté, les deux hommes s'affrontaient depuis dix bonnes minutes. Pourtant, avant d'entrer dans le vaste bureau, au dernier étage de la vaste maison de la Région, Idéal s'était bien juré de ne pas se laisser entraîner sur le terrain politique.

S'il avait demandé à rencontrer celui qui était devenu le président, mais qui, pour lui, était un autre personnage, ravivait bien d'autres images, d'autres souvenirs, c'était pour lui parler de l'affaire de Barthélémy, et de cela seulement.

— Tu connais le président ? avaient demandé les autres, bouche bée, dans le bar-tabac de Cazevieille, et tu crois qu'il te recevra ?

— Il me recevra ; je l'ai connu, dans une autre vie, avait simplement répondu Idéal.

— Alors tu as raison ; si on veut une enquête sérieuse, c'est lui qu'il faut alerter, sinon ils vont clore l'affaire en cinq sec.

Le reste avait été simple ; plus simple même que Ferrer n'avait imaginé, et surtout plus rapide ; et il s'était retrouvé, le jour fixé, dans l'énorme complexe de l'hôtel de Région, qui domine de sa masse imposante le quartier nouveau d'Antigone. De l'extérieur, le bâtiment, bloc quadrangulaire flanqué de tours d'angle, avait tout d'une forteresse. Mais les tours d'angle, étroites, ne sont là que pour rompre la monotonie, et la forteresse est vitrée sur toute sa surface, reflétant à toute heure, de ses verres fumés, le soleil méditerranéen. Il avait montré patte blanche, pour pouvoir accéder au dernier étage. Là, après le secrétariat, il avait traversé une première pièce, faisant office de salle de réunion, et qui donnait sur le bureau présidentiel proprement dit par une large porte dont les deux battants étaient toujours maintenus en position ouverte. Les murs étaient teintés d'un blanc à peine cassé, les portes et leurs encadrements de bois clair.

L'affiche encadrée d'une proclamation de Jaurès, accrochée au mur, l'avait juste fait sourire, mais il n'avait pas commenté, et s'était sagement approché du bureau, d'où le président, carré dans son grand fauteuil noir, le regardait s'avancer en souriant, ses yeux globuleux pour une fois grands ouverts, ce qui était, ses familiers le savaient, signe d'intérêt, voire de bienveillance. Hélas, les bonnes résolutions d'Idéal n'avaient pas résisté à la vue du petit buste de Mao posé sur le bureau ; le ricanement qu'il n'avait pu retenir avait déclenché les hostilités.

Dix minutes plus tard, la situation n'avait guère évolué : Idéal, le feu de la discussion au visage, s'agitait sur sa chaise, et ses arguments ricochaient sur le président, corps massif immobile, visage toujours aussi impassible, mais dont l'œil de crocodile, un brin ironique, ne perdait rien des mouvements de son contradicteur. De sa voix de stentor, avec les inflexions gouailleuses qu'il savait prendre quand il voulait irriter son adversaire, le vieux politique, vissé sur son fauteuil, renvoyait les coups :

— La manière, la manière, tu me fais rire, toi ! Vous m'amusez, les éternels rêveurs, ceux qui ont les mains propres. Tu sais ce que je leur réponds, aux gens de ton espèce, à ceux qui ont les mains propres…

— Oui, je sais, « tu as les mains propres, mais tu n'as pas de mains », je sais, on me l'a déjà faite celle-là ; je n'ai peut-être pas de mains, mais moi, j'ai des principes.

Idéal, n'y tenant plus, s'était levé en prononçant ces paroles, comme s'il voulait partir ; il n'en faisait rien, pourtant, le regard accroché par le spectacle de la ville, vue depuis le bureau ; il reprenait, comme pour lui-même :

— D'ici, bien sûr, tu vois les choses de haut, tu

domines tout ton petit monde, tu es sur le toit de la ville, les hommes sont petits, petits… Ferrer montrait, loin au-dessous d'eux, les promeneurs sur les rives du Lez, les cyclistes de la piste qui courait en bordure du modeste fleuve, élargi ici en plan d'eau.

Le président avait juré que les bateaux, un jour, remonteraient le fleuve depuis la mer, quelques dizaines de kilomètres plus en aval, jusqu'ici, comme au Moyen Âge, quand les naves de Jacques Cœur débarquaient leur cargaison exotique ; le projet, pour l'instant, s'était ensablé, tel le fleuve lui-même, dans d'obscures querelles avec les maires riverains.

Le président s'était rembruni.

— Des principes, ah oui, des principes, regarde mieux ce que tu vois dehors…

Il s'était levé pesamment, en appuyant les deux mains sur son bureau, qu'il avait contourné dans cette curieuse position, pour venir poser une de ses mains sur l'épaule d'Idéal ; celui-ci avait marqué un temps de surprise : il ne soupçonnait pas à quel point son ancien condisciple était atteint physiquement.

Il savait, bien sûr, que l'homme avait des difficultés à marcher, il l'avait vu, à la télévision, ou à telle occasion publique, s'appuyer pesamment sur une épaule amie pour avancer, mais c'était la première fois qu'il constatait d'aussi près son usure physique. Dans le regard qu'il lui jeta, à bout touchant, il y avait un peu de commisération, et de la nostalgie, aussi. L'autre ne manqua pas de s'en apercevoir :

— Oui, les beaux jours sont finis, hein, et les nuits aussi, dans l'auberge des Matelles, avec Maurice, le patron, qui chantait du Brassens sur sa guitare, tu te souviens ?

— Oui, je me souviens, je me souviens même qu'il m'avait viré, une fois, parce qu'on était venus avec une bouteille planquée, pour économiser sur ses consommations, et bien sûr c'était moi, pauvre couillon, qui portais la bouteille…

Ils se sourirent brièvement, en souvenir des temps anciens, des moments heureux et des idéaux partagés, puis le silence s'installa.

Le président avait pris sa canne, posée, à plat sur son bureau, comme toujours, et il avait désigné du menton la large baie vitrée qui s'ouvrait sur le côté de la pièce. Faisant suite à cette demande muette, Idéal s'était avancé jusqu'à toucher la vitre, le président appuyé sur lui d'un côté, sur sa canne de l'autre. Même courbé ainsi, il le dépassait d'une bonne tête.

Arrivés devant l'épais verre fumé, ils regardèrent ensemble le quartier d'Antigone qui s'étalait en dessous d'eux, dans sa régularité un peu trop froide, mais dont la cohérence s'imposait au regard.

Par-delà le modeste fleuve du Lez, que le petit barrage faisant passage piéton n'arrivait pas à rendre imposant, se découvrait le vaste ensemble, où un premier bâtiment en demi-cercle délimitait une grande place herbagée. Derrière, de part et d'autre de l'axe d'une longue promenade, d'imposantes corniches couronnaient les immeubles se faisant vis-à-vis. Au bout de cet axe, les bâtiments se refermaient en une place plus modeste, où des jets d'eau venaient arroser périodiquement des statues de style néoclassique, avant les escaliers qui reliaient l'ensemble au cœur de la ville, situé en léger surplomb.

De ce point de vue, la réalisation prenait sa pleine dimension, avec la ville s'étalant derrière, et, en arrière-plan, comme l'invention d'un peintre qui aurait voulu équilibrer son tableau, le pic Saint-Loup venant placer son triangle reconnaissable, sur le fond de ciel bleu.

— Regarde, tu vois tout ça, dit enfin l'homme contemplant son œuvre, tu crois que j'ai bâti ça avec des principes ? Tu crois que si je n'avais pas fait ce qu'il faut pour prendre la mairie, tu crois sincèrement que ce projet aurait vu le jour ? Tu te souviens du Montpellier d'avant que je devienne maire ? De l'Esplanade, une promenade magnifique en plein cœur de la ville, un site historique, de toute beauté, transformé en parking ? Tu as vu ce que j'en ai fait ? Tu as vu ça, deux kilomètres piétonniers, d'ici à la place de la Comédie ! Et toi, tu as fait quoi, pendant ce temps, avec tes principes, à part de la taule ?

Idéal préféra biaiser, il n'était pas venu pour reprendre une querelle, le passé était passé, point-barre.

— Bof, moi, tu sais, je n'ai jamais aimé ce style grandiloquent, ça fait mussolinien, ou stalinien, si tu préfères, maoïste quoi !

Mais ce rappel humoristique de leur passé politique commun, bien que prononcé avec le sourire, n'eut pas l'heur de plaire au président de Région :

— C'est ça, tu peux rigoler, pinailler sur des détails, il n'empêche, tu en as vu beaucoup des HLM dans un cadre comme cela, en plein centre-ville, avec une piscine olympique, une médiathèque extraordinaire, et j'en passe ?

— Toujours en bagarre, hein, toujours en campagne, c'est ton principe, même le nom, « Antigone », pour critiquer ton prédécesseur, qui lui, avait fait le Polygone.

Idéal croyait avoir lancé une pique, mais ce rappel avait mis le vieux lutteur en joie :

— C'est vrai, ce pauvre Deltard, il avait cru innover avec son Polygone, une vraie souricière, un centre commercial enterré, sans une ouverture vers le jour, comme dans les villes où il pleut tout le temps ! Et bien moi, je l'ai fait péter, son Polygone, je l'ai ouvert vers le fleuve, vers la mer, vers le soleil ! Oui, moi j'ai fait l'anti-Polygone, Antigone, parfaitement ! Et c'est autre chose, non, même toi tu dois l'admettre !

— C'est vrai, c'est autre chose, tu as changé la ville, personne ne peut en discuter, mais à quel prix ! Combien de pieds écrasés, de gens insultés, pourquoi cette agressivité, cette soif de pouvoir personnel, avec l'éternelle maxime : « Celui qui n'est pas avec moi est contre moi. » Quel intérêt ?

S'il était une chose que le président ne supportait pas, c'était bien ce genre de critiques ; ses opposants – et ils étaient nombreux – prétendaient même qu'il ne supportait en fait aucune critique. D'ailleurs il recommençait à avoir mal au dos, dans cette position debout qui lui était devenue incommode avec l'âge et le poids. Il retourna avec difficulté vers son fauteuil ; au fond il n'y avait que là qu'il se sentait bien, dans son élément, tant physiquement qu'intellectuellement : confortablement assis et commandant à ses troupes.

— Quel intérêt ? répétait Idéal.

Le Président se reprochait à présent d'avoir écouté aussi longtemps son ancien condisciple. Il bougonna :

— C'est comme ça, c'est la vie, mon vieux, on ne dirige pas les hommes avec des bons sentiments et du prêchi-prêcha. Des principes ? Moi j'en ai au moins un : pour agir, il faut commander, et pour commander, il faut être en position de force, point final. Mais note bien que moi, je me suis toujours soumis au suffrage des électeurs, c'est d'eux que je tiens mon pouvoir. Je n'ai pas joué les pistoleros, c'est ça que tu me reproches en fait, conclut-il, en vieil habitué des joutes verbales et de leurs polémiques.

Le coup avait porté ; Idéal, qui était également retourné s'asseoir, secoua la tête d'un air sincèrement peiné :

— Non, ce que je te reproche, c'est... Et puis zut, on va pas s'engueuler encore, ça n'est pas pour ça que je suis venu.

Content de cette victoire par abandon, le monarque laissa filtrer un sourire à travers le masque de son visage.

— C'est vrai au fait, tu es venu pour quoi ? demanda-t-il alors, faussement naïf.

Leur conversation s'enlisait depuis un bon moment, mais dès qu'Idéal exposa sa requête, il ne leur fallut que quelques minutes pour qu'ils tombent d'accord. Son ancien camarade l'avait écouté avec attention, et sa décision, comme toujours, avait été rapide.

— Toujours fidèle en amitié, à ce que je vois, hein ? Ça t'a pourtant déjà coûté cher ; enfin, on ne se refait pas ! Mais pour ton berger, tu auras tous les éléments. Mon conseiller en sécurité prendra contact avec toi. Je te l'ai dit, la Région n'a en principe aucune compétence en matière de police, et je ne peux pas intervenir officiellement dans une enquête, mais il a de bons contacts avec tout le monde, justice, police, gendarmerie surtout, bien sûr, et puis j'ai des gens partout, comme tout dictateur qui se respecte !

Idéal jugea plus sage de ne pas relever cette dernière provocation, que son auteur tempéra par un signe amical de la main, comme l'esquisse d'un au revoir.

— Ne t'inquiète pas, tu peux partir tranquille, l'affaire ne sera pas classée ; et pour ta bande de cinglés, les Nouveaux Templiers, on ne les oubliera pas. Je ne sais pas si tu as raison, s'ils sont aussi dangereux que ce que tu dis, mais j'ai appris à me méfier de tout. Adieu, je ne te raccompagne pas, je suis fatigué, mais j'ai eu plaisir à te revoir, ça m'a rajeuni.

Idéal s'était levé, un peu hésitant ; lui aussi, au fond, avait eu plaisir à retrouver son ancien compagnon ; il se demanda s'il ne devait pas contourner le bureau, lui serrer la main, l'embrasser, peut-être, comme l'on fait pour un vieux camarade dont on ne sait pas si on le reverra.

Mais trop de choses les séparaient, après toutes ces années, et surtout Idéal craignait qu'un tel geste ne soit assimilé à une soumission ; il en avait tant vu, des soi-disant purs et durs, qui avaient fait obédience, pour les meilleures des raisons parfois, mais parfois pour les pires ! Il se contenta de répondre par le même geste amical, et il traversa le bureau ; arrivé devant la porte, il se retourna. Le président le regardait, à travers ses paupières mi-closes ; tous deux eurent la même pensée, qui se révéla d'ailleurs erronée : c'était peut-être la dernière fois qu'ils se voyaient. Ils hochèrent la tête en même temps, sans un mot, comme pour un ultime salut.

Maître comment enfanta la Vierge Marie ? Mon enfant elle enfanta sans peine et sans douleur et demeura entière vierge pure et nette de toute macule devant l'enfantement, à l'enfantement, et après l'enfantement, comme le verre par lequel le soleil passe sans faire aucune ouverture. Mais pour ce que Dieu voulut tenir l'ordre de nature, il demeura neuf moys au ventre virginal, et ne chemina pas incontinent qu'il fût né.

LUCIDAIRE duquel le Disciple demande au Maître choses obscures et merveilleuses touchant les faits de Dieu, et il luy en donne bonne réponse et utile.

Saint-Guilhem

Ils font le tour du petit verger, pour mieux contempler l'extérieur de l'abbaye de Gellone. Tous trois connaissent bien le chef-d'œuvre roman, mais ils le redécouvrent à chaque fois avec la même admiration ; pourtant ce n'est pas de l'architecture du XIIIe siècle qu'ils sont venus parler, mais du groupe de prière de Danoire.

— Un groupe de prière, ça ! Certainement pas !

Le jeune secrétaire de l'évêque de Montpellier a quitté depuis un petit moment son attitude affectée d'onction ecclésiastique. En présence d'Alain, il est en confiance : c'est un de ses anciens élèves, « et un brillant, je t'assure, mais il s'est tellement intéressé aux fondations monastiques du VIIIe siècle dans la région, Saint-Benoît à Aniane, et Guillaume d'Orange ici, à Saint-Guilhem, qu'il a fini curé. Que veux-tu, avait conclu Alain en souriant, ce sont les risques du métier ! ». Idéal avait accepté la rencontre organisée par son ami, mais il avait exprimé son scepticisme sur ce que pouvait leur apprendre un curaillon, aussi brillant soit-il.

Brillant, le garçon l'est resté, on le voit à son regard pointu, à ses yeux qui, derrière ses lunettes, fichent vivement leur éclat gris-bleu successivement sur l'un et l'autre de ses interlocuteurs.

— Mais il vient pourtant d'un groupe officiel, qui a l'aval de la papauté ! avance Idéal, provoquant une mimique quasiment offensée.

— Il en a été chassé honteusement !

Idéal, prenant pour une fois en compte les recommandations d'Alain, ne polémique pas plus avant, et tente de revenir aux faits :

— Justement, pouvez-vous nous parler des circonstances de cette éviction ?

Le secrétaire de l'évêque retrouve le ton et les mimiques jésuitiques de ses fonctions :

— C'est difficile, c'est un événement bien douloureux... affirme-t-il d'un air contrit.

— Allons, intervient Alain, sois gentil Daniel, dispense-nous de la langue de buis.

L'ironie amicale de son ancien professeur redonne le sourire à l'abbé. Abbé, il n'en a guère l'aspect, malgré son col strict et la discrète croix accrochée au revers de son costume bien coupé. Un attaché-case à la main, il pourrait passer pour un jeune loup sortant d'une école de commerce ; c'est quand il sourit qu'il se livre, que son regard jusque-là perçant devient ouvert, presque désarmé.

Cependant il redevient vite sérieux et précis :

— Bien, parlons franchement, si nous sommes entre amis.

— Nous le sommes, je te l'ai garanti, réaffirme Alain.

— Je ne veux pas mettre en difficulté Monseigneur si des ragots naissent de notre rencontre.

— Je vous donne ma parole que l'évêché ne sera jamais cité, s'engage à son tour Idéal, j'ai besoin d'informations pour désarmer des gens dangereux, et qui le sont d'ailleurs pour vous aussi.

— C'est un fait, reconnaît d'un air attristé le prêtre ; nous craignons une dynamique négative, contraire à l'esprit de charité interconfessionnelle.

— Bref, un clash entre communautés, traduit Idéal, que ce langage feutré incommode.

— Oui, un clash, c'est bien le mot ; les rapports qui remontent de certaines paroisses en zones défavorisées, périurbaines...

— Des quartiers, quoi !

— Oui, des quartiers, si vous voulez, convient l'abbé, comme à regret, ces rapports sont mauvais ; il y a des incidents isolés ; des jeunes ont jeté des pierres sur des fidèles se rendant à l'église, des drapeaux verts ont été déployés... Nous ne voulons pas jeter d'huile sur le feu en rendant publics ces éléments, mais Monseigneur en a discrètement parlé à monsieur le préfet...

— Qui lui a conseillé de ne pas faire de vagues,

c'est cela, non ? le coupe Idéal, sarcastique ; je reconnais là le courage de nos élites politiques.

— Il est de fait, concède l'ecclésiastique, que nous sommes inquiets, et que s'il apparaît que des provocations proviennent d'un groupe qui se réclame de notre Foi…

Les trois hommes se promènent dans les jardins bien tenus qui entourent l'abbaye ; c'est la condition qui a été mise à cette rencontre, afin de lui conserver un aspect privé : une simple discussion informelle entre vieilles connaissances.

C'est Alain, bien sûr, qui a arrangé le rendez-vous : « Un gars très bien, tu verras, un peu trop réservé à mon goût, et sans doute à plus forte raison au tien, mais ne le brusque pas, et tu sauras ce que tu veux savoir ; accessoirement je te signale qu'il est devenu le meilleur spécialiste de la région en architecture religieuse du XIIIe. »

Quand Alain parle du XIIIe (et il y met toujours, mentalement, une majuscule), c'est du XIIIe siècle qu'il s'agit, bien sûr, pas du 13e arrondissement. Et c'est donc tout naturellement qu'ils se sont retrouvés à Saint-Guilhem-le-Désert, sur la place devant l'église, sous l'énorme platane devant lequel se photographient les touristes.

— Pour en revenir à la communauté du Lion de Juda et de l'Agneau immolé, votre homme, qui en était un des fondateurs, l'avait portée à un très grand développement : en partie grâce à son action, elle avait essaimé dans plusieurs pays d'Europe, et elle comptait plusieurs centaines de membres, mais des dysfonctionnements sont apparus…, des anomalies, qui ont alerté plusieurs fidèles.

— Mais la hiérarchie catholique l'a protégé : il a même été ordonné prêtre !

Idéal n'a pu s'empêcher d'intervenir ; son ami Alain lui fait les gros yeux : le jeune secrétaire a visiblement du mal à aller au bout de sa confession, il n'est pas très habile de le brusquer.

— Non, ah non, il n'était que diacre ! rectifie l'abbé, mais la nuance semble échapper à Idéal, qui hausse les épaules.

— Vous ne pouvez pas comprendre ! Le secrétaire a repris le fil, il bafouille un peu, d'avoir à se justifier : dans cette période où les vocations se tarissent, le renouveau charismatique est très important pour nous ; après être passés dans des communautés de ce genre, plusieurs jeunes ont franchi le pas, et se sont définitivement consacrés à Dieu. Moi-même j'ai fait partie du groupe, à Saint-Michel de Cuxa, au pied du Canigou, c'est ainsi que j'ai trouvé mon chemin… Devant l'air surpris d'Idéal, il se sent obligé d'expliquer : Vous savez, c'était un bel idéal ! il fait un geste de contrition, en se rappelant le prénom de son interlocuteur, et poursuit, le visage éclairé par une conviction évidente, se dépouiller de tous ses biens, vivre comme les premiers chrétiens, en mettant tout en commun ! Et tout semblait bien se passer, les dons des fidèles affluaient, la communauté grossissait, puis essaimait, dans des propriétés léguées ou achetées.

Ils marchent dans les restes du cloître dévasté, le tour en est vite fait : le magnifique ensemble a été vendu et trône désormais au Cloisters Museum de New York. Une fois encore, ils se lamentent sur ce saccage, avant que l'ancien élève d'Alain ne reprenne le sujet de leur discussion :

— Mais nous avons été rejoints par les réalités, nous n'avions pas été assez prudents, nous vivions tous les uns sur les autres, laïcs, familles, prêtres, en frères et sœurs, nous pensions que la foi nous protégeait de tout, mais les démons de certains se sont réveillés.

— Vous parlez encore comme le *Lucidaire,* ne peut s'empêcher de relever Idéal : vous voyez le démon partout, c'est toujours lui la cause de tout.

Le jeune abbé regarde Alain en souriant, comme si l'on parlait devant lui d'une vieille connaissance.

— Ah, professeur, votre ami connaît le *Lucidaire* ? Quelle belle lecture, n'est-ce pas, quelle fraîcheur, comme l'univers paraissait simple et clair pour les croyants de ce temps-là ! Mais vous vous trompez, poursuit-il en dardant à présent sur Idéal ses yeux vifs, nous savons bien maintenant que le monde est plus compliqué que cela, et que chacun d'entre nous cache en lui-même son propre démon, en même temps que sa part de clarté.

Le vieil athée se sent presque ébranlé par le regard serein et attentif du jeune abbé, dont les paroles résonnent en lui comme si elles le visaient personnellement, mais il n'a pas envie de perdre son temps en introspections.

— Et le démon de Danoire, c'était ? demande-t-il.

Le jeune curé ne répond pas tout de suite ; il semble peser les péchés de l'ex-leader, se dit Alain, comme sur ces peintures du Moyen Âge qui représentent naïvement le jugement des âmes, avec une balance bien concrète pour évaluer les actions du défunt.

— Je crois, en fait, que son véritable démon, c'était le goût de l'autorité, du pouvoir sur les autres. Même dans les affaires de sexe qui ont amené sa chute, je me suis toujours demandé si, plus que la volupté, ça n'était pas l'exercice de la domination qui le poussait.

— La domination… reprend Idéal en écho, la domination ? Mais quel rapport avec cette évolution guerrière, cette volonté de guerre sainte ?

Là encore, l'homme prend son temps, ses yeux clairs, derrière ses lunettes, fixant calmement son interlocuteur.

— Il faut comprendre, il a vécu un traumatisme terrible. Du jour au lendemain, il est passé du statut de leader reconnu, indiscuté, au rang de paria. Vous savez, semble se confesser l'abbé, la voix grave, un peu voilée par l'émotion, je l'ai connu, je l'ai aimé, admiré. J'y ai souvent réfléchi depuis, cela a dû être terrible pour lui ; je pense qu'il en a tiré la paranoïa dont il se nourrit actuellement. Après une crise terrible, une véritable dépression, il a changé de nom, il a quitté celui de frère Ephraïm, et il a fondé ce nouveau groupe, sous le nom de frère Hugues. Changer de nom ! J'y vois la preuve d'une personnalité qui a volé en éclats.

— Vous le transformez en victime, voire en malade, mais si cela est arrivé, c'est qu'il avait commis des fautes, et ces fautes ont été étouffées, puisqu'il n'a même pas fait de prison, s'emporte Idéal.

— La prison l'aurait-elle rendu meilleur ? demande doucement le prêtre, et à cela, personne ne répond.

Quand ils sortent de l'église bâtie en forteresse, la lumière leur fait cligner des yeux ; la place est ombragée pourtant, presque couverte par le feuillage de l'énorme platane qui trône en son centre, et dont les trois hommes feraient à peine le tour en se tenant les mains. C'est peut-être le plus vieil arbre du département, le plus connu en tout cas, et ça n'est qu'après avoir accordé à ce prodige le regard admiratif qu'il mérite qu'Idéal reprend la parole.

— C'est certain, en prison, les pointeurs n'ont pas la vie belle, mais ce n'est pas seulement par charité chrétienne que vous ne l'avez pas dénoncé.

— Les pointeurs ? s'enquiert l'abbé Saulnières.

— Oui, les violeurs quoi, c'est comme ça qu'on

les appelle là-bas… précise Idéal, avec un geste du doigt, comme si, pour lui, la prison était un lieu précis, bien localisé, et il poursuit : Il n'y a même pas eu de dépôt de plainte, votre hiérarchie a simplement étouffé l'affaire !

— Ça n'était pas si simple, il n'y avait pas eu de violence, il conviait les jeunes femmes de la communauté à des « soirées mystiques » où alternaient prières et actes sexuels ; il prétendait même qu'il ne faisait que suivre la voie de sainte Claire avec saint François d'Assise, ou du pape Jean-Paul II avec sœur Faustine Kowalska !

— Et c'est vrai, ça ? Je veux dire pour Jean Paul II et Faustine Machin, précise Idéal d'un air parfaitement innocent.

L'abbé, scandalisé, va pour se récrier, quand son ancien professeur intervient :

— Ne fais pas attention, Daniel, c'est de l'humour d'athée ; il est daté, d'ailleurs, ton humour, Idéal, conclut-il en regardant sévèrement son ami, pour lui rappeler ses avertissements.

— Bref, reprend l'abbé Saulnières, un peu troublé par l'interruption, il leur expliquait que c'était le chemin qui mène à Dieu, et son charisme faisait le reste, mais plusieurs de ces jeunes femmes ont connu par la suite des crises très graves, et l'une d'entre elles a fini par se suicider dans un paroxysme d'angoisse ; c'est à partir de ce douloureux événement que les langues ont commencé à se délier, mais personne n'a souhaité porter plainte, de crainte de jeter le discrédit sur la communauté…

— Tout de même, intervient doucement Painvil, il n'y a pas eu violence physique, et elles étaient majeures, mais votre gourou a usé de son ascendant sur des personnes influençables : il y a eu contrainte morale !

Le jeune abbé semble affecté par la critique de son ancien professeur, mais il ne détourne pas le regard en lui répondant.

— Croyez bien, monsieur Painvil, que je n'ai eu aucune responsabilité dans la décision prise, j'étais encore au séminaire à ce moment-là, mais je me suis souvent demandé quelle est l'attitude que j'aurais adoptée. Et tout de même, la hiérarchie a réagi : il a été relevé du diaconat, exclu de la communauté par la commission pontificale nommée à Rome ; quelle chute, songez-y !

Sur le chemin du retour, Alain et Idéal ont pris le temps d'un arrêt au pont du Diable ; attablés sur la terrasse de la petite guinguette d'où le regard plonge sur les gorges creusées par l'Hérault, ils contemplent la vieille arche audacieusement jetée au XIIe siècle au-dessus des profondes cuvettes érodées dans le calcaire.

— Tu t'en souviens ? demande Idéal, non, sans une certaine émotion.

Alain ne répond pas, mais il se le rappelle, bien

sûr : c'est là qu'avait eu lieu leur première dispute, ils avaient vingt ans alors, une dispute violente, où ils avaient failli en venir aux mains, avec pour témoins les membres du petit groupe influencé par les idées révolutionnaires qui bouillonnaient dans la faculté Paul-Valéry. En gros, Idéal, toujours excessif, prônait l'action directe, violente au besoin, Alain l'action politique. L'objet du déplacement, l'étude du pont en lui-même, ils l'avaient oublié ; pourtant, comme le rappelait le professeur, trente mètres devant eux, perché sur le rebord du ravin, on savait tout sur ce pont, y compris le partage de son financement entre les moines de l'abbaye d'Aniane, sur la rive gauche, et ceux de l'abbaye de Gellone, installée à Saint-Guilhem-le-Désert, sur le versant droit. Tout avait été réglé, expliquait-il doctement, indifférent à l'agitation de ses élèves, par une charte dûment signée, l'an de grâce mille vingt-cinq, un texte qui pourtant n'évitera pas les querelles entre les deux abbayes voisines et rivales.

Mais eux, à cette époque, étaient dans d'autres querelles, des querelles de clocher, là aussi, en quelque sorte, ou plutôt de chapelles !

— Oui, je me souviens, sourit Alain, mais son visage se durcit en revenant à l'actualité : et pour ton zèbre, alors, tu en conclus quoi ?

— On a une idée de son esprit tordu, enchaîne Idéal : il peut tout justifier sous le couvert de la religion, mais enfin, il n'est pas le premier ! En revanche, ce qui m'intrigue, c'est ce changement de nom ; cela signifie quelque chose, j'en suis sûr. Et il est capable de tout, mais de là à...

— Et surtout : quel serait son motif ? Songe à voix haute son interlocuteur ; c'est cela le point crucial, et là-dessus mon petit curé ne nous a guère avancé. Au fait, comment l'as-tu trouvé Saulnières ?

— Un peu trop gentil pour Danoire : « une personnalité explosée », je veux bien, mais le problème, c'est qu'il s'est reconstruit, le bougre. Mais ton curé, oui, pas mal, c'est vrai, convient Idéal ; il n'est pas trop onctueux, pour un curaillon, même s'il se sent obligé de caser le mot « douloureux » à tout bout de champ. Et sur l'architecture, pardon, c'est une pointure ; être capable de repérer les différentes périodes de construction de l'abbaye, ça n'était pas évident ! Il est donc passé par la communauté d'origine de Danoire, lui aussi ; j'ai beau savoir qu'une bonne centaine de prêtres y ont transité, j'ai du mal à me représenter la chose concrètement. Pourtant, ricane-t-il, « La communauté du Lion de Juda et de l'Agneau immolé » non mais, je te jure, il faut quand même être un peu fondu, non ? tu ne trouves pas que ça sent la secte à cent kilomètres, rien qu'au nom ? Quoi, qu'est-ce que j'ai dit qui t'amuse ? interroge-t-il en entendant un bref éclat de rire.

— Et, un exemple au hasard, répond Alain en regardant son vis-à-vis avec des yeux où pétille la malice, l'organisation communiste marxiste-léniniste-voie prolétarienne, ou OCML-VP, tu ne trouves pas que ça sentait aussi la secte à cent lieues, rien qu'au nom ? Et ne parlons même pas des groupuscules clandestins issus de ses multiples scissions, qui eux, n'avaient même plus de nom !

— Un point pour toi, convient de bonne grâce Idéal, après un court moment de réflexion, les yeux fixés sur le vieux pont.

Maître à quelle heure nasquit Jésus ? Mon enfant, il nasquit à la minuit et à cette heure il apparut une étoile moult claire et belle à merveille et le soleil fut beau comme l'or et paix et union estoient par tout le monde si que tout le monde obéissait à un prince qui estoit nommé César.

LUCIDAIRE duquel le Disciple demande au Maître choses obscures et merveilleuses touchant les faits de Dieu, et il luy en donne bonne réponse et utile.

L'association

« L'association de défense, d'histoire, et de culture du Val de Montferrand », plus simplement nommée, par ses membres l'assos, organisatrice, entre autres activités, de la journée médiévale des Matelles, n'était pas une secte, loin de là. Elle réunissait des passionnés quasi frénétiques du secteur et de son histoire, mais aussi des dilettantes, qui ne venaient qu'occasionnellement à ses réunions, obéissant à des motifs divers : s'instruire pour les uns, échapper ne serait-ce qu'un soir à l'ambiance de leur maison pour d'autres, et pour certains, avoir l'air plus actif ou engagé, ou plus cultivé que leur voisin ; un dernier groupe enfin était constitué de joyeux drilles, plus ou moins portés sur la bouteille ou la gaudriole, et dont le seul objet était la fête annuelle, et les rôles divers qu'elle leur permettait d'incarner, gueux, manants ou seigneurs, avec les occasions correspondantes de se livrer à leur goût favori.

Il résultait de ces motivations diverses un absentéisme chronique aux réunions de l'association, ce qui désolait Étienne Azens, son président et fondateur, ancien instituteur comme il se doit, lequel essayait de donner un peu de rigueur et de continuité aux activités de cet ensemble disparate.

Mais ce soir, Azens était satisfait : tout le monde semblait au rendez-vous, et plusieurs nouveaux venaient même de régler leur cotisation – fort modeste au demeurant – et faisaient donc leur entrée dans le groupe. En effet, Maraval, l'assistant de la faculté de sciences humaines de Montpellier, recrue de quelques mois seulement, mais très assidu, venait d'amener dans son sillage le propre directeur de cabinet du président de région !

Le président de l'association était d'autant plus satisfait que ces deux arrivants prestigieux lui avaient affirmé l'un comme l'autre ne pas vouloir prendre de responsabilité particulière, en arguant de leurs multiples occupations. Ils étaient là « pour donner un coup de main en usant de leur influence, mais non pour prendre la place de quiconque ». Cette discrétion avait rassuré le vieil instituteur, pour qui l'association était sa chose, et qui avait craint un moment que le prestige des nouveaux arrivants ne le mette peu ou prou sur la touche ; en revanche une caution universitaire et la certitude d'une oreille attentive pour une demande de subvention à la Région ne pouvaient que le réjouir.

La salle s'était remplie peu à peu, et, comme Étienne Azens l'avait espéré, il y avait ce soir-là l'affluence des grands jours : c'était en effet la première réunion depuis la malheureuse « journée médiévale » et ses péripéties inattendues, et depuis l'accident inexpliqué du pauvre Barthélémy. Ses amis, le groupe des gueux, étaient tous là, regroupés dans un coin, debout, la mine défaite, et discutaient entre eux sans guère participer au brouhaha qui gagnait peu à peu la salle de classe prêtée par la mairie.

Le brusque silence qui se fit d'un coup fit relever la tête du président de l'association, qui relisait ses notes avant d'ouvrir la séance : une arrivée faisait sensation, celle du couple Maffre, sensation d'autant plus grande qu'on avait le sentiment qu'une dispute venait d'opposer Agathe et son mari en cours de route : elle était rouge, visiblement animée, et ses lunettes noires ne masquaient pas le feu de ses joues, comme si elle était la proie d'une vive colère. Patrice Maffre, lui, tentait de garder son calme, mais il paraissait embarrassé, ce qui n'était pas dans sa nature.

Cette arrivée prit l'ancien pédagogue au dépourvu : la subvention de la communauté de communes était la principale source de revenus de l'association, et Patrice Maffre en avait donc été élu président d'honneur. Sa présence, que le président en titre n'imaginait pas possible après le « scandale », posait un problème de préséance qui l'embarrassait, car ils n'avaient pas discuté de l'ordre du jour et du partage de leurs rôles, contrairement à leur habitude.

Ayant retrouvé son entrain coutumier, Maffre

s'avança vers l'estrade, et, prenant une chaise au passage, l'installa à côté de celle d'Étienne Azens, qu'il salua courtoisement puis, ayant ainsi marqué son territoire, alla serrer les mains des présents, avec un mot aimable pour chacun, selon son habitude ; il était tel qu'en lui-même, rond, rouge et bonhomme, forçant la sympathie par son apparence de bon vivant sans affectation.

Mais c'était bien entendu Agathe qui focalisait l'attention : cachée derrière ses lunettes noires, elle était d'abord allée s'asseoir dans les derniers rangs, en essayant d'ignorer de son mieux les regards que la plupart des présents lui jetaient à la dérobée ; mais les « gueux », après s'être concertés à voix basse, étaient venus prendre place sur les chaises libres autour d'elle, lui faisant une sorte d'écran protecteur, ce dont elle les avait remerciés d'un regard reconnaissant.

À dix-huit heures précises – il mettait un point d'honneur à commencer les réunions à l'heure – le vieil Azens, après s'être éclairci la voix, avait appelé chacun à s'asseoir, et la séance avait commencé.

Son déroulement le prit totalement au dépourvu.

Tout paraissait simple pourtant : l'ordre du jour portait en premier point sur l'élection du président, cette réunion faisant office d'assemblée générale.

Quand, pour la forme, avant de se représenter, le sortant demanda s'il y avait des candidats, il vit, à sa grande surprise, son voisin se lever d'un air patelin et prendre la parole :

« Chers amis, je tiens tout d'abord à remercier notre président sortant, notre ami Étienne Azens, pour l'énorme travail qu'il a effectué durant toutes ces années : il a porté, grâce à son travail, mais aussi grâce à votre travail à tous, cette association à un niveau de développement sans précédent.

Grâce à lui, grâce à vous, la journée médiévale est devenue un événement incontournable de tout le secteur, et une fête conviviale pour de nombreux habitants du Val, et bien au-delà.

Merci, merci, cher président, pérora-t-il en se tournant avec affectation vers le vieil enseignant, un peu gêné de ces remerciements qu'il jugeait trop pompeux, d'autant que, suscités par le geste et la période oratoire du politicien, les applaudissements des présents éclataient.

Mais, poursuivit le président de la communauté, je pense qu'il est temps de passer à une nouvelle phase dans le développement de cette fête et, au-delà, de la réputation, que dis-je, de la célébrité du val de Montferrand et de son histoire prestigieuse.

Et l'occasion nous en est donnée, oui, l'occasion nous en est donnée, grâce à l'engagement actif de la Région, avec la présence du propre directeur de cabinet du président, monsieur Philippe Durfort, que je salue et remercie en votre nom à tous ; c'est à la fois un honneur pour notre association et notre Val de Montferrand, et la preuve que nous pouvons passer à une autre étape, à une étape régionale, voire nationale, qui aura des retombées économiques positives pour notre village, notre communauté de communes, et au-delà ! »

Philippe Durfort, qui écoutait avec satisfaction l'écho de ses propres paroles dans la bouche de Maffre, applaudit modestement, déclenchant les applaudissements de plusieurs nouveaux inscrits, repris, après un temps d'hésitation, par l'ensemble de l'assistance.

L'orateur prit le temps de laisser retomber le silence, avant de porter l'estocade :

« C'est pour porter, avec les modestes moyens qui sont les miens, mais avec le soutien de la Région, dont je suis assuré, cette nouvelle étape du développement de notre association que je me porte candidat au poste de président, tout en remerciant une nouvelle fois en votre nom le président sortant, notre cher ami Étienne.

Merci à toi, cher et dévoué président, longue vie à l'association, vive le Val de Montferrand ! »

La péroraison était sans doute de trop, car, hormis les nouveaux venus, la plupart des présents n'applaudirent que mollement à cette conclusion. Tous les yeux étaient fixés sur Azens, qui, suffoqué, se tenait coi.

L'ancien instituteur était pris dans un dilemme cornélien : s'il ne disait rien, il se faisait déposséder de son bébé, de l'œuvre qu'il avait portée des années durant, mais s'il protestait, il avait assez d'expérience pour comprendre que le robinet à subventions allait se fermer, et que mille difficultés allaient surgir, qui allaient compliquer sa tâche. À son âge, il ne voulait pas non plus donner l'impression de s'accrocher, même s'il se doutait bien que les journées désormais allaient lui paraître bien vides.

Son trouble, pour la plupart des présents, passait pour de l'émotion, et son silence confortait l'impression, ressentie par beaucoup, que cette passation de pouvoirs avait été préparée d'un commun accord entre les deux protagonistes.

Étienne Azens regardait l'assistance, l'air vide ; une grande lassitude lui tomba soudain sur les épaules, et il allait jeter l'éponge quand il vit un doigt se lever, celui d'Idéal.

Les deux hommes ne s'appréciaient que modérément : Idéal s'était intéressé à l'association depuis trois ou quatre ans, amené là par Barthélémy. Mais il ne s'était pas amalgamé au groupe des gueux et autres fêtards. Lui, au contraire, aurait souhaité que la fête médiévale ne prenne pas trop d'importance, et que le groupe reste ce qu'il était à l'origine : un groupe d'études historiques.

— Tu te trompes, Idéal, lui expliquait le vieux pédagogue, il faut de tout pour faire un monde, il nous faut trouver des activités qui puissent intéresser tous les membres ; dans le lot, tu auras des gens qui accrocheront pour tes recherches.

Mais Idéal, toujours aussi entier, refusait ce qu'il

estimait être une concession faite au spectacle et à l'inculture :

— Je n'ai pas envie de passer mon temps à me déguiser en guignol, en confondant les siècles, les situations, les mentalités, répondait-il ; je suis pour qu'on respecte l'histoire.

Peu à peu, Ferrer s'était éloigné du groupe ; il venait quand bon lui semblait, pour aider à préparer une conférence ou une exposition, mais se désintéressait de ce qu'il appelait « vos guignolades », chaque fois qu'il était question des animations et des spectacles destinés au grand public.

Et s'il était venu ce jour-là, c'était parce qu'il espérait en savoir plus sur les confidences que Barthélémy avait pu faire à l'association ; connaissant le berger, il se disait qu'il avait trop parlé dans ce groupe, peut-être avec ses amis les gueux, et qu'il y avait là la possibilité d'une piste qui expliquerait sa mort.

Mais un événement imprévu s'était produit à l'entrée : il avait rencontré un de ses vieux camarades, et il n'avait pu s'empêcher de marquer sa surprise :

— Toi ici, Henri ? Je pensais qu'il n'y avait que le cinéma qui t'intéressait !

— Je viens là depuis trois mois, avait répondu l'autre, surpris ; c'est vrai que c'est un peu parce qu'on m'a sollicité, mais toi, qu'est-ce que tu y fais ?

— Mais je suis membre de cette association depuis quatre ans ; j'en ai même été un temps vice-président !

Henri l'avait regardé d'un air un peu embarrassé.

— Ah bon, et le président de cette assos, c'est un pote à toi ?

— On n'est pas d'accord sur tout, mais il bosse dur, pourquoi ?

— Je ne peux pas t'en dire plus, mais il y a une magouille qui se prépare, il aurait intérêt à se méfier !

Une magouille ! Il y avait bien longtemps qu'Idéal n'avait plus entendu ce mot ! Depuis qu'il avait quitté les groupuscules et leurs querelles byzantines, les bagarres en assemblée générale, les tentatives plus ou moins démocratiques de prises de contrôle.

Idéal était donc sur ses gardes, et, contrairement au reste de la salle, il avait compris ce qui se jouait, et il cherchait dans son expérience une solution pour déjouer l'offensive.

Il voyait d'où venait le coup, sachant dans quelles eaux naviguait maintenant son ami Henri, et il n'avait aucune envie que l'association devienne le faire-valoir d'un politique, quel qu'il soit ; il souriait, se préparant à dégainer son arme secrète.

— Tu veux la parole, Idéal ?

— Oui, j'ai une question de forme à soulever ; si nous voulons jouer dans la cour des grands, comme le souhaite monsieur Maffre, nous devons être irréprochables sur le plan de la régularité, n'est-ce pas ?

Maffre opina, surpris et inquiet devant cette introduction.

— Oui, bien entendu, quel est le problème, Idéal ? demanda, secrètement ravi, le vieux président, qui connaissait assez son homme pour se douter que c'était du renfort qui lui arrivait.

— Eh bien, d'après les statuts, une candidature à la présidence doit être déposée quinze jours avant la date de l'assemblée générale. Avons-nous un courrier de monsieur Maffre dans ce sens ?

— Mais ça ne s'est jamais fait, s'étonna en toute candeur un des anciens de l'association.

— Évidemment, ça n'a pas d'importance s'il n'y a qu'une candidature, ce qui était le cas jusqu'à présent…

— Mais il n'y a qu'une candidature, s'écria l'assistant de faculté, Jean-Claude Maraval, coupant la parole à Ferrer.

Les deux hommes se connaissaient, et ne s'estimaient guère : l'assistant représentait aux yeux de l'ancien maoïste le type même de ceux qu'il appelait « les politiques alimentaires », voire « les mangeurs de pizza », ceux qui vivaient dans l'ombre du pouvoir régional, en quête d'une subvention, d'une promotion, d'une sinécure.

— C'est à voir, c'est à voir, ricana Idéal en le fixant d'un air moqueur ; puis, se tournant vers le président, Étienne, étais-tu prévenu de la candidature de monsieur Maffre ?

Le président hésita à répondre ; il cherchait ses mots, ne voulant pas avoir l'air de s'opposer à son concurrent.

— Euh, non, pas vraiment, mais il est vrai que

nous n'avons jamais fait de formalisme. Si monsieur Maffre est candidat, c'est peut-être une bonne idée, il est peut-être temps que quelqu'un prenne la relève, je ne veux pas m'y opposer.

La déclaration d'Azens jeta un froid, et plusieurs participants se communiquèrent leur étonnement. Les gueux, en particulier, commençaient à protester contre le manque de courtoisie du politicien, et Agathe, à la surprise générale, semblait les y encourager.

— S'il n'y a pas d'autre candidat, je ne vois pas pourquoi nous discutons, passons au vote, s'écria Maraval d'un ton véhément, en se retournant vers la salle, après s'être levé brusquement, de toute sa petite taille.

Idéal souriait d'un air goguenard, satisfait de voir ses adversaires se dévoiler devant les indécis.

— C'est lui, murmura tout à coup Lucien à son oreille.

— Lui quoi ?

— Celui qui pistait Agathe, sur le chemin.

— Oui, son mari, répondit sur le même ton Idéal, en désignant du menton Maffre, qui suivait les débats d'un air préoccupé ; il avait peut-être des raisons de la surveiller, tu ne crois pas ?

— Non, le gars qui vient de parler, là, le gros plein de soupe, c'est lui qui la suivait, je le reconnais bien.

De surprise, Idéal faillit perdre le fil du coup qu'il préparait pour bloquer l'OPA sur l'association ; Maraval profita de ce blanc pour réclamer à nouveau qu'on passe au vote.

— Nous perdons du temps, avec ces questions de forme, reprenait l'homme, un brin cramoisi par la colère, élisons le candidat qui se propose et passons à la suite de l'ordre du jour, sinon nous y serons jusqu'à minuit.

— Je regrette, mais il y a un autre candidat : moi-même, s'exclama Idéal, qui s'était repris, provoquant par son intervention l'arrêt immédiat du brouhaha. Par conséquent, et conformément aux statuts, je demande qu'une nouvelle assemblée soit convoquée sous trois semaines, pour nous laisser le temps de déposer nos candidatures, et un vote tranchera.

L'agitation était maintenant générale parmi les anciens de l'association, et les partisans du coup de force se consultaient du regard, et faisaient grise mine.

Le président était secrètement ravi : il avait compris d'emblée que l'ancien gauchiste n'avait aucune envie de ravir sa place, et ne cherchait qu'à le mettre en position d'arbitre ; il se devait donc d'intervenir en conservant les apparences de la neutralité, et c'est sur le ton de l'évidence qu'il s'exclama :

— Enfin, Idéal, on ne va pas remettre l'AG alors que tout le monde est là !

Ferrer, pour la forme, fit semblant d'hésiter, avant de proposer :

— Je suis d'accord pour trouver une solution ; je demande une suspension de séance de cinq minutes pour que nous puissions dégager un consensus, comme nous l'avons toujours fait, dans l'intérêt de l'association.

— On peut faire ça, souffla à côté de lui Lucien, admiratif, on peut tout arrêter comme ça ?

— Mais oui, mon vieux, et tu vas voir, on les a déjà coincés, ils vont craquer.

Les cinq minutes demandées se transformèrent, comme il se doit, en une bonne demi-heure de délibérés, durant laquelle les apartés se multiplièrent, mais à la fin, effectivement, les assaillants avaient « craqué » : à l'unanimité des présents, l'ancien instituteur, cédant, selon la formule consacrée, à l'affectueuse pression de ses amis, avait retrouvé son poste de président, flanqué d'Idéal et de Maffre en qualité de vice-présidents, chacun neutralisant l'autre.

Le reste de la réunion fut sans surprise, mais la sortie de la petite salle de classe fut assez mouvementée, et devait rester dans les annales de l'association : alors que l'assistant de faculté et le directeur de cabinet du Président sortaient de la pièce, parlant à voix basse de l'échec de la manœuvre qu'ils avaient initiée, ils virent se planter devant eux une petite bonne femme à l'air décidé. Agathe avait pour l'occasion retiré ses lunettes, et c'est les yeux dans les yeux qu'elle lâcha à Philippe Durfort un « salaud » dans lequel elle mit toute sa conviction, avant d'ajouter « et ça, c'est pour Barthélémy ». Et devant tous les spectateurs stupéfaits, elle lui asséna une magnifique paire de claques qui le laissa suffoqué.

Maître, sçait Dieu si un homme sera sauvé ou damné avant qu'il soit né ? Mon enfant, ouy, non pas que Dieu le fasse en intention de le damner, car Dieu ne le damne pas ; mais l'homme se damne de luy même sans aucune contrainte, mais de sa propre volonté laquelle est en son libéral arbitre, comme nous voyons le papillon qui de soy même et de sa propre volonté se brûle à la chandelle.

LUCIDAIRE duquel le Disciple demande au Maître choses obscures et merveilleuses touchant les faits de Dieu, et il luy en donne bonne réponse et utile.

La rencontre

Ils se ressemblaient, mais ils n'auraient jamais voulu l'admettre, ils étaient même incapables de s'en apercevoir. Pourtant, l'un et l'autre avaient pris des risques sérieux, et ils en avaient été sérieusement punis. Ils avaient été punis par la loi, car ils avaient choisi l'illégalité : à un moment de leur vie, ils avaient jugé que ce que leur dictait leur conscience passait avant les règles établies.

C'était leur point commun, leur seul point commun.

Mais si on avait dit à Idéal qu'il ressemblait au conseiller à la sécurité du président, à cet homme qui venait de lui ouvrir la porte de son bureau, à l'hôtel de Région, il aurait éclaté de rire. Pour ce qui est du physique, d'ailleurs, il aurait eu raison.

L'ex-colonel Hubert de la Puyssaye, la cinquantaine, grand, mince, raide, sentait son ancien militaire à plein nez. Il rejoignait sa place derrière son bureau, un meuble très sobre, lisse comme la main, sans un dossier ni même une feuille oubliés. À sa manière de marcher en gardant le torse immobile, de tourner la tête tout d'une pièce, comme à la parade, on sentait l'habitude de la discipline et du défilé en rang. Il n'avait pourtant guère défilé : il venait de la gendarmerie, en passant par Saint-Cyr, et il avait été en son temps le plus jeune colonel de son arme, et promis aux plus hautes destinées. Mais pour son malheur, il avait été nommé dans une île singulière, qui avait usé plus de serviteurs de l'État que l'armée de paires de souliers. Il avait refusé le conseil de son prédécesseur : fermer les yeux sur l'anarchie généralisée, dans l'attente du prochain poste, ailleurs. Il avait voulu agir, imposer l'État, par tous les moyens, y compris les plus aventureux. C'est ainsi qu'il s'était brûlé les ailes dans l'incendie d'une paillote illégale. Lâché par tous, il avait connu les prétoires, il avait dû quitter son uniforme et il s'était retrouvé auprès du président, en charge du lien avec les services de police et de gendarmerie.

Pour Idéal, qui le regardait sans aménité, qu'il soit en uniforme ou pas ne changeait rien : c'était un flic, comme il en avait connu plus que son compte par le passé. Mais le président avait organisé cette rencontre, et l'ancien officier représentait sa meilleure chance de tirer au clair la mort de Barthélémy, et d'activer les recherches sur la disparition de cette idiote de d'Aussange.

Pour l'ex-colonel, Idéal était un cas ; un cas d'école même. Comment quelqu'un qui faisait des études, qui voyait s'ouvrir une carrière universitaire, avait-il pu basculer dans la violence révolutionnaire, jusqu'à mériter cinq années de prison, c'était quelque chose qu'il n'arrivait pas à concevoir. Il est vrai que dans le milieu qui l'avait vu naître, l'ordre était la vertu première, et la carrière militaire la seule perspective noble, et cela depuis cinq générations. Alors, comprendre comment l'on pouvait participer à des hold-up pour se procurer l'argent nécessaire à une vie clandestine, plastiquer des banques ou des ministères pour « frapper l'État à la tête », il en était bien sûr incapable.

Aussi n'avait-il aucune sympathie particulière pour l'homme qui s'était installé face à lui. L'ex-révolutionnaire était tel qu'il se l'était imaginé : ramassé sur lui-même, massif, un air fermé, hostile même. Des yeux intelligents, quand même, derrière ses petites lunettes. Intelligents et attentifs. Bien. Ils avaient l'un et l'autre aussi peu d'envie de se rencontrer, mais ils avaient peut-être des choses à se dire.

— Mettons les choses au point, avait attaqué le militaire, je n'ai pas de pouvoir opérationnel, je ne suis pas partie prenante dans les enquêtes en cours, je ne peux donc que vous apporter les informations que je recueille pour le Président auprès de mes collègues, enfin de mes ex-collègues, se reprit-il.

— Le Président m'a laissé entendre que vous pouviez éventuellement aiguillonner, voire même aiguiller certaines recherches.

L'ex-colonel eut l'air un peu gêné :

— Le Président me fait beaucoup d'honneur, mais il me prête un pouvoir qui n'est pas le mien ; bien sûr, corrigea-t-il, j'ai d'excellents rapports avec l'échelon de gendarmerie de Montpellier, et je peux toujours faire une suggestion, mais…

— Et la police ? interrogea Idéal, avec quelque malice.

— Ah, la police, la police, évidemment, c'est un peu plus opaque pour moi, mais enfin, ça ne se passe pas trop mal.

Sans aucun mérite, Idéal traduisit que les rapports police gendarmerie étaient toujours aussi tendus : rien de nouveau sous le soleil !

— Et en ce qui concerne les incidents à Montpellier ?

L'ancien officier ouvrit un tiroir de son bureau, et en sortit un papier.

— Là j'ai fait un recensement, à la demande du président ; c'est un sujet qui le préoccupe beaucoup, car il y a des tensions, et on peut avoir des incidents graves à tout moment.

— Les quartiers ?

— Les quartiers, mais aussi la communauté homosexuelle ; à ce jour, c'est même là qu'il y a le plus d'inquiétude : deux bars réputés homosexuels ont été plastiqués la semaine dernière, et il aurait pu y avoir des blessés.

— Il n'y a pas de protection en place ?

Le colonel écarta les bras en signe d'impuissance :

— Vous savez que Montpellier possède la deuxième communauté homosexuelle après Paris, les journalistes parlent même de San Francisco française... Le nombre de bars, de restaurants, de boîtes diverses, ouvertement gay est trop important pour des surveillances fixes ; la police fait des tournées, mais... Vous savez, ajouta l'ex-colonel d'un air grave, c'est une communauté très sensible, qui communique beaucoup, où les nouvelles et les rumeurs se propagent très vite, et qui a facilement tendance à se sentir persécutée...

— Pas toujours à tort, la preuve !

— Certes, mais ce que je veux dire c'est que l'inquiétude y est déjà très importante ; si par malheur il y avait un blessé, ce serait l'hystérie complète.

— Finalement, vous avez l'air moins inquiet pour les quartiers ; c'est pourtant là qu'on risque les incidents les plus graves, non ?

— En ce qui concerne les provocations enregistrées, il s'agit essentiellement de tracts anonymes, de slogans peints en des lieux sensibles, de nuit. Indiscutablement tout cela relève de l'incitation à la haine raciale, et plusieurs plaintes ont été déposées, mais il n'y a pas eu à ce jour d'attaque physique. L'analyse de la DCRI…

— De quoi ?

— Le renseignement de la police, les anciens Renseignements généraux, si vous voulez.

— Excusez-moi, c'est le problème quand on ne se recycle pas…

Le conseiller, pour la première fois, eut un mince sourire ; il rangea dans le tiroir d'où il l'avait sortie la feuille qui avait un moment occupé son bureau. D'un coup d'œil, il sembla vérifier que la surface en était redevenue aussi lisse, brillante, qu'à l'origine, avant de reprendre :

— Donc les Renseignements Intérieurs pensent qu'il s'agit d'une tactique : ne pas commettre de violence, mais faire monter la pression, jusqu'à ce que des islamistes embrayent et se mettent à devenir eux-mêmes agressifs ; à ce moment-là, le groupe sortirait de l'ombre pour engranger des adhérents, voire répliquer violemment s'il en a les moyens.

— Et là, pas de soupçons ? Même sur Danoire ? Il s'est pourtant montré, à la fête des Matelles, à la télé, dans l'interview de d'Aussange, justement…

— L'analyse de la DCRI est qu'ils sont inoffensifs, plutôt folkloriques que violents.

L'ancien officier ne semblait pas très affirmatif ; il était visible que lui-même n'était qu'à moitié convaincu par cette interprétation.

— Écoutez, là, je ne peux rien faire, s'excusa-t-il, en voyant les sourcils d'Idéal se froncer, il semble que la police n'ait aucune piste, et qu'ils attendent simplement qu'une de leurs patrouilles pince un groupe en flagrant délit, pour remonter la filière. Sans élément probant, ils ne suivront pas mes propositions. Maintenant, pour en venir aux deux affaires qui vous préoccupent, sachez d'abord que la justice n'est pas officiellement saisie à ce jour : pour le moment, nous avons un berger qui a eu un accident, ou qui s'est suicidé, et une journaliste qui a disparu depuis une semaine. Il n'y a aucun lien apparent entre les deux.

— Sauf, encore une fois, la secte de Danoire.

— Faudrait-il le prouver.

— On ne le prouvera que si on cherche à le prouver ! D'après les médias, aucun juge d'instruction n'a été encore désigné ! s'insurgea Idéal.

— Aucune raison dans le cas d'un suicide, répondit placidement l'ex-colonel.

— Et pour d'Aussange ?

— Les médias s'énervent parce qu'il s'agit d'une journaliste, mais tout cela est prématuré pour une disparition d'adulte : elle peut ressurgir tout à coup, Dieu sait où ! Ceci étant, les deux enquêtes ne sont pas closes ; par principe, la gendarmerie étudie les communications du portable de votre ami, et pour la journaliste, le procureur de la République va tôt ou tard donner des consignes à la police…

— C'est la police qui enquête sur sa disparition ?

Le conseiller, pour la première fois, eut une hésitation avant de répondre.

— Pour le moment, car c'est son rédacteur en chef qui a déposé une main courante pour disparition inquiétante, au commissariat de Montpellier.

— Donc ce n'est pas demain la veille qu'on va faire le rapprochement avec la secte, et à plus forte raison venir les inquiéter, parce qu'eux, ils sont en zone gendarmerie.

L'ancien officier jaugeait son interlocuteur depuis un moment, et il se rendait compte qu'il n'avait pas en face de lui l'excité qu'il s'attendait à rencontrer. Peu à peu, un doute le gagnait : lui aussi, au début, avait prêté peu d'attention à la disparition d'Iris d'Aussange ; il avait trop rencontré de cas où, après avoir mobilisé des brigades entières, on retrouvait tranquillement installé chez sa maîtresse en titre un mari signalé disparu par sa femme éplorée, ou bien des seniors partis un mois au Maroc sans rien dire à personne, et qui avaient affolé tout un village. Mais là, il y avait un doute, un doute sérieux. Pour le berger, il était plus réservé : quel rapport entre lui et la secte ? Qui avait un intérêt à sa disparition ?

Seulement il avait un élément, un élément ténu, mais un élément quand même, et il hésitait à le communiquer ; il se décida finalement.

— Pour votre ami… Mais je vous demanderai la plus grande discrétion… l'enquête doit avancer sans interférences de la presse.

— C'est la première fois qu'un policier me demande de ne pas parler, ricana Idéal, jusqu'à présent, c'était plutôt le contraire : on me trouvait trop discret.

L'ex-officier haussa les épaules.

— Vous nous prenez pour des incapables, mais les gendarmes ont fait leur travail, travail classique, à partir du téléphone. Le portable de votre ami a littéralement explosé lors de sa chute ; à partir de là, on a pu évaluer l'heure de la mort : c'est l'heure où le téléphone a cessé d'émettre, vers quinze heures, ce jour-là. Son opérateur a également communiqué les destinataires de ses derniers appels, qui ont été interrogés. Nous savons donc, maintenant, qu'un petit quart d'heure avant sa mort, il prenait des dispositions pour la transhumance. Il semblait très heureux, il organisait l'hébergement d'Agathe Maffre ; un suicide un quart d'heure après semble absurde. D'autre part il faisait beau ce jour-là, le sol était sec, l'accident paraît peu vraisemblable… Bref, les gendarmes réévaluent l'analyse de cette affaire, et c'est la Section de recherches de Montpellier qui la prend désormais en charge. Mais pour le moment ils n'ont aucun élément objectif pour aller chercher du côté du groupe de Danoire…

L'ex-colonel laissa sa phrase en suspens, comme s'il était songeur, comme si, à tout prendre, cette piste n'était pas aussi absurde qu'il y paraissait.

Idéal, lui aussi, changeait de point de vue : cet homme n'était pas le fana-mili obtus qu'il s'était imaginé. Il appréciait aussi de constater que la gendarmerie faisait son travail, contrairement à ses craintes ; aussi ne laissa-t-il pas passer l'occasion :

— Reste le cas d'Aussange ; là il y a des suspicions, puisque nous savons qu'elle voulait infiltrer la secte.

— Oui, reste d'Aussange… les doigts du conseiller à la sécurité pianotèrent quelques instants sur la surface impeccable de son bureau, avant qu'il ne poursuive brusquement. Voilà ce que je propose : je vais contacter – bien sûr officieusement – le procureur de la République, lui faire part de l'ensemble des éléments, et suggérer le dessaisissement de la police, pour que la gendarmerie puisse enquêter en liant les deux affaires, et en ciblant votre secte ; mais je ne peux rien vous promettre, les policiers vont hurler, et de toute façon, cela prendra du temps.

— Tout juste ce dont nous manquons, conclut Idéal.

Maître combien d'ordres d'anges sont en Paradis ? Mon enfant, il y en a neuf. Le premier est appelé l'ordre des séraphins, qui est le plus haut. Le second des chérubins. Le tiers des thrones. Le quart des puissances. Le cinquième des princes. Le sixième des seigneuries. Le septième des vertus. Le huitième des archanges. Et le neuvième des anges qui est le plus bas. Et tous les saints et les saintes de paradis sont par-dessus ces neuf ordres comme des seigneurs par-dessus leurs serviteurs.

LUCIDAIRE duquel le Disciple demande au Maître choses obscures et merveilleuses touchant les faits de Dieu, et il luy en donne bonne réponse et utile.

Confusion

Idéal, pour la énième fois, relisait le courriel qu'il avait trouvé au retour de sa rencontre avec le conseiller à la sécurité. Le texte en était simple, pourtant, mais c'était tout le reste qui était compliqué, qui changeait tout ce qu'il savait autour du texte de l'ermite.

Ce message, en effet, lui avait été adressé, comme à tous les membres de l'association, plus d'un mois auparavant, quelques jours avant la fête des Matelles. À ce moment-là, sa messagerie était envahie par les mails que les membres de l'association, dans la fièvre des derniers préparatifs, s'échangeaient à jet continu (les gueux y joignant en plus des histoires salaces ou des messages fantaisistes, toujours agrémentés d'avertissements péremptoires de type « affaire urgente » ou « confidentiel défense »). Comme il ne se sentait pas impliqué dans les guignolades de la journée, il avait effacé ce texte, comme bien d'autres, sans même y jeter un œil, à la simple vue de la liste de diffusion.

C'est à la fin de l'assemblée générale de l'association que ce message avait été évoqué par Élie Mazel, l'un des amis de Barthélémy. Ce descendant de huguenots cévenols, auxquels il était redevable de son prénom biblique, jouait un peu le rôle de leader parmi les gueux, car il était le seul capable de conserver, de temps en temps, son sérieux. Comme d'autres, il était venu féliciter Idéal de son intervention pour contrer l'OPA. Idéal, comme à tous ses interlocuteurs, lui avait demandé ce qu'il savait de Maraval, l'assistant de faculté. Jusque-là, il avait toujours obtenu les mêmes réponses : « On le voit depuis trois mois à peine, il parle peu, il écoute et il prend des notes ; oui, on l'a vu parfois discuter avec Barthélémy ; oui, Barthélémy nous a parlé de la grotte de l'ermite, mais sans vouloir nous dire où elle se trouve. » Élie avait rapporté les mêmes informations concernant l'assistant, mais il avait ajouté un élément qui avait intrigué Idéal : « Il a l'air doué dans sa partie : il fait des traductions latines pour des correspondants dans la région, voire au-delà. Comment je le sais ? Mais parce qu'une fois il s'est trompé et il a envoyé une traduction à tout le monde ; il s'est excusé ensuite en nous expliquant le pourquoi ; mais oui, bien sûr, toi aussi tu l'as reçu ce message ; d'accord, je te le retournerai, si tu ne l'as plus. »

Effectivement, Élie Mazel avait tenu parole, et

donc, ce message, Idéal l'avait à nouveau sous les yeux, un bon mois après l'avoir effacé de sa messagerie, et tout devenait plus incompréhensible encore :

« Cher ami

J'ai enfin terminé la traduction demandée ; voici le dernier chapitre. Qu'en penses-tu ?

Tu t'inquiètes, dans ton dernier message, de la présence de mots occitans dans le texte ; c'est au contraire parfaitement normal à cette époque, vu l'origine de l'ermite. »

Sous ce message, une pièce jointe aux chapitres étrangement disposés : le texte traduit en français se trouvait au début, en dessous suivait le texte latin de référence. Idéal vérifia sur ses propres fichiers : il s'agissait bien de la fin du message de l'ermite, tel qu'il figurait dans les marges du *Lucidaire* .

Cette présentation inhabituelle n'était pas la moindre des questions qui assaillaient Idéal, mais il mit de côté ses interrogations pour prendre connaissance sans tarder de la traduction :

Depuis tout ce temps de prière, j'ai bien compris pourquoi j'avais été choisi : j'étais un tout jeune chevalier, je voulais prouver ma fidélité au comte, je ne connaissais rien à la fourberie des hommes, et un légat du pape n'est qu'un homme, hélas. Et si le Diable a su tenter Adam avec une simple pomme, combien il lui était facile de pervertir Arnaud Amaury avec la promesse d'un duché ! C'est le pacte qu'ils ont passé, où le légat a perdu son âme, et depuis on l'a vu partout porter en personne le feu et le sang, à Béziers, à Minerve, et en tant d'autres lieux.

Obéissait-il au pape Innocent, outrepassait-il ses commandements ? Je ne saurais le dire, mais je sais bien qu'il n'a eu de cesse que mon seigneur Raymond ne soit dépouillé de tous ses biens, et tout le pays livré aux croisés et à l'Église. Ainsi a-t-il pu devenir évêque de Narbonne, et en sus duc de la ville et de ses environs. Qu'importait à l'ambition que le Malin avait mise dans son cœur, s'il ceignait cette couronne sur un tas d'ossements et d'iniquités.

Et que lui importait, bien sûr, qu'un jeune étourneau, pris dans ses filets, passe le reste de ses jours à se mortifier et à se repentir de son crime, le premier crime de ces crimes sans nombre !

Mon seigneur m'avait envoyé depuis Saint Gilles pour demander aux légats de revenir vers lui, après la grande querelle qu'ils avaient eue, et dont je fus témoin ; mais quand, près d'Arles, avant le passage du Rhône, je rencontrai Arnaud Amaury, il me convainquit que jamais Pierre de Castelnau ne se laisserait fléchir, que sa détestation de mon maître ne cesserait qu'avec sa mort ; et lui, le fourbe, m'assura que si tel malheur arrivait, lui, Arnaud Amaury, serait maître de tout raccommoder.

Je le crus, et je fis ce qu'il m'avait insinué, croyant servir mon maître, et c'est ainsi que j'attirai la foudre sur le comte Raymond, et sur mes parents, et sur ma ville de Béziers, et sur tout le pays d'oc.

J'atteste devant Dieu tout-puissant que cette confession est sincère et entière, et je le prie qu'il l'accepte et la conserve, pour qu'elle serve à l'édification de tous, et au déshonneur de celui qui est cause de tout.

Lui et moi allons bientôt nous retrouver devant l'ange révolté, le Diable en personne ; il a pris possession de nos âmes il y a déjà plus de quarante ans, il possédera nos corps bientôt. Je suis prêt à souffrir la géhenne éternelle, je l'ai méritée ; mais j'espère que, au sein même de mes souffrances, il me sera donné de voir les serviteurs de Lucifer s'acharner sur le duc évêque de Narbonne, Arnaud Amaury, et ses cris de douleur seront un baume sur mes brûlures.

Le texte en lui-même était stupéfiant, mais ce n'était pas ce qui perturbait Ferrer : l'ermite confirmait ses écrits précédents, le seul élément nouveau étant qu'il nommait le légat qui l'avait amené au meurtre de Pierre de Castelnau. Même le nom d'Arnaud Amaury n'était pas une surprise : Idéal s'était documenté sur la croisade des Albigeois, et l'envoyé du pape, boutefeu acharné dans la guerre qui allait ravager la région, semblait désigné en filigrane dans les textes précédents de l'ermite.

Mais, plus que le contenu de cette traduction, ce qui troublait profondément Idéal, c'était son origine, et son auteur. Ainsi, contrairement à ce qu'avait dit Barthélémy, son interprète était Maraval, et non Danoire. Que venait faire ce petit arriviste de Maraval dans cette galère ?

Idéal regardait sans le voir son ordinateur. Il resta sans réaction si longtemps que son économiseur d'écran se déclencha, envoyant rebondir des boules de couleur sur les bords de la surface ; il avait l'impression que, dans sa tête, ses pensées se heurtaient pareillement à son crâne, rebondissant indéfiniment à travers un cerveau devenu vide, incapable d'ordonner ses idées, de leur donner un sens.

Tout était confus maintenant, tout devenait toujours plus étrange ; et d'abord : pourquoi Barthélémy lui avait-il menti ? Quelles étaient ses relations avec l'assistant ? Qu'il lui ait demandé de traduire le texte de l'ermite, cela pouvait se comprendre, puisqu'il le connaissait au sein du groupe des Matelles, c'était même tout naturel, mais alors, pourquoi ne pas le dire, pourquoi prétendre que c'était ce crétin de Danoire qu'il avait sollicité ? Pourquoi aller agiter ce chiffon rouge, pourquoi cette provocation ?

D'autre part Idéal ne pouvait imaginer que les pseudo-templiers soient étrangers à toute cette affaire. Quel que soit le rôle de Maraval, il restait convaincu que c'était bien Danoire qui avait le manuscrit en main : il n'avait pas été dupe de ses dénégations le jour de l'enterrement.

Une fois encore, il posa ses regards sur l'écran de son ordinateur, et une espèce de nausée le submergea : dire qu'il avait eu ce courriel dans sa messagerie il y avait des semaines ! S'il l'avait lu, il aurait mis au jour les mensonges du berger, ils se seraient expliqués, toute l'histoire aurait pu être différente. Si, comme son instinct le lui dictait, il y avait un lien entre ce texte et la mort de Barthélémy, peut-être la simple lecture de ce message aurait-elle suffi à éviter le pire.

Le soir même, dans le bistrot, après l'heure de la fermeture, se tenait un véritable conseil de guerre : Idéal avait mis tous les éléments sur la table, chacun donnait son avis et essayait de faire le point :

— Barthélémy ne peut pas t'avoir menti volontairement ; il n'aurait pas inventé l'histoire de Danoire ; moi je crois qu'il était sincère, avançait Lucien Callelongue, debout près du comptoir, un verre de pastis à la main.

— Oui, mais alors, et le message de Maraval ?

— Et si Danoire était incapable de traduire le texte, il avait bien dit que cela devenait de plus en plus difficile, non ? Il l'aurait sous-traité à ce prof, là ? soutenait Maurice Salvat.

— Et il y a une autre question : le message a été envoyé par erreur, soit, mais qui était son véritable destinataire ? s'interrogeait Idéal, ça ne pouvait pas être Barthélémy, il était le seul de l'assos à ne pas avoir de messagerie.

— Mais c'était Danoire, forcément ! s'étaient écrié en chœur ses deux interlocuteurs.

Dans le feu de la discussion, chacun avançait ses arguments ou ses questions dans le désordre :

— Mais d'où connaissait-il l'assistant ?

— Tu nous en demandes trop !

— Il ne te reste plus qu'une solution : le mieux c'est de le lui demander !

— Oui, mais attention, ce type est louche : pourquoi suivait-il Agathe ?

— Pour découvrir la grotte, bien sûr : et comme Agathe ne s'est pas aperçue qu'elle était suivie, elle l'y a conduit tout droit.

— Et s'il connaissait la grotte, il a pu tuer Barthélémy.

Aux yeux de certains, en effet, il apparaissait comme le suspect numéro un, mais les questions fusaient à nouveau quant aux mobiles :

— C'était Agathe qui l'intéressait, il était jaloux de Barthélémy, hasardait Marcel.

— Tu rêves, il pèse cent kilos pour un mètre soixante ! s'écriait Lucien, en exagérant quelque peu. Non, il était envoyé par Maffre pour surveiller sa femme, il la suivait, Barthélémy l'a surpris, ils se sont battus…

— Et Agathe l'aurait couvert ? Impossible, elle aimait trop Barthélémy. Non, je me demande s'il ne faut pas chercher un mobile professionnel : il voulait peut-être passer pour le découvreur du manuscrit, pour se faire mousser, et pour sa carrière universitaire.

— Bref, on retombe sur notre point de départ : le mieux est de l'interroger, conclut Idéal.

Marcel Lhostecalde n'avait pas dit un mot jusque-là. Quand, dans un geste habituel, il remonta son short, chacun comprit qu'il allait parler, et son visage annonçait assez sa réprobation, mais Salvat le devança.

— De quel droit ? Mettons la police dans le coup, et arrêtons les bêtises : je vous rappelle qu'on a cambriolé la secte de Danoire, en profitant de son absence, et qu'aux dernières nouvelles, il n'a peut-être rien à voir avec cette histoire. Ne comptez plus sur moi pour refaire un truc illégal.

— La police ne bougera pas, trancha Idéal : nous n'avons aucune preuve ; rien qu'un courriel envoyé par erreur : ils vont nous rire au nez. Mais je suis d'accord avec Maurice, nous ne pouvons plus nous lancer au hasard ; il nous faut attendre et voir venir.

Attendre et voir venir, avait-il dit à ses amis, mais il n'en pensait pas un mot. Il avait simplement senti qu'ils n'étaient pas prêts à se lancer dans une nouvelle aventure, et il avait décidé d'agir seul. D'ailleurs cela correspondait à son caractère, et à sa formation. Une formation un peu spéciale, qui ne devait rien à l'université, ou alors de manière très indirecte : c'était bien durant ses années universitaires qu'il avait fréquenté les groupes où il avait appris – et enseigné – les règles du cloisonnement. Le principe en est on ne peut plus simple : moins on en sait, moins on en dit. S'il avait dérogé à ses principes en impliquant Lucien et Maurice dans l'effraction du mas de Danoire, c'est qu'il avait besoin des compétences du serrurier, et qu'il espérait dessiller les yeux des habitués du bar sur les activités des pseudo-templiers. Sur ce plan, d'ailleurs, il avait fait chou blanc : ses amis, n'ayant rien vu, n'étaient guère convaincus. Lui, en revanche, s'était fortifié dans sa conviction : il y avait bien eu une imprimerie dans le vieux mas ; c'était bien le groupe de Danoire qui tentait de dresser entre elles les communautés. Et même si les apparences semblaient lui donner tort, il ne pouvait pas croire que Barthélémy lui avait menti du tout au tout : c'était bien Danoire qui avait en main le *Lucidaire* et la confession de l'ermite, c'était bien lui, il le sentait, qui était d'une manière ou d'une autre responsable de la mort du berger.

Et s'il attendait maintenant, dans l'escalier surchauffé, assis sur les dernières marches, c'est qu'il avait décidé d'aller jusqu'au bout de cette histoire, coûte que coûte.

D'abord parce qu'il devait tirer au clair, puis venger, la mort de son ami. Mais aussi pour une autre raison, qu'il aurait difficilement avouée : c'est l'ermite lui-même, lui semblait-il, qui réclamait justice, le jeune homme entraîné par fourberie dans une histoire qui le dépasse, dans un crime aux conséquences imprévisibles ; ce jeune homme qui lui en rappelait tellement un autre, celui qu'il était à vingt ans, entier, impulsif, avide sans doute de se donner un but, manipulable par d'autres, qui se mettaient prudemment à l'abri en cas de problème. Lui aussi avait écouté des beaux parleurs, des gens qui développaient de belles idées, mais qui pensaient déjà, peut-être, aux carrières qu'ils allaient faire, plus tard.

Le paradoxe, c'est que ce retour sur son passé ressuscitait en lui les mêmes sentiments, la même impatience, la même violence peut-être, la même volonté d'agir sans souci de la légalité ou des suites éventuelles.

Et ce souvenir le ramenait à l'ennemi qu'il s'était choisi, et dont il commençait à avoir une vision assez précise, ce Danoire qui charmait hommes et femmes par ses paroles, mais qui n'hésitait pas à abuser de pauvres filles déboussolées, quitte à éviter la justice grâce à la lâcheté de l'évêque.

Après sa chute, l'homme avait changé, bien sûr, mais en mal. Il s'était endurci, il avait surmonté son échec en le théorisant, en se voyant victime d'ennemis contre lesquels il partait en croisade, et dans cette croisade, il était prêt à tout. Jusqu'à quel point ? Que venait faire la mort de Barthélémy dans ce puzzle ? C'était ce qui n'était pas clair encore, ce qu'il se donnait pour mission d'établir. Mais une chose était de plus en plus certaine à ses yeux, c'était que cet illuminé était au centre de tout.

Seulement Danoire, c'était un gros morceau, et pour l'impliquer, il fallait d'abord comprendre l'ensemble de l'histoire, et donc, le rôle de Maraval. Et c'est pour cela qu'il attendait, dans cet escalier surchauffé, assis sur les dernières marches, quelque peu assoupi. C'était la nuit, il faisait frais maintenant dehors, mais la verrière qui surplombait la cage d'escalier semblait avoir concentré toute la chaleur de la journée, et la conservait précieusement, au grand déplaisir d'Idéal ; il avait posé le pistolet sur la dernière marche, à côté de lui. C'était un engin qui faisait bien ses deux kilos, une arme qui était en service dans la gendarmerie il y avait trente ans, dont la taille et le poids lui semblaient adaptés à une explication un peu vive.

Il était près de minuit quand Jean-Claude Maraval arriva ; il montait les deux étages de l'immeuble, lourdement, tête baissée, en soufflant. Il ne s'arrêta qu'à trois marches du palier, ayant enfin vu l'homme qui l'attendait, à demi dissimulé par le renfoncement de la porte.

Idéal lui fit, du bout de son arme, un signe sans équivoque :

— Monte, et entre.

L'homme fixait le trou du canon, hypnotisé, les bajoues tremblantes.

— N'aie pas peur, je veux seulement discuter.

La protestation que l'assistant de faculté préparait dans sa tête n'arrivait pas à franchir ses lèvres ; finalement il leva les bras, l'air effaré.

Son ancien collègue, craignant une sottise dictée

par la peur, cherchait à le tranquilliser.

— Arrête ton cirque, ce n'est pas un hold-up, je ne vais pas te faire les poches.

Un peu rassuré, Maraval baissa les mains, prit ses clés et ouvrit sa porte.

— Bon voilà, tu me connais, et tu as compris que je ne viens pas pour le plaisir, lui dit Idéal en entrant derrière lui. C'est un bon début. Donc tu vas me raconter ce que je veux savoir, d'accord ?

— Mais que veux-tu que je te dise ?

— D'abord comment tu connais Danoire.

— Danoire ? Jamais entendu ce nom, prétendit l'assistant avec une mimique d'étonnement et de sincérité parfaitement imitée.

La gifle que lui asséna Idéal le prit par surprise : il perdit l'équilibre, et s'écroula sur son derrière, l'air totalement affolé.

— Écoute-moi bien, je ne te le répéterai pas deux fois. Barthélémy est mort, tu es au courant, hein ?

L'homme sembla se ratatiner autant que sa masse le lui permettait.

— Oui, je suis désolé, mais ça n'a rien à voir…

— Barthélémy est mort, et c'était mon copain ; tous ceux qui ont trempé dans sa mort auront des comptes à me rendre, alors ne cherche pas à couvrir tes commanditaires, d'accord ?

Toujours assis par terre, sa veste tachée par le sang qui coulait de son nez, le type regardait Idéal, terrorisé, comme s'il avait un fou en face de lui. Il secoua affirmativement la tête, toute son attitude exprimant par ailleurs la soumission.

— Maintenant je reprends depuis le début, et tu réponds sans discuter : d'abord, comment as-tu trouvé la grotte ? Je sais que Barthélémy en a parlé au groupe des Matelles, mais il ne voulait pas dire où elle se situait ; alors, je répète, comment l'as-tu trouvée ?

— Je l'ai un peu cherchée, mais le terrain était difficile…

— Et tu as quelques kilos de trop, en plus !

Il haussa les épaules, et poursuivit, comme se résignant à sa situation :

— Et finalement je suis tombé dessus par hasard !

Idéal regardait l'homme allongé à ses pieds, et luttait contre la colère qu'il sentait monter en lui. Le gars semblait terrorisé, et pourtant il mentait effrontément ! Idéal se retint pourtant de lui envoyer une deuxième gifle, et préféra montrer qu'il connaissait la vérité :

— Tu n'aurais pas plutôt suivi Agathe, quand elle rencontrait Barthélémy ?

L'autre en convint sans se faire prier, trop heureux de s'en tirer à si bon compte, et ses petits yeux rusés trahirent sa satisfaction, mais Idéal n'avait pas terminé son interrogatoire :

— D'accord, tu as trouvé la grotte ; et tu la cherchais dans quel but ?

— Par curiosité, affirma l'assistant, avec un regard en dessous qu'Idéal fit semblant de ne pas remarquer.

— Admettons. Maintenant, l'essentiel : à qui adressais-tu le texte de ta traduction de l'ermite ?

Maraval resta interdit quelques secondes ; visiblement il cherchait une réponse qui ne venait pas.

— Ne fais pas le malin, je sais que c'est Danoire qui détenait le manuscrit. C'est lui qui t'a demandé de le traduire ?

— Oui, c'est lui, convint-il, après quelques secondes supplémentaires de silence. Son saignement de nez s'était arrêté, mais il était pitoyable avec sa chemise et sa veste tachées, et Idéal dut se rappeler le cadavre de Barthélémy pour continuer à lui extorquer ses informations.

— Et Danoire, tu le connaissais comment ?

L'assistant sembla se troubler.

— Je ne sais plus, une connaissance peut-être, quelqu'un à la fac…

— Qu'est-ce qu'il aurait fichu à la fac, ce crétin arriéré ?

— Je ne sais pas, quelle importance après tout ?

Le type reprenait du poil de la bête, il était temps, se dit Idéal, de le calmer un peu :

— Et donc la grotte, tu la cherchais pourquoi ?

Maraval essaya de cacher son trouble en feignant l'indignation :

— Mais je te l'ai déjà dit : par curiosité.

— Mon œil ; tu ne cherchais pas plutôt à t'attribuer la découverte du manuscrit ?

Cette fois, l'air ahuri qui se peignit sur le visage de l'universitaire n'était pas feint. Idéal tenta une autre piste :

— Ça n'était pas plutôt Maffre qui te demandait de surveiller sa femme ?

Le silence qui suivit conforta Idéal dans son idée :

— Avoue, hein, Maffre et toi, vous êtes du même bord. Il t'a donné une mission de confiance, soit qu'il veuille reconquérir sa femme, soit qu'il veuille s'en séparer.

— C'est vrai, convint l'assistant, abandonnant toute résistance. Il veut divorcer, c'est pour ça qu'il m'a demandé de prouver qu'elle voyait Barthélémy.

— Eh bien voilà ! Tu vois bien, quand tu veux ! triompha Idéal.

En redescendant l'escalier, Idéal n'était pas mécontent de son expédition : avec quelques questions supplémentaires, il avait pu recoller les morceaux du puzzle. L'ensemble le rassurait au fond ; Barthélémy ne lui avait pas menti, c'était bien Danoire qui était au centre de tout et l'assistant, qui était venu brouiller les cartes un moment, n'avait tenu qu'un rôle marginal dans cette affaire. D'ailleurs, ce type n'avait aucun cran, il venait de le montrer ; l'imaginer en train d'agresser Barthélémy, et après être monté jusqu'à la grotte, encore, c'était risible.

Il regrettait un peu d'avoir dû brutaliser le pauvre gars, mais ça n'était pas plus mal : le bonhomme avait eu la frousse de sa vie, il n'allait pas prendre le risque de parler de sa visite à qui que ce soit, et cela lui laissait le temps dont il avait besoin.

Idéal se trompait, il se trompait sur tout, sauf sur un point : Maraval avait effectivement eu la peur de sa vie.

Ferrer n'était pas arrivé en bas de l'escalier que l'assistant se relevait péniblement, puis, après avoir essuyé son sang, et malgré l'heure tardive, appelait sur son portable l'un de ses contacts.

— C'est fini, je laisse tomber, je sors de l'association, et de tout le reste, je n'ai pas envie d'y laisser ma peau.

— Mais enfin, protestait son interlocuteur, on arrive à la fin de cette histoire, je te demande juste un peu de cran, quelques jours à tenir encore. Il nous faut d'abord retrouver le manuscrit, pour que tu puisses l'authentifier officiellement et que l'association…

— Pas question ! D'abord l'association, je te rappelle qu'on vient d'en perdre le contrôle, et surtout, surtout, je ne veux plus entendre parler de ce texte, et je regrette de m'en être mêlé. Si j'ai le manuscrit en main, Ferrer va revenir, et Dieu seul sait ce dont il est capable. Je le connais, il avait déjà une réputation épouvantable à la fac, et là, je viens de comprendre pourquoi. En plus il est déchaîné par la mort de ce berger.

— Mais qu'avons-nous à voir avec ce suicide ?

— Rien, mais pour lui, tout est lié. Heureusement, il n'a encore pas tout deviné, il s'est fabriqué une histoire à propos de la découverte de la grotte, avec cet imbécile de Maffre qui serait jaloux de sa femme, je n'ai rien compris à ce qu'il me racontait, mais j'ai dit oui à tout, tu penses ! Mais le plus grave, c'est qu'il brûle à propos du manuscrit, c'est pourquoi je ne veux plus m'en mêler.

Pour la première fois, son interlocuteur manifesta son inquiétude :

— Comment ça, il brûle ?

— Il lui manque juste une conclusion à tirer, et surtout, il n'a pas vu l'essentiel, la date du message que je t'envoyais, tu sais, la traduction que j'ai expédiée à l'association…

— Sûr que tu as fait une belle boulette, ce jour-là ! Le texte de l'ermite adressé à toute l'assos ! Quinze jours avant la découverte de la grotte !

— Rassure-toi, pour le moment il croit que c'est à un certain Danoire, ou Davoire, peut-être, que j'adressais le texte de l'ermite ; tu le connais, toi ?

— Mais oui, toi aussi tu le connais, Danoire, c'est l'imbécile déguisé en templier, à la fête médiévale.

— En tout cas, ce fondu de Ferrer a compris une chose de trop : il sait que je suis dans la combine, alors, adieu, ne compte plus sur moi.

— Attends…

Mais Maraval avait déjà raccroché.

Son correspondant s'était isolé pour prendre son appel. Il entendait dans la pièce voisine les rires, les bruits de conversation, mais, tout à ses pensées, il ne rejoignit pas immédiatement ses invités. Il mit même un petit moment à ranger le téléphone dans sa poche, regardant sans le voir le vaste demi-cercle de la place de l'Europe et ses pelouses, sur laquelle donnaient les fenêtres de son appartement. Au-delà du Lez, tout proche, dominant de sa masse le plan d'eau, se dressait l'hôtel de Région, et c'est sur lui que son regard se fixa. Le bâtiment était brillamment éclairé par des projecteurs, et d'habitude il trouvait rassurante cette vue familière, mais ce soir, ses vitres noires lui semblaient recéler une menace potentielle.

L'hôtel de Région, le centre de son pouvoir, mais le lieu aussi où il devait rendre des comptes : Philippe Durfort était soucieux.

Maître, que dites-vous de ces femmes qui disent qu'elles voient en l'air de ces gibelins qu'on appelle lutins et plusieurs autres choses ? Mon enfant, les femmes sont variables et de plus légère créance que les hommes. Et pour ce fut Ève tentée premier que Adam : car l'Ennemy se pensoit bien que quand il l'aurait gagnée, elle luy aiderait à gagner Adam. Et pour ce le diable montre plutôt ces visions aux femmes que aux hommes combien que d'aucuns hommes de petite foy y croient.

LUCIDAIRE duquel le Disciple demande au Maître choses obscures et merveilleuses touchant les faits de Dieu, et il luy en donne bonne réponse et utile.

Disparitions

Dans la rédaction de Montpellier-Télé Sud de France, la disparition d'Iris d'Aussange alimentait maintenant toutes les conversations ; au début, on avait pensé à une banale indisposition, et son rédac'chef ne s'était pas trop inquiété. Le deuxième jour, les bons camarades avaient évoqué une aventure sentimentale : il était déjà arrivé à Iris, sur un coup de tête, de disparaître deux ou trois jours, pour revenir au bras d'un beau brun, dans une automobile de luxe.

Mais l'on était maintenant à une bonne quinzaine de jours, et aucune piste ne semblait se dessiner. Quand les gendarmes, à l'instigation du conseiller en sécurité du Président, se virent confier l'enquête, les recherches s'orientèrent vers le groupe de Danoire, mais sans guère de résultats.

Les gendarmes perquisitionnèrent consciencieusement le mas de la secte, où sa rédaction savait que la journaliste s'était rendue. Ils ne découvrirent rien sinon un groupe fort d'une bonne vingtaine de fidèles, dont certains leur parurent assez inquiets, mais dont ils ne purent rien tirer : personne n'avait vu Iris depuis le premier week-end de prières, elle n'était pas venue aux journées de Jeanne d'Arc à Orléans, ils n'avaient aucune nouvelle la concernant.

Hyacinthe Danoire, et frère Joachim furent plus prolixes en précisant qu'il s'agissait d'une nouvelle recrue, et qu'il n'était pas rare que des défections aient lieu dans les premiers jours : « De fait elle n'avait pas l'air très intégrée dans le groupe, elle ne dégageait pas d'énergie positive, nous ne sommes guère surpris de son départ. »

Les gendarmes n'insistèrent pas ; il n'y avait dans le mas aucun élément suspect, ils firent donc remonter au procureur de la République un rapport négatif sur toute la ligne.

Bien entendu, la chaîne Télé Sud comptait assez de contacts au palais de justice pour en être rapidement informée. Dans la rédaction, cette fois-ci, l'on s'inquiéta réellement : Iris pouvait être fantaisiste, elle n'était pas irresponsable, et n'aurait pas abandonné son travail aussi longtemps sans prévenir quiconque. Une mobilisation exceptionnelle fut décidée, et dans les trois bulletins d'informations quotidiens de la chaîne ses confrères présentèrent désormais une photo chaque jour différente de la journaliste, assortie d'un appel à témoins.

Très intentionnellement, le rédacteur en chef avait sélectionné des clichés où l'on voyait la jeune femme interviewer les « templiers » de Danoire. Sachant que sa journaliste enquêtait sur la secte, il tenait à mettre en exergue le groupe, qu'il soupçonnait fortement, mais qu'il ne pouvait mettre en cause frontalement.

Les autres moyens d'informations locaux embrayèrent rapidement, bientôt suivis par les médias nationaux, et cette surexposition dont le groupe se serait bien passé, fit ressurgir bon nombre des dossiers dans lesquels le pseudo-moine avait été impliqué. Pour autant les journalistes ne pouvaient faire à l'antenne que des allusions aux troubles que le groupe était en train de susciter, mais, selon une technique bien connue, ils laissaient filtrer sur le Net des informations qui faisaient le buzz dont ils pouvaient ensuite, en toute innocence, rendre compte.

Sur la toile, en effet, cette affaire commençait à faire beaucoup de bruit, et de nombreux internautes en relayaient tous les doutes et les hypothèses.

Beaucoup de blogs en rendaient compte, parmi lesquels se distinguait un nouveau venu, mais qui en quelques jours compta plusieurs milliers de connexions, celui d'Agathe Maffre.

Agathe ignorait pourtant presque tout de la blogosphère avant ces événements, mais parmi les gueux figuraient plusieurs habitués, qui exportaient sur les réseaux sociaux leur goût de la grosse plaisanterie, Élie Mazel insufflant de temps à autre dans leurs canulars une pincée de bon sens. L'idée du blog naquit donc tout naturellement de la discussion qui suivit la réunion de l'association, dans le café de la petite esplanade des Matelles, celui-là même où les gueux avaient fait force arrêts, au cours de la fête médiévale, une vingtaine de jours à peine auparavant.

En si peu de temps, Agathe avait retrouvé, puis perdu Barthélémy. Comme dans la chanson, son histoire d'amour s'était mal finie, et elle avait traversé une période de doute : quelle route prendre ? Donner une autre chance à Patrice ? Elle avait dépassé ce stade : même la cohabitation dans la grande maison qu'elle aimait lui était devenue insupportable. Elle avait pourtant été tentée, après la mort de Barthélémy, de se résoudre à cette solution qui lui assurait au moins un point de stabilité, un lien avec sa vie passée.

Mais le soir de la tentative de prise de contrôle de l'association, un cran avait été franchi, une limite avait été dépassée, sur laquelle elle n'avait pas voulu s'expliquer, mais qui l'avait aidée à voir clair, et elle avait depuis déménagé dans un petit appartement du centre-ville. L'arrachement avait été difficile, et, en un sens, la disparition de son amie Cathie, ou Iris d'Aussange pour les autres, l'avait aidée à sortir du marasme dans lequel elle aurait pu se complaire. À présent, c'était pour la vie de sa meilleure amie qu'elle craignait ; elle avait trouvé la force de dépasser son chagrin, ses doutes. Elle n'était plus la pelote de nerfs qu'Idéal avait rencontrée à Montpellier, elle avait recouvré toute son énergie, et cherchait, avec ses amis les gueux le moyen d'être utile aux recherches entreprises pour retrouver la journaliste.

— Ma décision est prise, j'ai quitté Patrice, il

n'est qu'un jouet entre les mains de ces gens-là ; ils lui font faire n'importe quoi, comme quand ils l'ont envoyé dans ce coup fourré, à l'assos.

— Tu veux dire qu'il ne voulait pas vraiment devenir président ?

— Bien sûr que non, il a bien assez de présidences de ceci ou de cela, il ne peut pas y faire face, ils veulent juste l'assos pour s'en servir, pour ce qu'ils appellent de la politique !

— Par exemple ?

— Par exemple… Non, Patrice est un faible, mais je ne veux pas le trahir, c'est sur lui que tout ça risque de retomber, mais je veux faire quelque chose, je dois aider Iris, s'il est encore temps, et puis peut-être dire des choses sur ce que j'ai vu. Faire de la politique même, mais autrement.

Et c'est ainsi qu'était née l'idée du blog, un drôle de blog, dans lequel elle s'était jetée à corps perdu, y passant la majeure partie de son temps, avec la complicité des gueux qui l'aidaient à répondre aux courriels des lecteurs. C'est que d'emblée, les échanges avaient été nombreux, bien plus nombreux que ce qu'Agathe escomptait.

Elle avait décidé de se livrer, et de livrer sa vérité, sans volonté d'étalage, mais sans fausse pudeur, et elle avait donné les tenants et les aboutissants de la fameuse fête et de son trop célèbre mariage avec le roi des gueux.

Sur la blogosphère, l'effet avait été immédiat, et le

buzz avait d'emblée dépassé la région. Si beaucoup d'internautes s'étaient connectés mus par une curiosité un peu malsaine, la sincérité d'Agathe, son histoire d'amour avec Barthélémy, la mort du berger, avaient provoqué un véritable mouvement de sympathie.

L'histoire qui avait fait rire toute la ville prenait une autre dimension, et ses suites tragiques émouvaient.

Il y avait bien, parmi les messages, le lot habituel de trolls divers, courageux anonymes qui livraient leurs commentaires salaces ou faisaient des propositions équivoques, mais la masse des mails exprimaient le soutien, et les abonnés à son fil croissaient sans cesse.

Agathe n'avait rien caché des dessous politiques du rôle qu'on lui avait fait jouer, et cet aspect particulier provoquait bon nombre de réflexions, de propositions, de suggestions, qui ouvraient à Agathe et à ses amis des pistes de réflexion : il y avait bien, leur semblait-il, un désir de voir la politique s'exprimer autrement. La politique spectacle avait-elle vécu ? Internet offrait-il l'outil qui permettait de dépasser cette forme de représentation asphyxiante ? C'étaient les débats qui agitaient le groupe, avec une option qui en découlait : transformer le blog, expression personnelle, en un véritable site, porteur d'objectifs, et fédérateur d'un possible mouvement d'idées.

Mais la jeune femme n'oubliait pas son but premier : provoquer le maximum d'intérêt pour les recherches concernant Iris.

Sur ce plan-là, en revanche, son blog n'avait

guère apporté d'éléments nouveaux : témoignages sincères, mais erronés, mythomanes avérés, radiesthésistes en mal de notoriété, l'écume habituelle de toute disparition médiatisée était en passe d'étouffer le blog d'indices invérifiables ou carrément faux.

L'agitation autour de la disparition de la journaliste eut cependant des effets : mis sous surveillance par les autorités, les médias, et par la communauté invisible et partout présente des internautes, les Nouveaux Templiers étaient privés de toute liberté de manœuvre. Ils ne pouvaient plus faire un pas à l'extérieur sans être poursuivis par des photographes ou des cameramen, et surveillés plus ou moins discrètement par la gendarmerie. Leur moindre apparition publique était filmée par des abonnés du blog d'Agathe, et se retrouvait aussitôt sur le Net.

Par mesure de précaution, Danoire décida finalement de disperser son groupe en attendant que toute cette agitation se calme : ne conservant auprès de lui que frère Joachim, il renvoya chacun dans ses foyers, en espérant pouvoir remobiliser bientôt sa petite troupe.

Il ne s'était pas écoulé une semaine après cette dissolution, quand Idéal reçut un appel d'Alain Painvil : son contact à l'évêché, le petit curé, avait du nouveau.

Cette fois, l'heure n'était plus à l'incognito, et c'est dans le bureau du secrétaire de l'évêque qu'ils furent reçus. L'heure n'était plus non plus à l'onction ecclésiastique : à peine furent-ils assis dans la pièce modeste, tapissée de reproductions d'architecture romane, que l'homme attaqua :

— Ce que j'ai à vous dire est très grave, et vous agirez selon votre conscience à partir de là, mais je me dois de vous en informer. Je vous demande, en revanche, quoi qu'il advienne, de ne jamais trahir ma confiance : ce secret n'est pas le mien, mais celui d'un prêtre qui l'a révélé à Monseigneur, car il était trop lourd pour lui.

Alain, touché par la solennité des paroles de son ancien élève, et par le trouble qui se lisait sur sa physionomie, le rassura, après quoi le secrétaire continua :

— Il s'agit bien sûr du fameux groupe de ce malheureux Danoire. Il est clair qu'il a maintenant complètement basculé dans la démence, et qu'il entraîne ses adeptes dans une spirale terrible. Vous aviez raison, affirma-t-il en se tournant vers Idéal, il est capable de tout. J'avais des doutes quand vous avez avancé votre hypothèse de meurtre, lors de notre première rencontre, mais maintenant, tout me paraît possible. Non, je ne sais rien de précis pour votre berger, enchaîna-t-il en devançant la question qu'Idéal allait lui poser, mais j'ai hélas des nouvelles terribles concernant la journaliste Iris d'Aussange.

Les deux hommes écoutaient, nullement surpris par l'information : dès l'annonce de la disparition de la journaliste, ils avaient été pessimistes ; ils s'étonnaient plutôt de voir l'ecclésiastique aussi affirmatif, alors que les enquêteurs en étaient encore à chercher des pistes. L'abbé répondit à leur attente muette :

— Vous savez sans doute que Danoire a momentanément dissous son groupe : chacun est retourné chez lui en attendant que la pression médiatique retombe ; mais un des hommes concernés a fait des confidences à son épouse. Il est effrayé de voir la police et les médias cibler leur secte, mais il est aussi torturé par le remords. D'après lui, le second de Danoire a exécuté la journaliste, sur l'ordre de son chef, après un simulacre de jugement.

— Comment peut-il en être si sûr ? s'étonne Alain.

— Il participait au jugement, à son corps défendant.

— Et ce lâche n'a rien fait ? s'insurge Idéal.

— C'est presque le pire de l'histoire : il affirme qu'il a essayé de la sauver, qu'il est allé jusque dans sa prison, mais qu'elle a hurlé, qu'elle était complètement hystérique, impossible à raisonner, qu'il a dû s'enfuir pour ne pas être pris lui-même.

— Je n'y crois pas, assène Idéal, encore un dégonflé qui essaie de se justifier après coup, j'ai connu ça...

Personne ne releva, la question était visiblement ailleurs. Les trois hommes s'entre-regardèrent, en silence, partageant la même interrogation ; ce fut à nouveau Idéal qui parla le premier :

— Je sais bien que la situation est très difficile pour vous. Si j'ai bien compris, vos informations viennent de la confession de cette femme ; mais si vous ne trahissez pas ce secret, vous laisserez un criminel impuni. Allez-vous passer votre chemin, comme un pharisien ?

Idéal n'était pas bien sûr que sa comparaison soit valable, son éducation religieuse étant des plus sommaires. Pour lui le pharisien était l'hypocrite intégral, comme le lui avait appris jadis un compagnon de cellule, rendu un peu mystique par la détention, et qui traitait de pharisiens, à la moindre occasion, aussi bien ses codétenus que ses gardiens. L'image porta cependant, et le secrétaire de l'évêque pâlit un peu.

— Monseigneur lui-même était très troublé par ce cas de conscience, d'autant qu'on ne sait pas où Danoire peut s'arrêter, que son groupe s'est étoffé, et qu'il bénéficierait également de complicités, peut-être jusqu'au sein de certains milieux religieux. C'est pourquoi Monseigneur m'a parlé de cette affaire, dans la mesure où j'ai connu personnellement le groupe du Lion de Juda, pour me demander un avis. Mais cette consultation était confidentielle et vous pensez bien que je n'oserai plus jamais le regarder en face si cette confession devenait publique !

Idéal, que ces angoisses ecclésiastiques touchaient assez peu, se préparait à maugréer, quand Alain prit le relais :

— Et que va faire ton évêque ?

— Il réfléchit, mais que peut-il faire ? Il est aussi pris au piège que moi ; c'est une situation très…

— Douloureuse, oui, on connaît la chanson, et

vous allez rester le cul sur votre chaise, c'est ça ?

Idéal repoussant brusquement son propre siège, sortit en claquant la porte, tandis qu'Alain Painvil s'excusait auprès de l'abbé sur l'impulsivité de son ami.

Quelques minutes plus tard, il en faisait reproche à Idéal :

— Zut à la fin, tu vois bien qu'il fait de son mieux ; ça n'était pas évident pour lui de nous raconter cela. Tu pourrais être un peu plus patient, non ? Décidément la prison ne t'a rien appris.

— On n'apprend pas grand-chose, en prison, tu sais, et c'est normal, parce que ça n'est pas fait pour ça ; on n'y apprend rien, on s'y révèle simplement, pour le meilleur et pour le pire.

Alain haussa les épaules, ils avaient eu déjà cette discussion mille fois ; décidément, il ne changerait jamais, Idéal, toujours brut de décoffrage, toujours aussi rugueux !

Cela ne facilitait pas les choses pour ce qu'il avait à lui annoncer ! L'universitaire hésita un peu, avant de poursuivre, comme s'il se jetait à l'eau :

— Autre chose, puisqu'on en est aux mauvaises nouvelles : j'ai voulu comparer les fichiers PDF des cahiers de l'ermite à l'exemplaire du *Lucidaire* conservé à la médiathèque...

— Il y a un *Lucidaire* à la médiathèque ?

— Oui, dans la réserve des archives municipales, c'est un legs fait il y a un an, un manuscrit assez tardif, du XVe, mais on n'a pas communiqué là-dessus : il faut d'abord le restaurer, le consolider, le photocopier, pour le rendre accessible à tous. J'ai donc voulu le revoir car j'avais des interrogations.

L'universitaire s'arrêta, comme s'il s'interrogeait là encore. Et en effet il s'interrogeait, sur les réactions possibles de son ami à la nouvelle qu'il allait lui apprendre.

— Et donc ? s'impatienta Idéal.

— Et donc, il a disparu ! Les archivistes l'ont cherché partout, le conservateur a été appelé dare-dare, il était vert, tu penses, mais pas moyen de retrouver le manuscrit…

Les deux hommes se regardèrent, silencieux. Alain voyait le visage de son ami se crisper sous l'effet de la révélation qu'il venait de lui faire ; il avait l'impression de suivre à la trace le raisonnement que faisait à présent Idéal, le même auquel il avait dû se résoudre, quelques heures plus tôt.

— Et ce que tu te dis, c'est que nos cahiers de l'ermite, en réalité… était en train de penser à voix haute Idéal.

— Je ne peux rien affirmer, mais qu'un *Lucidaire* disparaisse d'un côté, et qu'un autre ressurgisse à quelques kilomètres, ça laisse rêveur, non ?

Et rêveurs, ils l'étaient tous deux, mais Alain avait déjà son opinion faite :

— Toi et moi, Idéal, nous savons très bien qu'un manuscrit du XIIIe, conservé en plein air, c'est presque impossible sous nos climats, cela tiendrait du miracle !

— Note qu'un miracle, pour le *Lucidaire*... sourit tristement Idéal ; mais tu es sûr de ton fait ?

— Quand tu m'as envoyé la dernière traduction, celle de Maraval, j'ai voulu la vérifier sur les fichiers PDF, et c'est ce qui m'a intrigué : la dernière page du *Lucidaire* de la médiathèque est abîmée : elle est salie et a un coin usé ; or sur le fichier PDF, on retrouvait les mêmes défauts, c'est pourquoi j'ai voulu en avoir le cœur net et revoir l'original.

— Pauvre Barthélémy, soupira Idéal, comme il serait déçu !

Mais n'était-ce pas sa propre déception qu'il exprimait ainsi ?

Il est vrai que depuis quelque temps des doutes le taraudaient : les paroles de l'ermite ne semblaient pas s'adresser à lui, ne touchaient plus son cœur. Le contact s'était rompu, mystérieusement, sans qu'il puisse expliquer pourquoi.

Le fil était coupé, qui avait relié les siècles.

Et sa confiance dans l'écrit en général en était affectée. Il savait bien, pourtant, qu'un document doit toujours être soumis à la réflexion, au doute, à la critique, et que son authenticité, pour le chercheur, doit toujours être suspecte.

Mais il avait, comme beaucoup d'universitaires ou de chercheurs, le culte de la chose écrite ; pour lui la vérité était dans les textes, tout le reste n'était que passager, et donc sujet à caution.

Son expérience personnelle avait sans doute accentué ce penchant, car il se méfiait des paroles et de ceux qui parlent trop ; l'écrit, ce qu'on peut lire et relire, peser, mûrir, lui semblait d'autant plus le seul moyen de communication vraiment fiable.

Il faisait, dans la douleur, l'expérience contraire : l'écrit peut aussi être mensonger, manipulatoire ; ce n'est pas le média qui compte, c'est l'intention de celui qui l'utilise. Quel que soit l'outil, c'est l'homme qui s'en sert que l'on doit juger.

Mais le choc était trop grand, Ferrer ne pouvait abandonner aussi facilement ses illusions :

— Mais c'est tout bonnement impossible : c'est Barthélémy qui a découvert la grotte : comment aurait-on pu y dissimuler le manuscrit alors que personne ne la connaissait ?

Alain laissa passer un moment pour que son ami digère sa propre déception, avant de reprendre.

— Comment ? Je ne sais pas, mais je suis formel : il s'agit bien du même document. Pour moi, les vraies questions à se poser c'est qui ? Et pourquoi ? Pourquoi, je l'ignore, mais qui, je le sais déjà !

Idéal avait admis sa défaite, mais son opinion était faite :

— Danoire, non ?

— Mais non, tu es à côté de la plaque, il t'obsède ce gars, mais c'est un autre problème... Alain s'arrêta un moment, les yeux perdus. Enfin, je crois que c'est un autre problème. En tout cas Danoire n'avait absolument pas le droit de se balader dans ces archives. C'est un secteur protégé, avec des documents fragiles ; à part les archivistes eux-mêmes, il n'y a que quelques chercheurs, des médiévistes comme moi, ou quelques latinistes, et il faut déposer une demande préalable...

— Maraval ! s'écria soudain Idéal, il m'a drôlement possédé avec son air de chien battu, quand je l'ai corrigé.

— Tu as corrigé Jean-Claude ? s'affola Alain, tu me fais peur, mon pauvre Idéal, tu recommenceras donc toujours les mêmes bêtises ! Non, ce n'est pas lui ; il a l'habilitation, bien sûr, mais il n'a pas mis les pieds dans les archives depuis des mois.

— Et alors qui ? Si tu le sais ne nous fais pas perdre notre temps !

— C'est ça, et tu iras le corriger, sans doute ! Non, je te le dis si tu me promets de me laisser élucider l'affaire à ma manière.

— D'accord, on va voir si ta manière est meilleure que la mienne, ricana Idéal, alors ?

— Le conservateur était complètement affolé : la plus belle pièce de ses archives volatilisée ! Nous avons épluché ensemble les registres ; un premier travail de sauvegarde avait été fait il y a deux mois, donc le bouquin était là à ce moment ; depuis, à part trois chercheurs réguliers, il n'y a qu'une personne habilitée qui est passée dans ce secteur réservé.

— Et c'est ?

— Philippe Durfort, sur mandat du président.

Livre 6

LE JUGEMENT

Maître, pourquoy fut Jésus-Christ baptisé ? Mon enfant il fut circoncis pour accomplir l'ancienne loy. Et fut baptisé pour commencer la nouvelle loy et pour montrer sa grande humilité en nous donnant exemple que nous devons tous être régénérés par baptême.

LUCIDAIRE duquel le Disciple demande au Maître choses obscures et merveilleuses touchant les faits de Dieu, et il luy en donne bonne réponse et utile.

Philippe Durfort était entré dans la première pièce sans inquiétude particulière, mais quand, face au bureau du président il vit les deux visiteurs, il marqua un temps d'hésitation.

Il n'y avait pas de fauteuil pour lui, et on ne lui demanda pas de s'en approcher un. Il resta donc debout pendant tout le reste de l'entretien.

Le président entra dans le vif du sujet sans préambule :

— Philippe, on me rapporte une histoire invraisemblable, concernant le manuscrit ancien que la médiathèque possède : il aurait disparu. Êtes-vous impliqué dans cette disparition ?

Le président n'était ni sévère ni enjoué, il affichait un air neutre, purement objectif, mais le vouvoiement ne lui était pas coutumier, et ne présageait rien de bon. Son directeur de cabinet, sentant l'urgence, joua d'emblée son joker.

— Président, je veux d'abord vous parler en

particulier, pour vous expliquer l'affaire.

— Pas question, expliquez-vous devant témoins, refusa le vieux renard, qui ne voulait surtout pas se trouver mêlé, d'une manière ou d'une autre, à une sombre histoire.

Durfort avala sa salive ; décidément tout tournait mal dans cette initiative qu'il avait prise ; c'était toujours comme cela quand on voulait trop bien faire, il aurait mieux fait de s'en tenir au plan com' initial, au lieu de vouloir fignoler… Il se jeta à l'eau, conscient de sa situation désespérée :

— C'est pour la campagne de communication que vous m'aviez confiée, président, celle sur le Val de Montferrand.

— Quel rapport avec ce manuscrit ?

— C'était la deuxième étape de la campagne, il fallait répondre au dénigrement dont vous faisiez l'objet au niveau national, je voulais vous surprendre par une initiative osée, avoua-t-il.

— Je ne vois toujours pas le rapport, tonna son interlocuteur. Le président s'impatientait, et cela n'arrangeait pas les affaires de son subordonné ; ses colères étaient brèves, mais furieuses, et, dans sa situation, Durfort ne pouvait pas tenir tête au coup de gueule qu'il sentait sur le point d'éclater ; il se jeta donc à l'eau.

— L'objet, c'était de monter un coup : le groupe des Matelles découvrait un texte qui prouvait que la croisade des Albigeois était une affaire fabriquée par la papauté contre l'Occitanie, pour annexer ses terres et brider sa culture. Vous comprenez, président, s'enflamma brusquement le directeur de cabinet, qui jouait son va-tout, le parallèle avec la situation actuelle était trop évident, on pouvait décliner tout une campagne là-dessus, et tout s'emboîtait : la première vague c'était sur la république de Montferrand, vous savez, « Une république avant la République », et la deuxième c'était sur le complot extérieur : « Contre l'Occitanie, mille ans de coups montés ».

— Mille ans, ne put s'empêcher de ricaner Idéal, qui avait du mal à conserver son calme, comme il y va, ce con-là !

— Et c'est pour une campagne de com' que vous avez utilisé un manuscrit précieux ! s'écria en écho Alain, horrifié.

— Huit cents ans, mille ans, quelle importance, c'est le slogan qui compte, pas la vérité historique, reprenait Durfort, rasséréné par le silence du président, et quant au manuscrit, il n'est pas abîmé, on peut effacer l'encre des marges à tout moment. Maraval y tenait beaucoup, il ne voulait pas prendre de risques.

Idéal avait sursauté :

— Ah parce que c'était Maraval ? Il m'a décidément bien eu, cette limace !

— Bien sûr, c'était Maraval qui a imaginé la trame, il est très compétent en la matière : il me proposait le texte de l'ermite, et si j'étais d'accord, il le traduisait en latin, et il le recopiait. Puis se tournant vers les deux historiens, Durfort eut un bref moment d'orgueil : avouez que même des spécialistes comme vous s'y sont fait prendre !

Pour une fois, le professeur Alain Painvil n'avait plus l'air avenant qui lui était habituel. Il écoutait les explications de Durfort la mine fermée, quand la provocation de l'ex-chef de cabinet le fit sortir de ses gonds : dépliant brusquement sa longue silhouette, il se leva, tout flegme envolé, et, pointant son index sur la poitrine de son interlocuteur, il s'écria :

— Sauf que, pauvre crétin, le manuscrit est maintenant détruit par les tarés de Danoire ! Pour cet illuminé, c'était une mise en cause du pape Innocent III, son modèle, grand amateur de croisades, et donc le fameux texte de l'ermite étant inspiré par le démon, il l'a brûlé au cours d'une cérémonie expiatoire, une sorte d'autodafé avec prières d'exorcisme à la clef !

Le président avait sursauté et regardait fixement le médiéviste, en espérant qu'il bluffait, mais Painvil ne simulait pas : sa fureur était trop visible.

Idéal avait aussi marqué sa surprise, et avait rapidement compris que son ami tenait ses informations de l'abbé Saulnières : sans doute lui avait-il révélé le malheureux sort du manuscrit après que lui-même soit parti en coup de vent, et Alain ne lui avait pas communiqué l'information pour éviter tout éclat.

Philippe Durfort, avait pâli, effrayé par les conséquences imprévues de ses initiatives ; il se défendit de la plus mauvaise manière :

— Vous m'aviez laissé carte blanche, président !

— Je ne vous ai pas donné l'autorisation de faire n'importe quoi. Vous avez joué gros jeu, trop gros jeu pour vous, et vous avez perdu ; merci, vous pouvez vous retirer.

L'homme connaissait trop son patron pour tenter de lui résister. Il était amer, mais il connaissait la musique : si son plan avait réussi, l'autre serait venu sans complexe au secours de la victoire, mais il avait loupé son coup, c'est un fait. Il fallait sortir du jeu, laisser passer un peu de temps, et tenter de négocier un point de chute honorable, en espérant que l'affaire ne prenne pas une tournure judiciaire, parce qu'alors là, ce serait la curée, il serait lâché par tous. Tête basse, il franchit peut-être pour la dernière fois cette porte qu'il avait passée presque quotidiennement depuis des années.

Dans le bureau, Idéal s'était levé, il regardait d'un œil vide, à travers la vaste baie vitrée, le quartier d'Antigone, et au-delà la ville de Montpellier. Au-dessus des toits, le pic Saint-Loup émergeait, comme pour lui rappeler Barthélémy. Il était triste, mortellement triste. Il se sentait moralement vidé ; toute cette histoire était bâtie sur un faux ridicule, monté par un brillant esprit déconnecté des réalités, pour des bagarres de pouvoir glauques. Il avait son compte. Brusquement, il se faisait l'effet d'un boxeur KO debout. Il avait envie de plaquer tout, de partir quelque part, il ne savait où, loin en tout cas.

Le pire, c'est que Durfort avait raison, il y avait cru, en effet, il s'était même senti en affinité avec le soi-disant ermite ! Et dire que c'était cette larve de Maraval qui fabriquait ce leurre, cette espèce de miroir dans lequel il s'était reconnu ! Décidément, il serait toujours le même naïf, le même taureau fonçant tête baissée dans la cape qu'on lui tendait !

Il y aurait eu de quoi rire, si tout cela n'avait pas tourné aussi mal.

Les deux autres regardaient son dos, eux aussi se taisaient ; ils pesaient, chacun à leur manière, les conséquences de l'affaire.

— Viens, Idéal, viens t'asseoir, il faut qu'on parle, dit enfin Alain, et Idéal, comme un automate, revint s'asseoir dans son fauteuil.

— Moi aussi, j'en ai marre, quand je vois des conneries aussi grosses, murmura le président. Avant, un problème comme ça, ça m'aurait boosté, j'aurais cherché à rebondir ; maintenant, ça me fatigue, ça me donne envie de tout lâcher.

Les trois hommes n'étaient pas intimes, mais ils se connaissaient depuis si longtemps que chacun d'entre eux savait comment fonctionnaient les deux autres, par quoi ils étaient mus, et émus. Le président avait l'air effectivement épuisé, mais ses deux visiteurs n'étaient pas dupes, et ils ne furent pas surpris par la suite de ses propos.

— Mais je ne peux pas lâcher ; j'ai trop de choses en cours, trop de choses à mettre en train avant de laisser la place ; et puis d'ailleurs il n'y a personne derrière moi.

— Arrête ton char, il n'y a personne parce que tu as liquidé tout le monde, tous ceux qui faisaient le poids ; et puis ça n'est pas notre problème, trancha Idéal, en appuyant son propos d'un geste du bras.

— Oui, qu'est-ce qu'on fait ? C'est cela le problème, confirma Painvil.

— Pour le bouquin, reprit le président, en se carrant dans son fauteuil, on n'y peut plus rien, s'il a brûlé, il a brûlé, point, il faut écraser le coup, je suis obligé de couvrir Durfort. Je le vire, mais je ne veux pas une enquête de police dans mon entourage, ça serait du pain bénit pour mon opposition.

— Tout de même ! s'écria Alain, scandalisé, un manuscrit du XVe ! Mais devant le silence des deux autres, il se tut ; le calme d'Idéal, surtout, l'inquiétait ; il savait trop que cette apparente impassibilité pouvait d'un seul coup laisser place aux pires éclats.

— Et Danoire, alors, et la journaliste, et Barthélémy, tu en fais quoi ? murmura finalement celui-ci, si bas que les autres durent tendre l'oreille.

Le président, une fois n'est pas coutume, avait l'air embarrassé.

— Que veux-tu que je fasse, c'est l'affaire de la police, de la gendarmerie, de la justice, je n'ai aucune compétence là-dedans, je te l'ai déjà dit. Et tu sais bien que le colonel d'Entraygues suit l'affaire, je ne peux pas faire plus.

— Tu t'en fous, quoi ! ragea Idéal.

— Je ne m'en fous pas, je ne peux rien y faire, c'est tout. Tout ce que je peux te promettre, c'est que l'affaire ne sera pas classée ; de toute façon, avec le bruit que fait la presse autour de la petite d'Aussange, tu ne risques rien.

— D'Aussange, d'Aussange, tout le monde ne s'occupe que d'elle ! cria presque Idéal en se levant brusquement de son fauteuil, évidemment, une journaliste, c'est plus intéressant qu'un berger, bien sûr ! Et pourtant, moi, c'est Barthélémy que je veux venger.

— Tu m'emmerdes, Idéal, avec ton berger ; tes copains sont tes copains, d'accord, mais on n'est même pas sûrs que ce soit un crime, tant qu'on n'a pas des aveux de cette bande de cinglés.

Le président commençait à s'énerver ; on ne reconnaissait déjà plus l'homme qui, cinq minutes plus tôt, souhaitait jeter l'éponge. Alain intervint, il se levait à son tour :

— Le problème, c'est qu'ils sont sous influence ; tant que leur chef n'aura pas craqué, aucun de ces pauvres types ne témoignera, et le Danoire est enfoncé dans sa paranoïa, il ne parlera jamais.

— C'est ce qu'on va voir, dit Idéal en ouvrant brutalement la porte du bureau.

Idéal était passé comme une furie devant le

bureau de la secrétaire du président, sans même la saluer, et il s'était engouffré dans le premier ascenseur libre. C'est pour le coup qu'il évoquait un taureau, avec son corps trapu, dense, sa tête comme enfoncée dans ses épaules par la colère. Alain, bien qu'il l'ait suivi au plus vite, n'avait pu le rattraper. Il connaissait son ami, il craignait une réaction stupide, impulsive, une explosion irréfléchie de colère.

Or, si la réaction eut bien lieu, elle provoqua, contrairement à toute attente, des actions réfléchies, et accomplies froidement. Beaucoup jugeront en revanche qu'elles échappaient au sens commun, mais Idéal, on l'a vu, était assez imperméable à l'opinion d'autrui.

Le lendemain de cette rencontre, sur la terrasse de son café préféré, place de la Comédie, le professeur Alain Painvil se livrait, devant le garçon attentif, à la cérémonie habituelle de la dégustation, quand Agathe le rejoignit, accompagnée par Élie Mazel. Agathe, malgré ses traits tirés, semblait avoir retrouvé un certain tonus, et ses habits légers mettaient son corps en valeur.

On était au début de l'après-midi, et sur cette grande dalle la chaleur aurait été intenable, sous la vaste véranda, sans les brumisateurs qui envoyaient de temps à autre leur nuage de fraîcheur.

Alain regardait paisiblement ses deux interlocuteurs s'installer ; il avait l'air un peu embarrassé, comme s'il ne savait par où commencer la conversation ; il se lança enfin :

— Alors, ce site, ça marche fort, hein ? Je me suis connecté hier soir, les discussions étaient passionnantes, mais comment arrivez-vous à faire face ?

C'est Élie Mazel qui répondit. Il paraissait fatigué, et son visage un peu bouffi tranchait sur les mines bronzées et les airs insouciants des clients des tables voisines :

— On se relaie, on est tous sur le pont en permanence, mais c'est vrai, on tire la langue, et sitôt qu'on ne modère plus les débats, ça part dans tous les sens, il y a des trolls, des injures, des givrés qui viennent perturber les discussions…

— Certes, mais enfin, modérer, c'est gentil comme expression, mais ça revient à contrôler, non ? Que deviennent la spontanéité, la liberté, bref, vos objectifs affichés ? Les dés ne sont pas un peu pipés ?

— Beaucoup moins que dans la représentation politique classique, s'emporta Élie, où les élus forment une caste qui ne pense qu'à sa réélection.

Alain, qui avait posé sa question sans animosité, sourit devant le feu du jeune homme.

— Je crois entendre mes étudiants : les hommes sont des hommes, c'est tout ! Quand on a le pouvoir, on veut le conserver, c'est aussi vieux que l'Histoire.

— Et donc, intervint Agathe, tu ne crois pas à ce que nous faisons ?

— Je n'ai pas dit cela, se défendit Alain, mais vous croyez vraiment qu'on peut changer les choses tranquillement installé chez soi, derrière un écran d'ordinateur ? Sans manifestation, sans réunion, juste en débattant sur Internet ?

— Nous ne cherchons pas à prendre le pouvoir, répondit Mazel, nous voulons seulement permettre à la majorité d'être informée, de s'exprimer. Aujourd'hui, une info, une discussion, qui cartonnent sur Internet sont reprises sur tous les réseaux sociaux, et finissent invariablement par passer sur les médias classiques, alors que ta manifestation sera ignorée du plus grand nombre.

Le professeur était attentif, il hochait même imperceptiblement la tête, comme pour une approbation, mais il questionna :

— Peut-être, peut-être, mais pourquoi vouloir me rencontrer alors ? Moi je suis complètement *has been* par rapport à vous !

Agathe prit le relais :

— Nous avons besoin de gens expérimentés, capables de recul, d'analyse, des gens comme toi. Nous voulons passer un seuil, devenir un vrai site d'infos, et il nous faut un éditorial politique structuré, par un observateur respecté. Ton édito compléterait mes billets, qui sont plus personnels, plus à fleur de peau, tu comprends ?

— Je comprends, oui, répondait Alain, sans s'engager plus.

Les deux autres le regardèrent un petit moment, attendant la suite, qui ne venait pas : le professeur contemplait les passants, qui transpiraient à qui mieux mieux sur le pavé brûlant de la place.

— Et alors, tu réponds quoi ? s'impatienta finalement Agathe.

— Pourquoi as-tu giflé Durfort ?

Les deux autres parlèrent en même temps :

— Pardon ?

— Quel rapport ?

— Oui, pourquoi as-tu giflé Durfort, lors de l'AG de votre association ? C'est Idéal qui m'a raconté cette anecdote, et je pense que ça n'était pas une affaire privée ; or, dans ton blog, dans tes billets sur votre site, depuis près d'un mois tu dénonces les petits arrangements entre élus, le système politico-médiatique, mais tu n'as jamais attaqué Durfort. Pourquoi ? J'aimerais le savoir avant de m'engager avec vous.

Le garçon était revenu pour prendre la commande d'Élie et d'Agathe ; celle-ci répondit après son départ :

— Je ne peux pas l'attaquer sans mettre en cause mon mari… enfin, se reprit-elle, mon futur ex-mari. D'ailleurs, tout ça est lié. C'est ce soir-là, justement, que j'ai pris la décision de le laisser tomber complètement, de quitter notre maison, de repartir à zéro, quand Patrice m'a tout raconté.

— Tout quoi ?

— L'histoire de l'ermite et de son parchemin, le… comment déjà ?

— L'*Elucidarium,* ou le *Lucidaire,* si tu préfères.

Agathe manifesta par une moue et un geste de la main sa totale indifférence quant au titre du document, avant de reprendre :

— En venant à la réunion, il m'a expliqué pourquoi il devait prendre la présidence de l'assos, pour pouvoir bénéficier du bruit fait autour de la découverte du pseudo-manuscrit de l'ermite, et c'est là que j'ai compris que tout ça était un montage de Durfort. J'étais furieuse contre lui en pensant à la joie de Barthélémy, à sa fierté quand il avait découvert la grotte et le document, et tout ça était un leurre ! Tu l'as su ? Agathe s'interrompit, elle sentait des larmes de rage monter à ses yeux.

— Oui, je l'ai compris, mais plus tard, bien plus tard, il y a seulement quelques jours, et j'en ai eu confirmation hier, par Durfort, quand nous l'avons vu chez le président, avec Idéal. Durfort est viré, au fait.

Alain ne laissa pas à ses interlocuteurs le temps de manifester leur surprise et poursuivit :

— Durfort est viré, et ce matin j'ai viré Maraval. Disons qu'officiellement, il m'a remis sa démission : je l'ai convaincu de se chercher une autre faculté, en lui précisant qu'il s'en tirait à bon compte.

— Virés tous les deux ? s'étonna Agathe. C'était si grave que ça, leur faux ? Je ne l'avais pas réalisé, moi j'ai réagi comme ça, avec les tripes, parce qu'ils s'étaient moqués de Barthélémy. D'ailleurs je n'ai toujours pas compris comment Maraval avait découvert la grotte avant lui, alors que ce pauvre Bart' la cherchait depuis des mois.

— Oui, moi aussi cela m'a étonné, opina Alain, surtout quand on connaît l'entraînement de l'un et de l'autre, et je lui ai fait expliquer ce point.

Ses interlocuteurs l'écoutaient attentivement, car ils connaissaient tous deux la difficulté d'accès à ce refuge au milieu d'un tel terrain, dans les ronces et les éboulis.

— Oui, il me l'a expliqué, et je dois admettre que là, il a été très futé : c'est à l'armée qu'il a trouvé l'info.

— L'armée ? répétèrent en écho les deux autres.

— Oui, l'armée : tout le monde a entendu parler des cartes d'état-major, les ancêtres des cartes IGN actuelles. Pour établir ces cartes au quatre-vingt millième, sur tout le territoire français des relevés ont été établis par des centaines d'ingénieurs géographes, tout au long du XIXe siècle. Ces sortes de brouillons très détaillés, au dix-millième ou au vingt-millième, ont été ensuite repris dans les cartes elles-mêmes, qui sont plus succinctes. Maraval a tout simplement consulté ces documents, où le moindre accident de terrain, faille, grotte, est décrit, et il n'a plus eu qu'à aiguiller votre pauvre berger à l'endroit qu'il avait choisi, après y avoir déposé le *Lucidaire* avec ses ajouts.

— Pauvre Barthélémy ! s'apitoya Agathe, « À moins de cinq cents pas des tours » je crois l'entendre encore ! Un texte que connaissait Maraval ! Tu parles ! Il avait tout prévu. Mais au fait, ajouta-t-elle, pourquoi m'a-t-il suivie quand j'allais à la grotte, puisqu'il la connaissait ?

— Oui, Idéal m'en avait parlé, j'ai posé la question ; ils s'inquiétaient de ne pas entendre parler du *Lucidaire*, ils craignaient que Barthélémy ne l'ait pas trouvé, il allait un peu aux nouvelles.

— Ils ont manipulé Bart' de bout en bout, ils ont utilisé sa passion, sa sincérité.

— C'est exactement ce que nous dénonçons sur le site : la manipulation, les plans com' basés uniquement sur l'image, tout le cirque médiatique, ajouta inutilement Élic Mazel, avec sa flamme habituelle.

Alain négligea cette intervention, puis il pesa ses mots pour poursuivre, tourné vers Agathe :

— C'est bien plus grave que ce que tu crois : c'est à partir du faux texte de l'ermite que tout s'est enchaîné, la bande de Danoire a brûlé le *Lucidaire*, et pour ton amie d'Aussange, j'ai les pires craintes. Idéal est même convaincu qu'ils ont exécuté Barthélémy dans la foulée, et à ce stade de folie, tout devient possible.

Agathe accusa le coup, avant d'argumenter, comme pour tenter de repousser les informations d'Alain.

— Cathie… Enfin, Iris quoi, a pris des risques en les infiltrant, c'est certain, mais Barthélémy ? Quel rapport ? Ça ne tient pas debout !

— Le rapport, c'est le *Lucidaire,* justement : Barthélémy le réclamait, et Danoire l'avait détruit car il mettait en cause ses références, le pape Innocent III, Pierre de Castelnau, et plus que tout, l'idée même de la croisade.

— Je ne comprends pas, je ne comprends toujours pas, répétait Agathe.

— Moi je crois comprendre, intervint Élie Mazel : si la croisade des Albigeois est provoquée par la traîtrise d'un légat du pape, qui encourage un meurtre, et qui agit par ambition, pour des motifs personnels, c'est le discrédit pour toute idée de croisade !

— Il y a bien d'autres raisons pour être contre les croisades !

— Nous sommes bien d'accord, convint Alain, mais pour Danoire il s'agit de ses références intimes, le cœur même de ce qui le fait agir ; c'est son monde à lui qui s'écroule une deuxième fois, il ne peut l'accepter.

Agathe s'était tue : c'était tellement bête, tellement triste, que c'était sûrement vrai !

Depuis le début, elle savait, au plus profond d'elle-même, que la mort du berger n'était pas un accident : elle connaissait les lieux, et elle connaissait Barthélémy.

Mais qu'on l'ait fait disparaître à cause d'un document, et qui plus est d'un faux, lui paraissait trop absurde, trop injuste.

Sa tristesse était désintéressée : c'était pour Barthélémy qu'elle avait de la peine, pas pour leur amour. Depuis le début elle savait que leur liaison n'aurait pas pu durer. Ils avaient eu la chance de vivre avec quinze ans de retard la passion qui les poussait l'un vers l'autre dès leur jeunesse, mais elle était consciente qu'elle vivait désormais dans un autre monde que son amant.

À sa manière, Iris le lui avait dit : c'est vrai qu'elle n'avait pas envie de vivre dans une bergerie, de s'occuper des bêtes. Elle avait connu cela quand elle était jeune ; depuis elle avait goûté à la ville, et c'était là sa vraie place.

La ville ! C'est pourtant sans la voir qu'elle la regardait, laissant son regard errer sur le théâtre et sa façade néoclassique, ses colonnades encadrant les grandes verrières de l'étage. La vaste place entourée par les terrasses des cafés bondées de gens détendus, parlant fort, n'arrêtait pas plus son attention.

C'est à Iris qu'elle pensait, Iris qu'elle revoyait soudain, telle qu'elle la rencontrait parfois, parmi ses amis ou ses collègues de travail, prenant un verre sur une de ces terrasses, ou sur l'esplanade voisine, à l'ombre des platanes.

Pour les autres c'était Iris d'Aussange, la journaliste élégante, qui attirait tous les regards, et qui en était fière ; pour elle c'était Catherine, bien sûr, Cathie, l'amie des bons et des mauvais jours ! Elle revoyait Cathie, à l'internat, portant la même blouse rose qu'elle, cette fichue blouse d'uniforme obligatoire, cette blouse qu'elles avaient en horreur, avec sa couleur cucul la praline pour petites filles sages, alors qu'elles étaient adolescentes, qu'elles se voyaient devenir femmes, avec une envie folle de dévorer la vie !

Elles avaient partagé tous leurs espoirs, toutes leurs envies. Elles s'étaient donné des surnoms d'amitié, d'affection, ridicules : Cathie l'appelait « mon Agatoune », elle « ma Catounette ». Ensemble, elles attendaient le prince charmant ! Elle se souvenait des confidences, dans le dortoir, de lit à lit, des fous rires quand la pionne, depuis son coin du dortoir, leur criait de se taire.

Puis elles avaient grandi, mûri, elles avaient cessé de s'appeler par leurs surnoms, elles s'étaient mariées, elles avaient vécu leur vie.

Cathie avait réalisé ses rêves, elle avait quitté son milieu, elle était devenue journaliste, elle s'appelait Iris d'Aussange, elle était admirée, désirée, mais Agathe seule savait qui elle était en réalité, sa petite Catounette, avec ses larmes rentrées devant la morgue des filles à papa, avec sa soif de revanche.

Et Cathie avait disparu. Et les nouvelles n'étaient pas bonnes, Alain venait d'en faire l'aveu à demi-mot.

Alain Painvil n'était pas quelqu'un qui parlait pour ne rien dire, et elle comprenait qu'elle n'avait guère d'illusions à se faire ; aussi n'était-elle pas pressée de savoir ce qu'il avait à lui apprendre.

Elle n'avait plus d'espoir : d'un coup, là, au milieu de tous ces gens heureux, cette évidence l'aveuglait, comme le soleil de midi aveuglait les passants sur la place : Cathie, sa Cathie, était morte. Qu'importait ce qu'Alain en savait, comment il l'avait appris, qu'importait le comment de sa mort, son amie était morte ; elle ne la reverrait plus ni ici, ni dans leur petit salon de thé, ni nulle part ailleurs, plus jamais.

Mais pourquoi fallait-il donc qu'après avoir perdu Bart', elle perde aussi Cathie ?

Sans qu'elle s'en soit aperçue, dans ce bref temps suspendu, cette évocation d'un passé qui ne reviendrait plus, les larmes lui étaient venues aux yeux.

Ses deux voisins voyaient sa peine, ils s'étaient tus. Chacun semblait absorbé dans ses pensées ; par son silence, leur table faisait tache au milieu des conversations joyeuses, des rires de la terrasse.

Agathe, ramenée au présent par ce silence même, sembla se souvenir brusquement d'un détail oublié :

— Et Idéal, comment il prend tout ça ? j'ai peur de ce qu'il peut faire, lui tellement impulsif.

— J'essaie de le joindre depuis hier soir, répondit Alain, l'air préoccupé, je n'ai que la messagerie de son téléphone.

Maître, doit-on haïr les mauvais ? Mon enfant, on doit haïr leurs mauvaisetés et folies, et non pas faire comme eux, mais nous devons aymer notre nature car nous sommes tous nés d'un père et d'une mère, et rachetés ensemble d'un même sang.

***LUCIDAIRE** duquel le Disciple demande au Maître choses obscures et merveilleuses touchant les faits de Dieu, et il luy en donne bonne réponse et utile.*

Oui, comme un détail oublié, Idéal.

Quand Idéal, la veille, était sorti en trombe du bureau du Président, il n'avait pas quitté l'hôtel de Région. Il avait dans la place un allié, quelqu'un en tout cas qui avait les mêmes buts que lui.

Il était donc allé trouver le conseiller en sécurité, dans son bureau toujours aussi bien rangé, pour une discussion qu'il espérait décisive, mais l'ex-colonel d'Entraygues doucha d'emblée ses espoirs :

— Je regrette vraiment, mais le président a raison, la gendarmerie ne pourra pas agir sur ces bases, pas plus d'ailleurs qu'aucune autre autorité légale.

L'homme semblait véritablement désolé, malgré son allure toujours aussi rigide ; il en fallait plus pour calmer Idéal :

— Vous voulez dire que vous allez laisser faire ces fous dangereux ?

— La Section de recherches a déjà fait le maximum en procédant à la fouille ; et une fouille très détaillée, je vous en réponds, mais ils n'ont pu retrouver aucune trace. C'est très rare, savez-vous, avec les produits révélateurs que nous utilisons. L'ex-colonel s'était arrêté, comme surpris par ses propres paroles, ce « nous » qui lui avait échappé : il avait encore oublié qu'il ne faisait plus partie de la gendarmerie. Il conclut brièvement, une barre de contrariété lui plissant le front. Soit ils ont nettoyé comme seuls des professionnels savent le faire, soit il n'y avait rien à trouver.

— Vous voulez dire que vous ne croyez pas à leur culpabilité ?

— Ce n'est pas ce que je crois qui compte ; ce qui est important, c'est qu'aucun juge ne délivrera de mandat d'amener sur ces bases : il n'y a aucune preuve de délit.

— Mais enfin, ce que rapporte ce curé…

Raide comme la justice, son interlocuteur avait balayé l'argument, d'un geste du bras, avant de répondre :

— Propos couverts par le secret de la confession, qui ne seront donc pas répétés devant le juge !

— Mais le professeur Painvil et moi les avons entendus, ces propos !

— Témoignage plus qu'indirect, c'est l'homme qui a vu l'homme qui a vu l'ours ! Aucune valeur juridique !

— Donc vous n'agirez pas ?

L'ancien officier, malgré ses formules à l'emporte-pièce, comprenait fort bien la colère d'Idéal, et sans doute la partageait-il en partie ; aussi est-ce sur un ton presque amical qu'il lui répondit.

— Non, personne ne peut agir sur ces bases, sauf à se mettre dans l'illégalité, et l'illégalité, croyez en mon expérience, ça n'est jamais la solution !

— Vous n'avez pas toujours dit cela !

L'ex-colonel avait reculé son fauteuil, fixant attentivement son interlocuteur, il hocha la tête avant de répondre, gravement, comme s'il donnait un avertissement :

— Justement ! Seuls les imbéciles ne changent pas d'avis ! J'ai eu le temps de réfléchir à mon affaire, et j'en suis venu à conclure que j'avais eu tort d'agir illégalement.

— Mais les paillotes que vous attaquiez étaient elles-mêmes illégales : elles étaient construites sur le domaine maritime, domaine public, donc !

Le colonel sourit en voyant que son interlocuteur était parfaitement au fait de son cas personnel : Idéal s'était renseigné à bonne source !

— Certes, mais l'État ne devait les détruire que par des moyens légaux, c'est d'ailleurs ce qui a été fait, depuis ! Et ce que je dis pour l'État vaut aussi pour les particuliers !

Idéal haussa les épaules, mais il était tout de même ébranlé ; c'était bien un avertissement, en effet, que lui adressait l'ex-colonel, qui avait parfaitement jaugé son état d'esprit. Il ne se tint pas pour battu cependant :

— Employer des moyens légaux contre des gens qui nagent dans l'illégalité, c'est se lier les mains d'avance ! Cela revient à laisser des crimes impunis.

— Erreur ! On peut laisser certains crimes impunis, pourvu qu'on arrive finalement à atteindre les criminels, et c'est souvent sur des faits secondaires qu'on les fait tomber.

— Et pour cette bande, vous pensez les faire tomber comment ? On fait quoi ?

— On attend qu'ils commettent une erreur, ou qu'il y en ait un qui craque. J'ai déjà suggéré à mes collègues d'interroger à nouveau toute la secte, mais séparément, individu par individu, pour rechercher leur maillon faible.

— Cela peut durer des jours.

— Oui, des jours ! C'est cela, une enquête.

— Et la fille d'Aussange, pendant ce temps ?

— Elle a disparu depuis un mois. Si elle est encore en vie, c'est qu'ils le veulent bien, et dans ce cas, pourquoi changeraient-ils d'avis ? Dans le cas contraire...

Le geste fataliste de l'ex-colonel disait tout : effectivement, dans le cas contraire, les enquêteurs avaient tout leur temps devant eux.

Mais Idéal faisait toujours sa mauvaise tête. Il n'avait aucune envie d'attendre une hypothétique erreur de Danoire, ou le repentir de l'un de ses affidés. En fait, il n'arrivait pas à supporter la pression provoquée par la mort du berger et la disparition de la journaliste. Surtout le taraudait l'idée que, près d'un mois après ces crimes, Danoire et sa bande ne soient toujours pas sous les verrous. Il y voyait comme un défi lancé à son amitié pour Barthélémy, et peut-être aussi, sans qu'il ose se l'avouer, à son amour-propre.

D'ailleurs, il se connaissait, l'immobilité ne lui valait rien ; seule l'action pouvait lui permettre de lâcher la vapeur.

— Donc vous n'allez pas pousser à relancer les recherches ? insista-t-il une fois encore.

— Que faire de plus ? Il faut suivre la routine de l'enquête, être patient.

— Je n'ai jamais été patient !

— Et ça vous a coûté cher !

L'ex-gendarme secouait négativement la tête, comme s'il voyait son interlocuteur s'engager sur la mauvaise voie. S'il pinçait ses lèvres, ça n'était pas pour condamner : lui aussi avait connu cette exaspération devant le crime impuni, ou devant le coupable qui s'affiche, sûr de lui, protégé par ses relations, ses complicités. Mais il sentait bien qu'il était impuissant à raisonner l'ex-révolutionnaire debout devant lui, massif, l'air buté, comme un bloc sur lequel ses arguments ricochaient. L'homme, finalement, ne lui était pas antipathique ; il fit donc une ultime tentative :

— Réfléchissez, et ne faites pas de bêtises ! Il faut procéder à une enquête classique, de fourmi. Où chercher sinon ? Ils ont eu le temps de se déplacer, de traverser la France. On a fait le nécessaire, on a pisté leurs portables, analysé les lieux de leurs communications, il n'y avait aucun déplacement suspect. Vous êtes bien placé pour savoir qu'on peut facilement cacher quelque chose, même si c'est volumineux et vous savez qu'on peut même le cacher pour très longtemps !

Cette fois, ce fut au tour d'Idéal de sourire, malgré sa tension : le colonel aussi avait étudié son dossier ! Et il y voyait également une confirmation : apparemment la gendarmerie n'avait pas oublié ! Pour les gendarmes eux aussi, même après vingt ans, c'était une question d'amour-propre.

À la réflexion d'ailleurs, ce rappel de sa vieille affaire lui donnait à penser.

N'avait-il pas les moyens de faire avancer les choses, de provoquer le déclic décisif, avant que cette histoire ne s'enlise définitivement ?

C'est pourquoi, après avoir quitté l'orgueilleux hôtel de Région, il avait passé la soirée à ressasser les informations recueillies, et à y réfléchir ; il ne dormit que très peu cette nuit-là.

Le lendemain, il était pourtant très calme, presque serein, et il régla nombre d'affaires domestiques restées pendantes, comme quelqu'un qui met ses affaires en ordre avant un long voyage.

En soirée, il alla louer, sous une fausse identité, une camionnette, avec laquelle il accomplit un voyage de quelques heures, pour aller exhumer des souvenirs anciens. Il s'était bien gardé de faire suivre son portable, qu'il n'utilisait déjà plus depuis la veille. Quand il revint, à près de deux heures du matin, sonner à la porte du mas de Danoire, il était fatigué, mais bizarrement détendu, sûr de lui, de son droit, et de sa force.

Le vasistas qui s'ouvrit dans l'épaisse porte révéla le regard étrange, et légèrement ensommeillé, de frère Joachim. Celui-ci, à la demande d'Idéal, alla chercher frère Hugues, et les deux hommes, malgré leur surprise, firent entrer leur voisin dans la grande salle.

Danoire paraissait calme, Joachim fiévreux. Les trois hommes étaient debout, du même côté de la grande table qui séparait la salle en deux. Idéal, d'un geste négligent, avait posé sur le meuble un sac de sport qui semblait pesant, et qui avait rendu un bruit métallique.

Il en sortit, le plus naturellement du monde, deux pistolets de fort calibre, et il visa posément les deux « templiers » avec l'un d'entre eux, en s'appuyant, assis à demi, contre la table. Ces pistolets, ainsi que la cargaison de la camionnette qui stationnait à la porte du mas, avaient une histoire, qui n'aurait sans doute pas intéressé les deux pseudo-moines, mais c'est une histoire qui avait tout à voir avec Idéal, et qu'il connaissait donc par cœur.

Près de trente ans plus tôt, un commando de l'ETA avait, dans une gendarmerie où la discipline s'était peut-être quelque peu relâchée, volé tout un lot d'armes : mousquetons, pistolets, grenades, et même deux fusils-mitrailleurs ; le tout, bien sûr, avec une bonne provision des cartouches correspondantes. Il y avait aussi un mortier, en prime, un gentil petit mortier de 60 mm, avec cinquante obus !

De quoi en fait équiper un escadron, cinquante hommes au bas mot. Rien de plus naturel, puisqu'à cette époque, c'était dans chaque sous-préfecture que la gendarmerie, siège d'arrondissement, conservait un tel équipement pour armer, en cas de coup dur, l'escadron de réservistes qu'on pouvait mobiliser en urgence.

Bien sûr, l'affaire avait fait grand bruit, d'autant que, à la même période, un groupement anarchiste avait dérobé dans une carrière pyrénéenne près d'une tonne d'explosifs, essentiellement des bâtons de dynamite.

À partir de ces deux stocks s'était instituée une sorte de bourse de troc entre divers groupes révolutionnaires actifs sur la place ; les monnaies d'échange étaient variées : les uns disposaient de caches offertes par des sympathisants, d'autres avaient des fonds, obtenus par des moyens divers. Le noyau auquel participait Idéal, riche de deux hold-up fructueux, s'était ainsi équipé dans ce surplus militaire d'un nouveau genre. C'est Idéal qui avait été chargé des tractations : il parlait parfaitement espagnol, et ses parents étaient anarchistes ; il était donc le mieux placé pour traiter avec les uns et les autres.

Idéal appréciait les anarchistes, mais par certains côtés seulement : il avait rencontré dans cette mouvance d'authentiques poètes, des chanteurs valables, une fois même, bizarrement, un très bon mathématicien, mais jamais, au grand jamais, il n'avait trouvé quelqu'un qui ait le moindre sens de l'organisation.

Les anarchistes riaient eux-mêmes de leur incohérence, car ils étaient pleins d'humour ; ils racontaient volontiers l'histoire des deux amis qui, peignant sur l'inspiration du moment chacun son slogan, avaient écrit sur le même mur, l'un : « la terre à ceux qui la travaillent », l'autre la célèbre phrase de Proudhon : « La propriété c'est le vol ! »

La joyeuse fantaisie des anarchistes français n'avait pas cours chez les séparatistes espagnols. L'ETA, c'était autre chose : ses membres étaient remarquablement organisés, mais eux, en revanche, manquaient terriblement de sens de l'humour. Personne ne se serait permis de le leur faire remarquer, parce qu'avec eux un débat idéologique pouvait se conclure par une balle dans le genou : ils voyaient des espions partout. Par ailleurs ils n'avaient pas toujours tort : il y avait effectivement des espions partout, même en France, sur leurs bases arrière.

Idéal en avait fait l'expérience : lors d'un rendez-vous avec ses correspondants de l'ETA, il avait constaté qu'il était suivi. Il avait proprement assommé l'importun, qui s'était révélé être un membre des GAL, le groupe contre-terroriste constitué de policiers et de tueurs à gages, venus d'Espagne abattre les Etarras qui se repliaient en France.

Le type avait été très durement interrogé, avant d'être livré de nuit, dûment saucissonné, devant une gendarmerie, vêtu de ses seuls papiers de policier espagnol, et du holster qui avait contenu son arme de service. Il n'avait dû la vie sauve qu'au fait que l'ETA ne voulait pas faire de provocation en tuant un policier – fût-il espagnol – sur le sol français.

Idéal, ayant fait ses preuves, avait gagné la confiance des séparatistes. Il avait même eu le rare privilège d'intégrer des « sessions de formation » au maniement de toutes ces armes et explosifs dont les échanges s'intensifiaient.

Le côté farfelu de l'affaire est qu'il avait lui-même dû former les anarchistes au maniement de la dynamite qu'ils avaient dérobée. En fait ils ne savaient qu'en faire : c'était un groupe non-violent, qui n'avait commis ce vol que pour l'amour de l'art, et le plaisir de faire courir la maréchaussée.

Idéal avait retenu plusieurs leçons de cet apprentissage ; il avait en particulier été impressionné par le cloisonnement extrême de l'ETA. Tout était spécialisé chez eux : le groupe qui volait des voitures ne savait rien de celui qui s'occupait des armes, et les deux ignoraient tout des spécialistes en faux papiers.

C'est sur ces bases que le noyau de militants auquel il appartenait, issu de la énième scission du mouvement maoïste, s'était organisé, afin de faire face aux infiltrations de la police.

Ce cloisonnement extrêmement strict fit leur force un moment.

Quand la police finit par démanteler leur organisation, ses membres s'aperçurent que cette force était en fait une faiblesse : seul Idéal connaissait la localisation des deux caches où tout avait été dissimulé.

Après son arrestation, il avait jaugé ses anciens amis, pâles imitateurs des Brigades Rouges italiennes : durant les interrogatoires, puis dans le cours de la procédure judiciaire, chacun s'était défaussé à qui mieux mieux, lui seul avait assumé ses actes.

Ils étaient donc libres bien avant lui, d'autant que la police s'intéressait particulièrement à ses liens avec l'ETA : le gouvernement avait changé, on traquait maintenant les indépendantistes sur le sol français, en coopération avec la police espagnole.

Ses amis étaient libres, et, tout comme la police, ils lui réclamaient l'adresse de ses cachettes.

Aux uns et aux autres il avait opposé le même mutisme.

C'est ainsi qu'il s'était retrouvé, à sa sortie de prison, heureux possesseur de six pistolets de poing d'un modèle ancien, mais parfaitement conservés, de deux mousquetons qui avaient peut-être fait la guerre d'Indochine, d'un fusil-mitrailleur, et de deux cents kilos de dynamite dans des caisses métalliques, arsenal qu'il comptait bien laisser dormir jusqu'à la fin des temps.

Mais la fin des temps était arrivée un peu en avance, et les deux cents kilos de dynamite étaient sagement rangés, ce soir-là, dans la camionnette garée devant le mas.

C'était ce qu'il aurait pu raconter aux deux hommes qui fixaient maintenant le bout rond de l'arme qu'il tenait d'une main ferme, mais il ne disait rien. Il ne disait rien, d'abord parce qu'Idéal n'était pas bavard, ensuite parce qu'il souhaitait les laisser réfléchir à la situation. Les Nouveaux Templiers étaient suffisamment au fait en matière d'armes pour jauger les pistolets qui les menaçaient : lourds, avec un fort recul, lents à la répétition, mais capables de faire un trou conséquent s'ils étaient tenus par quelqu'un d'entraîné. Et le bonhomme en face d'eux avait l'air de connaître son affaire. Il se gardait bien de tendre ses deux armes à l'horizontale, source de fatigue rapide : il tenait ses adversaires en joue de la main gauche, sa main droite et le deuxième pistolet reposant tranquillement sur sa jambe repliée, mais restant mobilisable à la seconde.

Cette aisance incitait à la prudence, et les Nouveaux Templiers restèrent cois un moment.

Idéal parla enfin.

— Je vais vous raconter une histoire, c'est celle du *Lucidaire* que vous avez brûlé.

— Encore, je vous ai déjà dit que nous n'avons

jamais vu cet ouvrage, se rebiffa Danoire.

— Voilà ce que je sais, et comment je le sais, commença Idéal.

Au fur et à mesure de son récit, les deux moines-soldats eurent un comportement de plus en plus divergent : frère Joachim semblait entrer progressivement en transe, et avait du mal à contrôler des gestes impulsifs, Danoire, très calme, écoutait attentivement sans bouger un cil, cherchant visiblement la faille dans le récit.

Quand Idéal eut fini, il lui répondit d'un air blasé :

— Mes adversaires veulent m'abattre, et pour cela ils cherchent à me salir ; comment pouvez-vous croire une pseudo-confession émanant de l'évêché ? Ces gens-là me haïssent, ils racontent n'importe quoi.

Idéal le jaugeait, admirant malgré lui son sang-froid : l'homme parlait de sa belle voix bien posée, comme s'il avait devant lui un auditoire favorable, et non pas l'œil noir d'un pistolet de fort calibre. Mais son regard fureteur démentait le calme de sa voix : il cherchait visiblement une arme ou une issue pour se sortir du mauvais pas où il se trouvait. Son adversaire, lui, ne relâchait pas son attention.

C'était seulement pour Idéal la première étape de la mise en condition qu'il avait imaginée pour faire craquer ses adversaires.

La gendarmerie espérait obtenir des aveux des fidèles de la secte en les interrogeant l'un après l'autre ? Trop long, et surtout, trop aléatoire, pensait-il. Lui allait procéder autrement, en frappant à la tête. Après tout, il ne faisait qu'appliquer une pensée du président Mao : « Le poisson pourrit toujours par la tête. » Il ricana en songeant à cette phrase idiote. En fait, pas si idiote que cela, pensait-il, ce qui était idiot, c'était à quoi nous l'appliquions, en dehors de tout contexte ! Comme « l'encerclement de la ville par les campagnes », ah, celle-là aussi, elle était bonne. C'est sur des phrases comme cela que des gugusses étaient allés monter des communautés en Ardèche...

Mais deux hommes à surveiller, c'est toujours un de trop ; Idéal avait commis l'erreur de négliger frère Joachim. Il pensait que cet éternel second ne prendrait pas l'initiative sans un ordre de son chef ; quand l'illuminé, qui trépignait depuis un moment, se jeta sur lui, il n'avait pas de solution de rechange, et il n'hésita pas.

Il s'en voulut immédiatement, mais c'est aussi cela, l'effet de l'âge : vous pensez avoir de bons réflexes, et effectivement, vous tirez encore vite et bien – son bras gauche s'était détendu d'un coup, sans même qu'il y songe –, mais, vingt ans plus tôt...

Vingt ans plus tôt, il en était certain, il aurait, comme à la parade, assommé ce crétin d'un coup de crosse, tout en gardant en respect Danoire avec l'autre arme.

Mais voilà, il avait vingt ans de plus ; vingt ans et

toutes ses dents, encore, et tous ses réflexes, mais plus assez de sang-froid. C'était peut-être la fatigue de cette nuit sans sommeil qui l'avait amené à se relâcher un moment, à évoquer des souvenirs, mais quand on prétend impressionner deux imbéciles, il ne faut pas être plus bête qu'eux, pensa-t-il brièvement, le temps de voir l'effet de son acte. Spectaculaire, l'effet : le trou qui apparut entre les deux yeux du suicidaire ne semblait pas énorme, mais quand l'homme s'écroula, face contre sol, il dévoila une nuque complètement déchiquetée par la balle qui avait traversé sa boîte crânienne. Le bruit du coup de feu, répercuté par les voûtes basses, avait été impressionnant, mais l'épaisseur des murs et l'éloignement du village rassuraient Idéal, qui ne broncha pas.

Il était pourtant atterré : ça n'était pas, mais pas du tout, le scénario prévu !

Le scénario prévu, pensait-il, bien sûr, tout le monde allait dire maintenant qu'il était idiot, c'est toujours comme cela quand ça foire : il n'y a plus personne pour vous soutenir, vous vous retrouvez comme un imbécile, et c'est là que vous comptez vos vrais copains. Si vous en avez, bien sûr !

C'est déjà comme cela que ça s'était passé, il y avait de cela bien des années, et il le sentait, ça risquait bien de se renouveler, et là alors, avec les années en plus, *bis repetita non placent*, hein !

Il fallait maintenant, malgré la fatigue qui lui

était tombée brusquement sur les épaules, essayer de sauver les meubles, de faire craquer l'autre, le gourou en chef, même s'il n'avait guère l'air ému.

En effet, Danoire, lui non plus, n'avait pas fait un mouvement, et la vue du sang répandu – manière de parler, c'était surtout de la cervelle et des morceaux d'os qui avaient éclaboussé la salle – ne semblait pas l'avoir affecté. Idéal, en revanche, même s'il s'efforçait de n'en rien montrer, était secoué : tuer un homme, même quasi accidentellement, ça n'est pas rien ! Et même si ce demi-dément était peut-être coupable de crimes, Idéal ne se sentait pas une âme de bourreau. D'autant que ce pauvre type n'était au fond que l'instrument de ce taré de Danoire, lequel d'ailleurs, paradoxalement, retrouvait d'un coup un air serein.

Un demi-sourire apparut même sur son visage ascétique, tandis qu'il narguait son adversaire :

— Et maintenant, vous voilà bon pour retourner en prison !

C'était à peu près ce que se disait Idéal, mais il lui fallait faire bonne figure.

— C'est possible, mais vous serez mort avant, c'est pour cela que je suis venu ici, bluffa-t-il.

— Ça ne me fait pas peur, le Seigneur me rappellera quand ce sera mon heure, mais vous ne le ferez pas. Tirer sur quelqu'un qui vous agresse est une chose, avoir le cran de tuer de sang-froid, c'est plus difficile.

La consternation d'Idéal commençait à se transformer en colère, sous les sarcasmes du pseudo-templier.

— Le cran ! Il suffit d'une bonne raison, et je n'en manque pas : vous avez tué cette journaliste, vous avez tué Barthélémy, je vous compte pour rien l'autodafé du *Lucidaire,* ça c'est plutôt une preuve de stupidité : vous n'avez même pas compris que c'était un faux ! asséna Idéal, avec une certaine mauvaise foi, lui qui avait été des premiers à croire au document.

L'accusation d'assassinat laissa de marbre Danoire, mais il se sentit piqué d'être traité de stupide ; il redressa encore sa haute taille, pour provoquer son adversaire.

— Et vous, alors, ne faut-il pas que vous soyez idiot pour tuer ce pauvre Joachim, qui n'a fait que m'obéir, et ne pas oser tirer sur moi ?

— Ne soyez pas trop pressé d'aller rejoindre votre Seigneur, il risque de vous demander des explications sur vos crimes, répondit Idéal, sans réussir à provoquer autre chose qu'un sourire arrogant chez son interlocuteur.

Ce sourire aurait pu encore énerver Idéal, il lui rendit au contraire son sang-froid : visiblement cet illuminé, de son point de vue, n'avait fait que servir Dieu, et n'avait rien à se reprocher ; ce n'est pas ainsi qu'il le ferait avouer. Idéal attaqua sur un autre angle, en prenant un ton goguenard :

— Ou peut-être que le Seigneur vous parlera de vos fameuses nuits mystiques ! Et voyant que Danoire blêmissait à cette pique, il enfonça le clou : vous pouvez tromper votre bande de rigolos déguisés en guignols, mais pour moi, vous n'êtes qu'un tartuffe, et un obsédé sexuel.

— Un homme qui a fait de la prison me donne des leçons de morale ! cria Danoire, qui commençait à sortir de ses gonds, et qui avait oublié sa belle voix onctueuse pour grimper vers les aigus.

— J'ai fait de la prison parce que j'ai assumé mes erreurs ; vous, le gourou de ces dames, vous y avez échappé en vous cachant sous la robe de l'évêque, quand il vous a évité la prison en ne vous dénonçant pas ! Vous n'êtes qu'un lâche.

Idéal avait prononcé ces paroles sans aucune colère, mais avec un immense mépris, tellement sincère, de toute évidence, que Danoire en fut fouetté. Lui qui était habitué à la vénération de ses fidèles, être ainsi remis en cause lui faisait oublier toute prudence ; il réagit exactement comme Idéal l'espérait :

— Le Seigneur m'a commandé, j'ai été son serviteur ; je n'ai pas à juger les voies qu'Il a choisies pour moi, j'ai simplement à lui obéir. Le *Lucidaire* était un obstacle sur la route de mon armée, j'ai été contraint de le détruire, car il était pernicieux.

— Et Barthélémy, il était pernicieux, peut-être ?

— Je regrette pour lui, car c'était une âme simple, et il craignait le Seigneur, mais il réclamait le livre, il était sur notre chemin, j'ai dû le faire écarter par frère Joachim.

En fait, par cet aveu, Danoire venait de franchir la bande blanche. De même que frère Joachim avait provoqué Idéal par son attaque physique, il venait de le provoquer par ses paroles. Avait-il cédé à la colère ou pensait-il vraiment bénéficier d'une protection divine, c'est ce qu'Idéal ne chercha pas à élucider. Furieux, il dressa son bras droit, le revolver au niveau du visage de son ennemi, son doigt fermement appuyé sur la détente.

— La journaliste, bien sûr, était pernicieuse aussi ?

— Cette espionne n'a eu que ce qu'elle méritait.

Idéal sentait monter sa colère, alors même qu'il aurait dû s'estimer satisfait : c'était bien cela qu'il était venu chercher : des aveux.

Bien sûr il n'avait pas imaginé les obtenir dans ces conditions ; son plan était tout simple, en apparence : il comptait, sous la menace de ses armes, faire transporter la dynamite par les deux hommes dans la grange, puis les attacher et simuler un compte à rebours.

Il s'était convaincu que, mis sous pression, l'un ou l'autre céderait et passerait aux aveux : Idéal, comme chacun a pu s'en apercevoir, manquait d'intuition en ce qui concerne les comportements humains.

Y compris à propos de son propre comportement, qu'il avait souvent du mal à anticiper.

Et là, par exemple, face à cet homme, qui venait d'avouer plusieurs crimes, dont celui de son ami Barthélémy, face à ce demi-dément qui le narguait, il tremblait de tous ses membres, pris d'une rage qu'il ne pouvait plus contrôler. C'est d'une voix blanche qu'il menaça son ennemi :

— Ferme-la, maintenant, j'en ai assez entendu.

Si l'ex-révolutionnaire n'était pas un maître es psychologie, Danoire, pourtant expert en manipulation de ses fidèles, commit lui aussi une erreur : la tension finissait-elle par obscurcir son jugement ?

— Une relapse ne mérite que la mort ! Que la mort ! explosa-t-il.

— Ferme-la, j'ai trop envie de te mettre une prune ! hurla Idéal, dont tout le visage était révulsé de fureur.

L'autre, le revolver à lui toucher le front, ne croyait toujours pas au danger : il était dans son monde, et il n'avait pas réalisé que Ferrer, comme lui, n'était plus retenu par rien.

— Le Seigneur vous anéantira si vous vous dressez contre moi, affirma-t-il d'une voix exaltée. Tentez de me détruire, et vous serez détruit par lui !

C'était la provocation de trop : d'un tout petit geste de l'index, Idéal le détrompa *ex abrupto*, comme aurait pu dire le pseudo-commandeur des templiers, grand amateur de latin.

Les mêmes causes produisant les mêmes effets, et faute d'intervention divine, le crâne du maître explosa de la même manière que celui de son disciple.

Pendant un grand moment, Idéal resta immobile, prostré.

Il avait vengé Barthélémy, mais à quel prix ! Il allait à nouveau connaître la prison, les prisons, plutôt, et dans l'une ou l'autre il avait toutes chances de finir sa vie.

« Les portes du pénitencier, sur moi, vont se refermer… » On chantait ça en cœur, dans une des taules qu'il avait connues, aux nouveaux arrivants, quand ils débarquaient dans la cour, pour la promenade, l'air ahuri ; il ne faut pas croire, on a de l'humour, en prison… enfin, dans certaines.

Dans la grande salle, Idéal peu à peu sortait de son engourdissement. Il regardait les deux corps, la même vilaine blessure à la tête, à ce qu'il leur restait de tête, plutôt.

Bien sûr, vu comme ça, le même pruneau exactement, ça fait règlement de comptes, exécution de sang-froid, par un tueur sans états d'âme. Qui pourrait croire un instant qu'il s'agissait d'un accident, au moins pour Joachim ? Il allait prendre le maximum, c'était couru !

Ou alors…

Ou alors, à bien y réfléchir, on pouvait tenter un coup, une mise en scène un peu grossière, mais après tout qui ne tente rien n'a rien, n'est-ce pas ? Il avait eu une chance, une petite chance, dans son malheur : il n'avait pas tiré les deux coups avec la même arme : Joachim l'avait agressé sur sa gauche, et il avait tiré, pur réflexe, de la main gauche.

Idéal haussa les épaules : ça ne pouvait pas convaincre un professionnel, mais il ne risquait rien de plus en tentant l'expérience.

Après avoir installé les deux corps face à face, chacun tenant un pistolet à la main, Idéal prit tout son temps pour positionner les deux cents kilos de dynamite. Il n'était pas tout à fait certain de l'état de conservation de son stock, mais la suite des opérations le rassura.

Il faut dire qu'il avait fait bonne mesure : dans la carrière où il avait été dérobé, cet explosif aurait permis de débiter près de cinq cents tonnes de rochers.

Dans un vacarme épouvantable, qui réveilla tous les habitants du petit village de Cazevieille, à trois kilomètres de là, la dynamite ravagea la pièce par son effet de souffle, puis, les murs s'écartant sous la pression, les quinze tonnes de la massive toiture de lauzes s'effondrèrent sur ce qui restait des deux corps.

Et voilà ! Voilà toute l'histoire, ou presque toute.

Voilà en tout cas comment on se retrouve, quasi vingt-cinq ans après, à nouveau entre quatre murs !

Pas très malin, hein ?

Bien sûr, j'ai connu pire, comme prison, mais il n'empêche : *bis repetita non placent.*

Épilogue

Finalement, la nouvelle prison, près de la quatre-voies, je ne l'aurai pas connue plus d'un mois. Un mois, ça n'est rien, pour un ancien taulard comme moi, dans des conditions comme celles qui m'étaient faites. Est-ce l'effet des interventions des uns et des autres, ou bien la juge d'instruction ne tenait-elle pas trop à creuser cette histoire, je n'en ai rien su, et je n'ai pas cherché à le savoir, trop content de franchir la porte métallique, accueilli bruyamment par Alain et son comité. Il faut dire que dehors, ça s'était agité ferme pour ma libération : ses chefs liquidés, la pseudo-armée de libération s'était dissoute, et les révélations de ses ex-membres pleuvaient sur les activités de Danoire et de son âme damnée. L'exhumation du corps d'Iris d'Aussange, enterrée dans le jardin d'un fidèle, avait porté à son comble l'indignation générale. Pour tous, il était devenu évident que le groupe était le responsable des tracts, profanations et autres provocations qui avaient fleuri dans la région. Dans la foulée, la presse et l'opinion publique défendaient une thèse inspirée de certains exemples fameux où des sectes s'étaient autodétruites : Danoire et son bras droit, désespérés de voir leur action dévoilée, se seraient suicidés ensemble. Restait à expliquer comment les deux cadavres avaient fait exploser la dynamite, mais mes partisans ne manquaient pas d'imagination ; pour les uns, c'était l'œuvre d'un ou de plusieurs membres de la secte, à la demande de leur chef ; pour les autres, les deux candidats au suicide avaient allumé la mèche avant de se tirer dessus. L'état des corps – ou de ce qu'il en restait – était tel que toute analyse sérieuse était impossible, et l'opinion publique avait basculé en ma faveur : la pétition en ligne pour ma libération, lancée par le site d'Agathe – site auquel collaborait maintenant le professeur Alain Painvil – recueillait des signatures par milliers.

Les gendarmes n'étaient pas dupes mais ne pouvaient rien prouver, et n'y tenaient peut-être pas trop, la juge était tannée par mon avocat qui hurlait à la mort sur toutes les antennes contre « l'erreur judiciaire manifeste », moi, comme toujours, je me taisais. Bref, tout se passait à l'inverse de ma première incarcération, mon silence mis à part ; mais cette fois, même mon silence me servait.

Un mois donc, et j'étais libre ; nous étions le 1er août, à onze heures, et les opérations habituelles de levée d'écrou avaient été menées rondement.

Il faisait déjà une chaleur à crever, sur l'esplanade devant la prison et en me retrouvant, embrassé par Alain, bousculé par tous ces jeunes inconnus de son comité, je me sentais bizarrement indifférent, comme étranger à leur joie, uniquement préoccupé de quitter cette poêle à frire. Quand, ramené dans une voiture amie, je voyais défiler sur la voie d'en face les vacanciers qui se pressaient vers les plages, il me semblait que je ne faisais plus partie de ce monde bruyant et pressé.

Au retour chez moi, dans le silence retrouvé, j'ai compris que cette histoire, qui pourtant n'avait duré que trois mois, m'avait vieilli d'un coup.

Après ma libération, j'ai repris un temps mes promenades, un livre dans mon sac à dos, mais le cœur n'y était plus, je m'attendais toujours à tomber sur Barthélémy. Même les discussions entre amis dans le petit bistrot n'avaient plus la même saveur : une gêne s'était installée entre nous, l'exécution de Danoire et de son âme damnée avait laissé des traces ; mes amis n'étaient pas dupes, ils avaient compris ce qui s'était passé. Ils étaient heureux que Barthélémy ait été vengé, mais j'étais devenu un autre à leurs yeux.

Je n'étais pas surpris, j'avais déjà connu ce regard différent, celui qui suit l'ancien prisonnier bien longtemps après sa sortie du trou ; j'aurais pu m'y faire, mais il y avait pire : j'étais aussi devenu un autre à mes propres yeux.

Les journalistes étaient repartis, mais les curieux continuaient à défiler, posant à tout un chacun leurs questions oiseuses, rendant irrespirable tous les week-ends l'atmosphère du petit bar-tabac.

Je n'ai pas tardé à abandonner le village, à rejoindre Montpellier, pour m'y fondre dans son relatif anonymat. Je continue mes balades sur les chemins de la région, et mes visites à ses monuments, mais j'évite désormais le secteur que ces événements ont bouleversé.

Si vous allez vous promener dans ce Val de Montferrand, au pied du pic Saint-Loup qui grimpe en pente douce pour regarder la mer, vous trouverez encore un berger appuyé sur son fouet, un grand barbu a l'air un peu rêveur, encadré de deux chiens attentifs. L'un des deux chiens est noir, c'est Bobby ; il se fait vieux, mais il n'a guère besoin de courir ; d'un seul aboiement il peut encore faire rentrer une brebis dans le droit chemin. Le berger discutera volontiers avec vous, mais ne lui parlez pas de Barthélémy, il prétendra ne jamais l'avoir connu.

Au village, à Cazevieille, vous verrez à côté de l'église les deux grands micocouliers qui ombragent la petite lavogne de la fontaine, mais ne cherchez pas le bistrot qui servait de point de ralliement, Marcel a pris sa retraite, et le bar est maintenant fermé.

Depuis la fontaine, si vous levez un peu la tête, vous apercevrez, se détachant sur la crête, deux tours carrées, l'une sous l'autre, résistant encore à la ruine. Et si vous empruntez le sentier qui passe au pied de ces tours qu'on appelle maintenant les tours Tourière, si vous passez le petit col qu'elles défendaient, vous contemplerez, en vous avançant un peu, un paysage de toute beauté : un vallon, un vaste creux, entre les falaises jumelles du pic Saint-Loup et de l'Hortus, le creux même où Barthélémy gardait son troupeau – ou ne le gardait pas, dans sa quête éperdue de la grotte.

Arrivés à ce point de vue, la plupart des promeneurs estiment qu'ils ont fait leur devoir ; après avoir regardé un moment les deux massifs qui se font face dans une sorte de défi, après avoir jeté un coup d'œil sur le lac, seul reste des marais anciens, après avoir admiré la ligne d'horizon des Cévennes et du mont Aigoual, ils retournent au village, vers le parking où les attend leur voiture.

Mais vous, qui maintenant connaissez cette histoire, je le sais, vous descendrez un peu plus bas ; en continuant sur le sentier caillouteux qui rejoint l'antique route de Vieille-Toulouse, vous remarquerez les morceaux encore empierrés. Vous passerez sur ces tronçons de calades et vous aurez une pensée pour les paysans sous-alimentés qui ont planté chacun de ces cailloux sur la tranche, à l'aide d'un simple maillet de buis.

Vous vous étonnerez, sur les passages plus étroits, devant les énormes pierres qu'ils ont roulées pour fabriquer, à flanc de coteau, le mur de soutènement qui retient le chemin.

Et puis, « à moins de cinq cents pas des tours du péage », vous verrez au bord du sentier un chêne blanc qui part sur trois pieds, et là, si vous en avez le courage, vous grimperez, à main droite, au milieu des pierriers et des éboulis, dans les ronces et les églantiers.

Et, arrivés au pied de la falaise, je vous le promets, vous verrez, comme l'a vue avant vous Barthélémy Roure, comme il me l'a montrée, à moi et aussi, hélas, à d'autres, vous verrez, s'ouvrant au flanc du massif, la grotte de l'ermite.

J'ai beaucoup réfléchi à toute cette histoire, j'ai cherché à en tirer une morale, à démêler le vrai du faux. Faux, le manuscrit l'était, soit, mais une telle légende n'est pas née de rien, je m'en suis peu à peu convaincu : cette grotte a abrité un, si ce n'est, au fil du temps, plusieurs ermites. À quelle époque ? Pour quels motifs s'étaient-ils isolés ? Je l'ignore, et peu importe, au fond. Dans une société trop dure aux hommes, ils n'avaient pas trouvé leur place parmi les autres, et ils vivaient leur idéal à l'écart, arc-boutés sur leurs convictions ou leur recherche, quel qu'en soit le prix.

Si j'ai tellement cru à l'imposture qui a coûté la vie à mon ami Barthélémy, c'est sans doute que, même si je vis aujourd'hui au milieu de la foule, je me reconnais dans ces obstinés, ces fous de solitude.

Mais le temps des ermites est passé : où que nous allions aujourd'hui, même dans le lieu le plus reculé, mille fils, visibles ou invisibles, relient chacun d'entre nous au reste de l'humanité.

Le temps des ermites est passé, et passé aussi le temps des croisades : inéluctablement, individus, pays, continents, nous ne sommes plus côte à côte, étrangers les uns aux autres ou en opposition, mais habitants d'un même village, pris dans ce maillage qui nous rapproche et nous oblige, malgré nos différences, à vivre ensemble.

Comme jadis les lecteurs du *Lucidaire* qui cherchaient le chemin du paradis, c'est la quête de ce vivre ensemble qui est – ou devrait être – le but de toute action politique.

Vivre ensemble, certes, mais comment ? Par quels chemins ?

Je crois, à bien y réfléchir, que je n'ai jamais eu la réponse à cette question, et j'ai renoncé à la chercher. Mais d'autres continuent : c'est ce qu'ils essaient tous de trouver, Alain, Agathe, Élie, et même le président, chacun à sa manière.

Chacun à sa manière, mais sans moi : *bis repetita non placent* !

Maître, combien y a t il de chemins d'icy en paradis et d'icy en enfer ?

Mon enfant, c'est assez questionné jusques à une autre fois.

Mais Dieu nous donne la grâce d'éviter le chemin d'enfer et de bien ensuivre le droit chemin de paradis que nous y puissions tous parvenir. Amen.

Cy finit le Lucidaire *fort utile et profitable à chacun vrai chrétien.*

T.D.O Éditions, SARL

Composition, mise en page : TDO Éditions

ISBN : 978-2-36652-233-4

Dépôt légal mars 2021

Achevé d'imprimer en France mars 2021
sur les presses de Laballery
Numéro impression 102423